UN MUSTANG DANS LA NUIT

Titre original :

Phantom Stallion
Mustang Moon

TERRI FARLEY

UN MUSTANG DANS LA NUIT

Traduit de l'anglais (américain)
par Catherine Danison

Castor Poche Flammarion

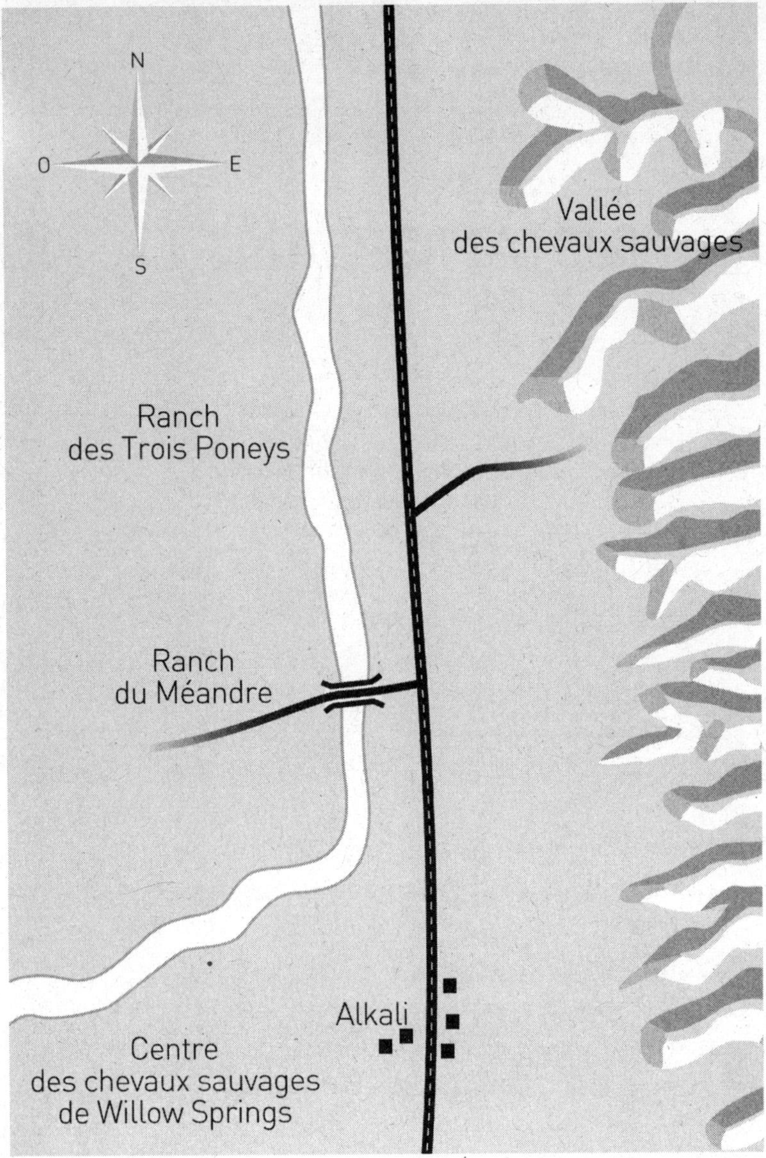
N
O
E
S
Vallée
des chevaux sauvages
Ranch
des Trois Poneys
Ranch
du Méandre
Alkali
Centre
des chevaux sauvages
de Willow Springs

Chapitre I

Un croissant de lune, fin et argenté telle la tranche d'une pièce de monnaie, se réfléchit sur l'étalon solitaire. D'un pas nerveux, il traversa la rivière, puis escalada la berge opposée avant de se diriger vers le ranch silencieux du Méandre.

Il était minuit. Aucun chien n'aboya. Aucun coyote ne hurla. Aucun oiseau ne donna l'alarme. La chaleur diurne avait quitté le haut plateau désertique du Nevada et toutes les créatures vivantes dormaient. Toutes, excepté Samantha Forster.

Depuis des semaines, Sam veillait, chaque nuit, espérant que le mustang d'argent qui lui avait jadis appartenu reviendrait.

Ce soir-là, les hennissements interrogateurs des chevaux de selle l'avaient tirée de son sommeil. Sam avait couru pieds nus dans la cuisine. Elle n'avait pas osé allumer la lampe ni ouvrir la porte qui donnait sur la cour du ranch.

Le Fantôme était aussi sauvage qu'un daim ou qu'un loup, mais il avait de bonnes raisons de fuir les êtres humains. Quelques semaines seulement auparavant, on l'avait attrapé au lasso et enfermé dans un corral. Depuis cette nuit où Samantha l'avait aidé à retrouver sa liberté, le Fantôme ne s'était plus montré.

Sam alla regarder par la fenêtre de la cuisine et resta interdite. Ce qu'elle vit la troubla.

La robe de l'étalon qui s'approchait en silence de la maison n'était pas argentée. Son galop n'était ni coulant ni gracieux. Ce cheval n'était pas le Fantôme et il n'était pas censé se trouver là.

Sam scrutait l'obscurité si intensément que ses yeux lui piquaient. Le nez quasiment collé à la fenêtre, elle murmura à part elle, embuant la vitre de son haleine: «Qui es-tu?»

Comme s'il l'avait entendue, l'étalon s'arrêta. Sa queue battit l'air au-dessus d'une croupe trapue. Il secoua une crinière tout emmêlée avant de lever une tête qui paraissait trop grosse, même pour sa robuste encolure. Il étudia le corral circulaire qui se trouvait devant lui, et la maison blanche aux volets verts sur sa droite. Ses oreilles s'inclinèrent vers l'allée en gravier, puis se tournèrent vers l'étable et le petit enclos d'où la tête blanche d'un veau hereford le fixait.

L'étalon se dirigea alors vers la clôture du grand pâturage, le long duquel il se mit à parader. Leurs têtes oscillant comme autant de bascules, une douzaine de chevaux apprivoisés s'avancèrent, l'œil curieux. Sam ne les entendait ni renâcler ni hennir, mais elle savait qu'ils parlaient.

Agacée, elle repoussa les mèches de cheveux trop longues qui lui tombaient sur les yeux. Cet étalon ne ressemblait pas au Fantôme, mais combien de chances y avait-il qu'un autre cheval sauvage se décide à traverser la rivière et à descendre l'allée des Forster ?

Aucune.

Le Fantôme était né au ranch du Méandre. Sam l'avait élevé elle-même, de ses débuts vacillants jusqu'à ses deux ans, où il s'était transformé en un poulain vif et fringant. Seul un terrible accident les avait séparés.

Cependant, le Fantôme ne l'avait pas oubliée et c'est pour cette raison qu'il revenait.

Ce cheval ne se déplaçait pas comme le Fantôme, mais Sam décida d'aller voir de plus près. Elle tourna la poignée, ouvrit la porte de quelques centimètres, rentra le ventre et se glissa dans l'entrebâillement.

Sa chemise de nuit se prit dans le chambranle en bois, et elle tira dessus. Le tissu se déchira doucement.

Surpris, se croyant pris dans une embuscade, l'étalon tourna sa grosse tête d'un geste vif tout en pivotant sur ses postérieurs. Il n'était pas blanc, mais un tamis de poils clairs se réfléchit un instant dans la lumière pâle de la lune. L'étalon repartit vers la rivière au galop, salué par les hennissements excités des chevaux apprivoisés tandis qu'il remontait la clôture.

Lorsqu'il s'immobilisa soudain, Sam cligna les yeux. Ce n'était pas son échappée intempestive qui l'avait surprise mais son arrêt, si brusque.

L'étalon tourna la tête et jeta à Sam un regard noir. Puis il décocha un coup de sabot délibéré dans la clôture. Stupéfaite, Sam se demanda comment le bruit d'un choc entre des sabots et des planches en bois avait réussi à lui suggérer qu'on lui lançait un défi.

— « Essaie de m'attraper si tu peux. » J'ai vraiment eu l'impression que c'est ce qu'il me disait.

Sam s'attendait à ce que son ami, Jake Ely, éclate de rire. Mais Jake étant ce qu'il était, il resta tout à fait sérieux.

Il fit claquer sur son jean son Stetson couvert de poussière et s'appuya contre la clôture du corral. Avec ses cheveux noirs et brillants attachés en arrière, loin de ses pommettes saillantes et hâlées, Jake avait beaucoup de son père shoshone. Mais, lorsque le soleil l'aveugla, il cilla et adressa à Sam le sourire le plus discret du monde. Il ne ressembla plus alors qu'à un gros chat de gouttière paresseux.

— Hum, si je comprends bien, ce n'est plus un, mais deux chevaux qui te parlent maintenant ?

Jake avait seize ans, deux de plus que Sam. Tous deux étaient les meilleurs ennemis du monde. Tout l'été, et après ses cours durant l'année scolaire, Jake travaillait au ranch du Méandre comme cow-boy, et depuis toujours, il se moquait de Sam comme un grand frère l'aurait fait.

—Trois, le corrigea-t-elle en pointant le pouce vers les cinq hectares du grand pâturage. Tu as oublié Caïd.

En entendant son nom, un mustang bai leva vivement une tête aux lignes parfaites de pur-sang arabe. Son toupet noir se souleva, révélant une étoile blanche sur le haut de son front. Le mustang s'approcha de la clôture en trottant, bientôt arrêté par Fraise, une grande jument rouanne, qui s'était élancée vers lui, oreilles plaquées en arrière.

Le hongre s'arrêta, baissa la tête et recula de quelques pas, mais Banjo, un bai à l'air impudent appartenant au père de Sam, rejoignit la jument et, vif comme l'air, lança à Caïd un regard mauvais, et un coup de sabot.

—Ça suffit! hurla Sam en accourant vers la clôture et en agitant les mains.

Banjo n'avait pas touché Caïd, mais, pas plus que Fraise, il ne se laissa impressionner par le cri de Sam. Battant l'air de la queue, lui et Fraise se contentèrent de s'éloigner sans se retourner.

—Caïd, viens ici, mon cheval.

Sam tendit la main par-dessus la clôture, mais Caïd refusa de bouger. Il avait l'air si perdu que Sam en fut émue.

—Si seulement Caïd pouvait nous expliquer pourquoi les autres chevaux le harcèlent, dit Sam à Jake. Ils sont mauvais.

—Non, ils ne sont pas mauvais, lui répondit Jake en la secouant à l'épaule. Les animaux obéissent à une hiérarchie. Il y en a qui dominent et d'autres qui sont dominés. Chez eux, ajouta-t-il en pointant le menton vers les chevaux, c'est Caïd qui joue le rôle du paria.

Sam observa Jake. Benjamin de six frères, il avait hérité chez lui, au ranch des Trois Poneys, des corvées les plus ennuyeuses. Lorsqu'il avait commencé à travailler au Méandre, le père de Sam avait très vite compris que Jake avait un talent inné pour le travail des chevaux.

Sam soupira. C'était Jake qui lui avait appris les techniques indiennes de dressage qui l'avaient aidée à apprivoiser son propre poulain.

—On dirait que Caïd a maigri, reprit Jake. Qu'ils le mordent ou qu'ils lui donnent des coups de sabot, c'est une chose, mais on voit ses côtes maintenant. Donc, ils ne le laissent pas manger non plus. Il vaudrait mieux en parler à ton père.

—Ce n'est pas nécessaire, retentit soudain une voix derrière eux. Moi aussi, j'ai remarqué.

Sam aurait juré que son père était déjà parti pour la journée. Lorsqu'il vint se placer entre elle et Jake et qu'elle sentit sur sa chemise l'odeur du vent et de l'armoise d'été, elle en déduisit qu'il était parti, et rentré. Son père s'échinait au travail du ranch et gagnait tout juste de quoi vivre pour eux tous.

Wyatt Forster, c'était son nom, appuya le poids de son corps sur une jambe avec une raideur qui n'était pas due qu'à ses bottes. Grand, le visage hâlé comme le cuir d'une selle de cheval, il avait l'air de ce qu'il était : un homme qui avait travaillé comme cow-boy toute sa vie. Comme souvent, sa mâchoire était serrée dans une expression obstinée que Sam n'eut aucun mal à interpréter.

La grand-mère de Sam lui disait sans cesse qu'elle ressemblait à sa mère lorsque cette dernière était adolescente. Mais Sam était d'un avis différent. Sans doute avait-elle hérité de sa mère sa chevelure auburn, ses yeux marron, et son amour pour les animaux, mais chaque fois que Sam se regardait dans un miroir, surtout lorsqu'elle était en colère, c'est l'expression figée et dure de son père que le miroir lui renvoyait.

—On va mettre Caïd dans l'enclos à côté de la grange, et Compère, ici, à sa place, décréta le père de Sam.

Sam s'imagina sa génisse orpheline seule au milieu des chevaux. Compère n'était pas plus grande qu'un gros chien. Toutefois, sur des distances courtes, il n'était pas impossible qu'elle soit l'animal le plus rapide de tout le ranch du Méandre.

Non, Compère s'en sortirait. Caïd, lui, s'ennuierait ainsi isolé.

—On va mettre un autre cheval avec lui, bien sûr, ajouta Jake en jetant un coup d'œil à Sam.

—Bien sûr, répéta Sam, soulagée et sentant ses épaules se décontracter.

Elle était née au ranch, mais elle n'y était revenue que quelques mois auparavant. Victime d'un grave accident, elle avait été obligée de passer deux ans à San Francisco, chez sa tante. Elle était donc reconnaissante à son ami de lui donner des détails de ce genre, qui l'aidaient souvent à mieux comprendre ce que son père lui disait.

—C'est ton cheval, Sam, reprit ce dernier. Tu dois savoir avec qui il s'entend bien?

Sam tendit la main vers le hongre et remua les doigts. Avant que son père lui fasse cadeau de Caïd au début de l'été, le hongre ne savait pas ce que c'était que d'être dorloté. Désormais, devant une main ouverte, il s'attendait à un peu de tendresse ou à quelque chose à manger.

Caïd vit que celle de Sam était vide, pourtant il s'avança, timidement.

— Viens, mon cheval, viens, lui dit-elle doucement.

Jake grogna. Sam l'ignora. Il trouvait qu'elle cajolait trop le hongre. Mais Caïd était un mustang, habitué à la sécurité d'un troupeau, même si le seul autre membre désormais en était Sam.

Cette dernière considéra les chevaux dans le pré.

Bien que ce soit le bétail qui permette de payer les factures, les chevaux étaient la fierté du ranch du Méandre. Dans ce seul pâturage se trouvaient trois *quarter horses* ; un buckskin, robe jaune avec extrémités noires, aux formes élancées de souche pur-sang ; quelques chevaux de ranch d'origine inconnue ; des jeunes que Jake et le père de Sam dressaient avant de les revendre ; et Caïd.

Caïd ne voulait pas être seul, mais quel cheval ne le harcèlerait pas dans cet enclos étroit ?

Pendant que Sam réfléchissait, la porte moustiquaire de la maison claqua.

—Oh, zut ! marmonna Sam.

Sa grand-mère s'approcha d'elle en faisant tinter des clés de voiture. Vêtue d'un pantalon kaki et d'un polo rose, ses cheveux blancs remontés sur l'arrière de la tête en un chignon serré, elle avait assurément beaucoup de style. Elle avait aussi l'air prête à partir.

Elle emmenait Sam à Darton pour lui acheter un sac à dos et des vêtements pour l'école. Elle avait dit à Sam qu'elle aurait le temps de donner son biberon à Compère si elle se dépêchait. Sam s'était dépêchée, mais elle avait commencé à parler avec Jake et une conversation en avait amené une autre.

Avant de pouvoir expliquer qu'elle était en train de choisir un compagnon d'enclos pour Caïd, Sam entendit un ébrouement, un hennissement de mauvaise humeur, un bruit de sabot, puis ressentit une douleur.

—Aïe ! s'exclama-t-elle.

Caïd, repris par sa peur de Fraise et de Banjo, s'était emballé et avait heurté en passant la main de Sam. Sous le choc, les doigts de cette dernière s'étaient pliés bizarrement.

—Ça va, lança Sam en voyant sa grand-mère accélérer le pas dans sa direction, l'air contrarié.

Ses doigts, dont l'un portait une bague, étaient déjà enflés, mais elle savait qu'ils n'étaient pas cassés. Se mordant les lèvres pour ne pas laisser échapper le gémissement de douleur qu'elle avait dans la gorge, Sam ferma la main et la montra ainsi à sa grand-mère.

—Tu vois, tout va bien.

Mais Grand-Mère Grace était trop occupée à fusiller le père de Sam du regard pour prendre le temps de regarder la main de sa petite-fille.

—Tu sais que j'aime tout ce qui respire dans ce ranch, exception faite peut-être de ce serpent à sonnette que j'ai vu près du tas de bois. Et encore. Au moins, grâce à lui, les rats ne rentrent plus dans la maison. Mais, Wyatt, lui dit-elle sur le ton de la réprimande, je ne pense pas, et ne penserai jamais, qu'un mustang soit une monture appropriée pour ta fille.

Il était vrai que la grand-mère de Sam aimait toutes les créatures vivantes. La veille encore, Sam l'avait trouvée en train de se tourmenter pour un papillon prisonnier d'une toile d'araignée.

—Oh, ciel ! Samantha, s'était-elle exclamée, que faire ? Si on libère ce papillon, c'est l'araignée qui mourra de faim.

Elle serait restée là à les observer et à hésiter, si un coup de vent n'avait projeté proie et prédateur dans l'air chaud du mois d'août.

Pour l'instant, toutefois, Grand-Mère Grace pensait à Caïd. Au Fantôme, aussi. Deux amis que Sam ne supporterait jamais de perdre.

—Je suppose qu'on peut rayer Fraise et Banjo comme colocataires, dit Sam, tentant de changer de sujet.

Wyatt Forster se frotta la nuque. Mais c'est à Grand-Mère Grace qu'il répondit :

—Tu as raison, je ne sais pas ce qui m'a pris de vouloir lui donner Caïd.

—Bien. Je vois que, comme d'habitude, on m'ignore, intervint Sam, pensant faire sourire les deux adultes.

Mais son père n'était pas d'humeur à plaisanter.

Sam savait exactement à quoi il pensait. Tous se souvenaient de cette nuit folle, trois semaines plus tôt, au cours de laquelle, montée sur Caïd, elle avait conduit le Fantôme hors des corrals du Bureau de gestion des terres. La responsable de cette agence gouvernementale, chargée de superviser et de protéger les troupeaux de chevaux sauvages dans la région, en était venue à la conclusion, après qu'on lui eut amené le Fantôme, capturé au lasso, qu'il valait mieux pour tout le monde le remettre en liberté.

Il avait été décidé que Sam se servirait de Caïd pour le guider vers la sécurité de la prairie. C'est donc agrippée au dos du hongre, lancé au grand galop, qu'elle avait dévalé un flanc de colline abrupt et rocailleux, suivie du Fantôme, effrayé mais prêt à s'en remettre à eux.

Le père de Sam respira profondément. Puis il égrena un long chapelet de mots, un événement chez cet homme d'habitude si peu loquace :

— Tu aurais pu te briser les os. Tu aurais pu tomber. Tu aurais pu te casser les dents, ou te cogner la tête, comme la dernière fois, lança-t-il à Sam, le regard dur.

Puis il ferma les yeux et Sam entendit ce qu'il n'avait pas dit : « Tu aurais pu te tuer. »

— C'est à moi-même que j'en veux, reprit-il alors, pas à toi. Je n'aurais pas dû accepter que tu montes Caïd dans ces conditions.

— Tout à fait d'accord, répondit Grand-Mère.

Sam revit alors en pensée Caïd et le Fantôme traversant le désert côte à côte. Caïd était peut-être le souffre-douleur des chevaux de selle au ranch, mais il avait un puissant allié dans l'étalon. Ce dernier lui faisait confiance. Tous deux avaient galopé d'une seule et même foulée. Tous deux partageaient le même instinct sauvage. S'ils avaient été des personnages de cinéma, Caïd aurait joué le rôle du sous-fifre un peu fou, et le Fantôme, celui du héros, invincible et beau.

—Tu n'as pas revu cet étalon depuis que le Bureau de gestion l'a libéré, n'est-ce pas?

—Non, répondit Sam à son père. De toute façon, même quand il est venu me voir ici, je ne l'ai jamais monté.

—Ce qui ne veut pas dire que tu ne le ferais pas si tu pensais que c'était possible, lui rétorqua son père en fixant son regard dans le sien.

Comme ce n'était pas exactement une question, Sam choisit de garder le silence. Elle n'avait jamais su mentir, même quand il lui était arrivé de chaparder des biscuits.

Sa grand-mère reprit la parole, et Sam, tout d'abord, se sentit soulagée. Mais lorsqu'elle comprit le sens de ses mots, l'inquiétude la gagna de nouveau:

—Samantha, lui dit Grand-Mère Grace, je préférerais que tu ne sortes pas la nuit.

—C'est impossible.

—C'est tout à fait possible. De toute façon, tu vas bientôt avoir beaucoup de devoirs à faire.

—Mais je suis bonne élève. Je fais mes devoirs très vite, et...

—Si tu veux tenir le coup, il te faudra de bonnes nuits de sommeil, intervint son père, tout en regardant Jake à la dérobée pour lui demander discrètement de le soutenir. Tu penses probablement que Darton est un tout petit lycée pour culs-terreux, qui n'a rien à voir avec l'école où tu allais à San Francisco, mais tu risques d'avoir des surprises.

Sam feignit de s'intéresser aux chevaux dans le pâturage, et ne répondit pas. Mais intérieurement, elle réfléchissait aux implications des propos qu'elle venait d'entendre.

Je préférerais que tu ne sortes pas…

Si tu veux tenir le coup, il te faudra de bonnes nuits de sommeil…

Jusqu'à présent, ils ne lui avaient jamais interdit de sortir. Il fallait qu'elle trouve le moyen de détourner la conversation, avant qu'ils ne l'obligent à faire une promesse qu'elle ne pourrait pas tenir.

—Douce! s'écria-t-elle alors.

Tout le monde se retourna comme un seul homme pour regarder dans le corral la jument pie aux longs membres, que Sam avait pointée du doigt. Sans la petite marque blanche en forme de cœur qu'elle portait sur la hanche, Douce aurait été noire de la tête aux pieds.

Aussi loin qu'elle s'en souvienne, Sam n'avait jamais vu sa grand-mère monter un autre cheval qu'elle.

—Elle serait parfaite pour Caïd ! s'empressa-t-elle d'ajouter en voyant les lèvres de cette dernière se resserrer, ce qui signifiait qu'elle n'était pas dupe du stratagème de sa petite-fille. Elle ne l'a jamais mordu, et elle ne lui a jamais donné de coups de sabot. Tu l'as vue le faire, toi, Jake ?

—Non.

—En fait, je ne l'ai jamais vue s'en prendre à aucun cheval, mais vraiment jamais.

—C'est parce que Wyatt lui a appris les bonnes manières, surtout quand elle a de la compagnie, commenta Grand-Mère Grace, l'air rêveur. Il me l'a donnée juste après son mariage avec ta mère.

Un silence s'installa, bientôt empli par le croassement d'une corneille perchée sur un des poteaux de la barrière, et par Compère, qui s'était mise à laper maladroitement l'eau de l'abreuvoir. Malgré ces diversions, Sam ressentit la boule qui lui serrait la gorge chaque fois que sa grand-mère mentionnait sa mère.

—Je n'ai pas le temps de bavarder, lança soudain son père, tout en baissant son chapeau pour dissimuler ses yeux. Sam, tu t'occuperas de ces chevaux à ton retour. Quant à toi, Jake, il y a du travail à faire, à moins que tu préfères aller en ville avec ces dames.

—Non, m'sieur, répondit Jake.

Sam se demanda si ce dernier s'était rendu compte qu'il avait rabattu son chapeau tout comme son père venait de le faire.

La Buick de Grand-Mère Grace passa en cahotant le pont de bois qui enjambait la rivière dont le ranch tirait son nom.

Tout en soupirant, Sam regarda sa grand-mère à la dérobée. Allait-elle se mettre en colère ? C'était impossible à dire. Son visage était totalement impassible.

Sam tourna alors les yeux vers les collines du haut plateau désertique, qui roulaient vers le nord avant de devenir de véritables montagnes. Les épais buissons d'armoise qui les recouvraient leur donnaient l'aspect d'un doux tapis de verdure, mais Sam ne s'y méprenait pas. Les pentes qui menaient à la chaîne des montagnes Calico étaient ardues. C'était là-haut, quelque part, que se cachait la vallée secrète où le Fantôme mettait son troupeau à l'abri.

Sa grand-mère la conduisait dans la direction opposée.

La route goudronnée à deux voies courait droit vers la ligne d'horizon, vers Alkali. Trop modeste pour être qualifiée de ville, la bourgade disposait toutefois d'un petit restaurant et d'une station-service. De plus, chaque mardi, le bibliobus du comté s'y arrêtait. Sam avait convaincu son père deux fois déjà de prêter son pick-up à Jake pour qu'il la conduise à Alkali ces jours-là.

Grand-Mère, elle, traversa la bourgade sans s'arrêter.

—Je pensais boire quelque chose ici, dit-elle soudain en pointant le menton vers le petit restaurant, mais on déjeunera plutôt dans le centre commercial.

—Super, répondit Sam en allumant la radio.

Cette dernière était l'un des points forts de la Buick de Grand-Mère Grace : son antenne réussissait à capter toutes les fréquences émises dans la région, et ce sur un rayon de plusieurs centaines de kilomètres.

Sam se surprit à fredonner les chansons démodées que passait la station préférée de sa grand-mère. Même lorsque le budget était limité, ce qui serait le cas ce jour-là, Sam aimait bien faire les magasins. Elle ne l'avait pas fait à Darton depuis sa première année de collège.

D'après ce qu'elle avait entendu dire, le centre commercial s'était beaucoup agrandi.

—Samantha ?

Sam tourna la tête. Lorsqu'elle vit que sa grand-mère avait gardé les yeux fixés sur la route, elle comprit que cela n'augurait rien de bon.

—Je ne vais pas t'enfermer dans ta chambre la nuit, lui dit-elle, mais je ne plaisante pas. Je ne veux plus que tu t'approches de cet étalon. Si jamais je te surprends à t'éclipser, tu seras punie. Et quand je dis « punie », je veux dire que faire du cheval, ce sera fini, tant que tu n'auras pas compris, ajouta-t-elle, en la regardant cette fois droit dans les yeux.

Que pouvait-elle faire ? Sam baissa le regard vers ses mains, qui s'étaient mises à trembler sur ses genoux, et les dissimula entre ses cuisses. Sa grand-mère la forçait à choisir entre Caïd et le Fantôme. C'était injuste. Elle ne supportait pas l'idée de ne plus pouvoir chevaucher longuement, comme elle le faisait chaque jour, montée sur Caïd. Mais son cœur se briserait si elle ne pouvait jamais revoir le Fantôme.

Chapitre 2

Le centre commercial de Crane Crossing était correct. Certes, ce n'était pas San Francisco, mais de toute façon, Sam n'avait jamais beaucoup aimé les petites boutiques à la mode dans lesquelles Tante Sue aimait aller. Crane Crossing correspondait davantage à ses goûts. Il incluait un grand magasin, dans lequel elle trouva un sac à dos, des jeans, des chaussettes, la tenue de gymnastique vert et or du lycée de Darton, et une jupe que sa grand-mère voulait absolument lui acheter.

Le centre commercial avait aussi trois boutiques de prêt-à-porter. L'offre était assez similaire dans les trois, mais Sam finit par choisir deux chemises dans l'un, et un chemisier assorti à la jupe dans l'autre.

Le moment le moins agréable pour elle fut celui où elle fut obligée de constater, sous les spots fluorescents qui illuminaient les miroirs dans les cabines d'essayage, que sa coiffure était grotesque. Jusque-là, Sam avait plaidé un vent de folie passagère pour avoir tailladé ainsi ses cheveux juste avant son retour au ranch : c'était parce qu'elle voulait faire plus âgée. Mais la façon dont ils repoussaient s'avérait pour le moins étrange. Elle avait besoin de l'aide d'un professionnel. Toutefois, elle ne pouvait pas demander à sa grand-mère de lui payer le coiffeur, alors que le budget familial était déjà mis à rude épreuve par le seul achat de ses tenues vestimentaires.

Tully's, la boutique Western également installée dans le centre commercial, fut le point fort de la journée et lui fit oublier sa coiffure. Sam y vit une têtière, une pure œuvre d'art, façonnée à la main. Très délicatement, elle effleura des doigts le plumet qui ornait le cuir, lisse et beige. Comme cette têtière serait belle sur l'Ensorceleuse, la jument noire de Jake !

Si une bonne fée lui avait, de sa baguette magique, envoyé une douce pluie de billets, elle l'aurait achetée. L'anniversaire de Jake était le premier octobre.

Grand-Mère Grace, qui s'était approchée d'elle, fit claquer sa langue et s'exclama :

—Doux Jésus, elle coûte plus cher que tout ce qu'on dépense pour la maison en un mois !

Sam faillit lui rétorquer que l'argent ne faisait pas tout. Elle fut bien heureuse de ne pas l'avoir fait lorsque sa grand-mère ajouta :

—Tu ne trouves pas que Caïd aurait fière allure avec ça sur sa jolie petite tête ?

Sam était incapable de deviner ce que sa grand-mère ferait ou dirait d'une minute à l'autre. Dépitée, elle décida que les adultes, son père et sa grand-mère inclus, étaient plus imprévisibles que les chevaux.

Un peu plus tard, attablée dans l'un des restaurants du centre commercial, Grand-Mère Grace dévora un énorme plat chinois, mais ne montra aucun enthousiasme lorsque Sam, le doigt pointé vers le cinéma multiplexe, lui suggéra d'aller voir un film. Elle attendit d'être revenue à la Buick pour lui dire, tout en chargeant leurs achats sur la banquette arrière :

—La prochaine fois, peut-être.

Mais Sam n'avait pas grand espoir. Au ranch, la même télévision trônait dans le salon depuis dix ans. Sa grand-mère et son père n'avaient jamais acheté de magnétoscope. Son père regardait les informations tous les soirs, mais rarement autre chose. Elle savait que son travail quotidien était un vrai labeur, éreintant physiquement, mais elle ne comprenait pas qu'on puisse aller se coucher à huit heures tous les soirs, à moins d'être malade. Quant à sa grand-mère, après dîner, elle lisait des romans, ou bien faisait du patchwork.

Sur le chemin du retour, dans la voiture, soudain, Sam eut un frisson. Quelque chose lui disait que le Fantôme était tout près. Elle observa chaque buisson qui s'agitait sous le souffle du vent, ainsi que chaque rocher noir au loin.

C'est sa grand-mère qui l'aperçut en premier.

La plaine des Tambours de guerre s'étendait à leurs pieds telle une nappe gris bleuté. Depuis la route, Sam aperçut une dépression au milieu des arbustes d'armoise et des pins-noix. Sa grand-mère jeta un rapide coup d'œil vers l'endroit où le tapis broussailleux prenait une teinte vert poussiéreux avant de se transformer, aux abords d'une mare, en un terrain nu à force d'avoir été piétiné. Là, au bord de l'eau, une dizaine de chevaux assoiffés se disputaient l'espace.

— C'est une belle brochette de mustangs, dit Grand-Mère Grace, avant d'ajouter : Oh, regarde ! Là, sur la crête !

Tout en suivant des yeux le geste de sa grand-mère, Sam retint son souffle. Son regard remonta le flanc de la colline au-delà de la mare. Sur une crête que délimitaient des pins tordus par le vent, l'étalon d'argent montait la garde.

De là où elle se trouvait, elle ne voyait qu'une fière silhouette se détachant sur le ciel d'été, mais Sam savait que c'était son cheval. Toutefois, la crête avait l'air si haute, si venteuse, si lointaine qu'elle n'était pas sûre que l'étalon et les chevaux qui se désaltéraient appartiennent au même troupeau.

Soudain, Grand-Mère Grace fit une embardée et se gara sur le bas-côté. Elle arrêta le moteur, ouvrit la boîte à gants, et en tira des jumelles.

La distance lui donnait l'aspect d'un jouet étincelant, mais Sam avait reconnu le Fantôme à son port majestueux. Elle avait du mal à croire que sa grand-mère puisse le reconnaître aussi. Mais celle-ci, d'une voix mêlée de stupéfaction et de déception, s'exclama :

—Alors ça, c'est lui, n'est-ce pas ? Ton petit poulain perdu, devenu adulte ?

Avait-elle espéré tout ce temps que Sam se laisserait convaincre par le proverbe « Loin des yeux, loin du cœur » ?

Grand-Mère Grace se redressa et inclina les jumelles vers le bas. Sam supposa qu'elle voulait observer les juments et leurs poulains. Bien qu'elle ne les voie elle-même qu'en miniature à cause de la distance, Sam reconnut deux *red duns* à leur robe sable rougeoyante et à leur raie de mulet sur le dos, ainsi qu'un gris souris, qu'elle avait déjà remarqués dans le troupeau du Fantôme.

—Et celui-ci ? Je me demande bien qui ça peut être, dit alors Grand-Mère Grace.

Entendant Sam gémir de frustration, elle lui tendit les jumelles.

—Je n'arrive jamais à les régler, ces trucs, marmonna Sam.

—Prends ton temps, lui répondit sa grand-mère.

Facile à dire. Les mustangs sont capables de disparaître alors même que vous les observez.

—Oh, allez ! grommela Sam.

Tout d'abord, elle avait tant pressé les jumelles contre ses orbites qu'elle n'avait rien vu. Puis elle les avait tenues trop loin, si bien que sa vision était gênée par ses cils, qui battaient juste devant les oculaires.

Pourtant, c'était important. Sa grand-mère venait de se demander qui était cet autre cheval, et sa voix s'était faite soupçonneuse.

Le premier animal du groupe sur lequel Sam parvint à faire le point avait des antérieurs striés de raies obliques, une marque caractéristique des chevaux préhistoriques.

—Ouais, souffla Sam.

Elle se souvenait avoir vu cette jument chamois lorsqu'elle avait découvert la vallée secrète du Fantôme.

La jument, justement, leva la tête, figea son regard de l'autre côté de la mare, et agita les oreilles. Le reste du troupeau vint se serrer autour d'elle, avant de reculer lorsqu'elle entreprit de faire le tour de la mare au trot. « Ce doit être la jument leader », se dit Sam.

Confirmant son hypothèse, l'animal, oreilles plaquées, dents sorties, l'air menaçant, s'élança soudain au galop en direction d'un intrus qui était apparu.

—La tête de marteau !

—La quoi ? reprit sa grand-mère d'un ton incrédule.

—Lui, là, répondit Sam sans bouger les jumelles, mais en pointant le doigt vers l'étalon à grosse tête. Je l'ai déjà vu.

Elle n'osa pas révéler que c'était lui qu'elle avait surpris au ranch, pas plus tard que la nuit précédente, à minuit, et pourtant, elle en était persuadée.

Sa grosse tête, sa longue crinière et sa morphologie trapue étaient inhabituelles. Maintenant qu'elle le voyait en plein jour, elle se rendit compte que sa robe avait la couleur de jeans lavés des milliers de fois. Un rouan, gris-bleu.

—Je ne sais pas d'où il vient, dit-elle, mais en tout cas, c'est un sacré m'as-tu-vu.

L'étalon caracolait vers la jument chamois comme s'il s'attendait à ce qu'elle lui fasse des courbettes et lui baise les pieds. Mais cette dernière n'avait aucune intention de se laisser impressionner.

Elle chargea. Il esquiva. On aurait dit un cheval de *cutting*, éloignant peu à peu ce sujet difficile du reste des juments et des poulains, tout en se rapprochant lui-même de ces derniers, qui le fixaient les yeux écarquillés.

Soudain, quelque chose le déconcentra. Sam s'empressa de balayer les alentours avec ses jumelles pour voir ce qui avait ainsi conduit le rouan bleu à se détourner si rapidement des juments.

Le Fantôme avait quitté la crête et descendait la colline au trot par un sentier caché. On aurait dit qu'il flottait. La tête inclinée sur le côté, la queue battant l'air, il semblait juste curieux. Sam en déduisit qu'il ne se sentait pas menacé par l'autre étalon.

Ce dernier, qui lui faisait face maintenant, baissa la tête dans un mouvement qui donna encore plus d'amplitude à son épaisse encolure. Puis il se mit à piaffer dans le sable et, après avoir regardé les juments qui l'observaient, immobiles derrière lui, il avança de quelques pas comme un mauvais garçon tentant d'impressionner les filles. Puis il chargea.

Le Fantôme fit un écart. Déstabilisé, le rouan bleu perdit l'équilibre, sans toutefois tomber. Il poursuivit sa course sur une courte distance, puis pivota pour faire face, de nouveau, à l'étalon d'argent.

Soulevée par la brise, la crinière blanche et soyeuse du Fantôme ondulait doucement. Le rouan bleu encensa, trois fois, avant de lancer une seconde attaque. De nouveau, le Fantôme fit un écart, mais quand il vit son adversaire trapu s'apprêter à un troisième assaut, il perdit patience. Ses oreilles s'aplatirent sur sa tête et il planta ses sabots dans le sol avec détermination.

L'étalon bleu s'immobilisa. Il baissa la tête et la balança juste au-dessus du sol, soulevant la poussière de son souffle. Le Fantôme l'avait traité comme on traite un sauvageon, et le rouan bleu avait l'air tout honteux. Finalement, sans un autre regard pour les juments, l'étalon déshonoré s'enfuit au galop.

Sam le vit disparaître derrière la colline. Elle attendit. Il ne pouvait pas ne pas réapparaître de l'autre côté.

— Ils s'évanouissent dans la nature, comme ça, dit alors sa grand-mère en claquant des doigts. C'est incroyable, hein ?

Le rouan bleu avait bel et bien disparu. Sam, soudain, se mit à transpirer et sentit ses jambes coller sur le siège de la Buick.

Elle était heureuse que le Fantôme soit sorti vainqueur, mais cette confrontation n'avait rien eu d'un duel. Tout au plus le Fantôme avait-il admonesté son ennemi. Sam se remémora les énormes sabots du rouan bleu frappant la barrière de colère et regretta qu'il ait perdu la bataille de façon si radicale face au Fantôme.

Et si sa fierté était blessée? Reviendrait-il pour prendre sa revanche?

Cette fois, Sam tressaillit, bien que les ondes de chaleur du mois d'août continuent d'emplir la voiture par les vitres ouvertes.

Le troupeau du Fantôme se remit en mouvement autour de la mare comme si rien ne s'était passé, mais le Fantôme ne retourna pas sur la crête.

—Je me demande si ce n'est pas un étalon isolé qui cherche des juments pour constituer son propre troupeau, dit Grand-Mère Grace, l'air pensif. Ou bien c'est un jeune, qui essaie de mesurer ses forces.

—Il avait l'air sérieux. Le Fantôme, lui, non, fit remarquer Sam.

—Le Fantôme. Pourquoi lui donnes-tu ce nom, alors que toi, Jake et Wyatt pensez tous que c'est Blackie?

—Il ne ressemble plus à «Blackie».

—C'est vrai, mais si c'est ton ancien poulain, il ne peut pas être le Fantôme.

Des frissons parcoururent les bras de Sam. Sa grand-mère ne croyait tout de même pas à la légende de l'étalon blanc? C'était une créature imaginaire. Lorsque les cow-boys de la région, réunis autour d'un feu de camp, se racontaient des histoires, ils parlaient toujours d'un cheval dont le spectre pâle pouvait passer au travers des barrières. Il flottait au ras du sol, plus rapide que n'importe quel cheval mortel. Il se désincarnait quand on le prenait au lasso, et se déplaçait avec le silence des nuages. Mais tout le monde savait que ces récits avaient pour origine une famille de mustangs gris extrêmement rapides qui vivaient dans les montagnes Calico.

Sam resta interdite. Hormis les quelques fois où elle avait surpris sa grand-mère à croiser les doigts pour invoquer la chance, elle ne se souvenait pas l'avoir jamais vue faire preuve de superstition.

Tandis qu'elle réfléchissait, en contrebas le Fantôme avait levé la tête et fixé son regard sur la route, comme s'il avait fini par les remarquer.

—Il est magnifique, dit Grand-Mère Grace.

—Alors pourquoi est-ce que tu veux m'empêcher d'aller l'attendre dehors la nuit ? Il vient toujours vers minuit, et je te promets que je n'essaierai pas de le monter, et…

—Samantha !

Le ton de sa grand-mère la rappela à l'ordre.

—Mais, Grand-Mère, si je prévoyais de le monter, j'aurais demandé à Papa de l'adopter, reprit Sam, qui se trouvait très raisonnable. Je n'aurais pas encouragé le Bureau de gestion à le relâcher.

—Ma chérie, je sais que tu crois ce que tu dis, pour l'instant. Mais si tu sors voir ce cheval chaque nuit, s'il te laisse l'approcher, caresser son encolure, voire s'il commence à te suivre un peu partout, il serait normal qu'ensuite tu aies envie de le monter. Et tu ne vas pas me dire, ajouta-t-elle en pointant l'index sur Sam, que l'idée de chevaucher en pleine nuit, cheveux au vent, sur un étalon mustang que personne d'autre ne peut même toucher, n'est pas séduisante.

Grand-Mère Grace avait raison. Sam ne pouvait nier qu'elle se sentait tout excitée à cette pensée. Elle prendrait probablement le risque d'être punie, si l'occasion lui était donnée de chevaucher toute une nuit.

—Tu sais que j'ai un faible pour les animaux, mais j'ai un faible encore plus prononcé pour toi, reprit Grand-Mère Grace en rivant ses yeux bleus dans le regard marron de Sam. Je te souhaite de ne jamais avoir à attendre dans la salle d'attente d'un hôpital, la tête dans les mains, à prier qu'un enfant reste en vie. Après que ton poulain t'a désarçonnée et blessée à la tête, j'ai juré que tu ne le monterais jamais plus. Et je tiendrai ma promesse jusqu'à mon dernier souffle.

Si Grand-Mère Grace s'était lamentée et laissée aller à trop d'émotion, Sam lui aurait peut-être rappelé que Blackie ne l'avait pas fait exprès. Elle était tombée et c'est en s'enfuyant que ce dernier, terrifié, l'avait heurtée à la tête avec un sabot. Mais Grand-Mère Grace avait parlé avec calme, sans la moindre trace de sanglot dans la voix. Sam sut alors que, ce jour-là, elle ne pourrait pas gagner la partie.

Elle regarda devant elle la route goudronnée à deux voies et vit une voiture approcher. Celle-ci scintillait comme du verre et Sam n'eut aucun mal à reconnaître la grosse Cadillac beige de Linc Slocum.

Ce citadin pur jus qui voulait se faire cow-boy s'était acheté un ranch d'élevage pour tenter de réaliser son rêve. Pourtant il faisait nettoyer sa Cadillac chaque jour par un employé, au lieu de conduire une voiture recouverte de poussière comme un vrai cow-boy le ferait.

Il ne s'offusquait pas que les gens le traitent de fanfaron ou fassent la grimace devant la boucle de ceinturon qu'il avait achetée, et non gagnée en trophée lors d'un rodéo. Ce qui le rendait fou, c'était son incapacité à obtenir à prix d'argent ce qu'il considérait être le plus beau trophée de l'Ouest : le Fantôme.

Deux semaines plus tôt, le Bureau de gestion lui avait refusé l'adoption de l'étalon. L'agence gouvernementale avait décidé de relâcher ce dernier et de le prendre sous sa protection, dans l'espoir qu'il joue son rôle d'étalon reproducteur auprès des juments sauvages et fasse prospérer la lignée des mustangs.

La Cadillac arrivait vite. Pourquoi tenter le destin ? Sam ne voulait pas que Linc Slocum ait la moindre chance d'apercevoir le Fantôme.

— Grand-Mère, démarre, dit-elle. C'est Linc Slocum. À mon avis, ce ne serait pas une bonne chose qu'il voie le… enfin, Blackie.

Quelques secondes s'écoulèrent avant que Grand-Mère Grace ne fasse le rapprochement et se souvienne du conflit qui avait opposé l'homme à sa petite-fille. Elle remit alors la Buick en marche en faisant vrombir le moteur. Puis elle se retourna pour vérifier que personne n'arrivait derrière et elle démarra.

Cours, mon cheval, cours. Sam fixa son regard dans la direction de l'étalon pour lui communiquer ses pensées. *Va-t'en, maintenant !* Le

Fantôme fit le tour de son harem d'un pas nerveux. La première jument lui emboîta le pas.

Sam scruta de nouveau la route. La Cadillac de Slocum gagnait du terrain et n'était plus qu'à quelques centaines de mètres. S'il lui prenait l'envie de regarder en contrebas, Slocum ne pourrait pas ne pas voir les mustangs.

Grand-Mère Grace avait repris la route, mais les chevaux étaient toujours agglutinés autour de la mare. Sam devait agir.

Elle n'avait jamais prononcé le nom secret de l'étalon en présence d'un autre être humain. Jake, qui lui avait enseigné les techniques ancestrales utilisées par les Indiens Shoshone pour apprivoiser les chevaux, lui avait expliqué qu'un tel nom liait à jamais le cavalier à sa monture, à condition qu'il reste caché.

Sam décida donc de ne le prononcer que mentalement.

Cours, Zanzibar, cours.

Comme si elle avait hurlé, aussitôt, l'étalon s'emballa. Pivotant sur ses postérieurs, la jument chamois s'écarta vivement de la mare et fonça droit derrière lui vers les collines. En rangs serrés, les autres membres du troupeau s'ébranlèrent. Le Fantôme revint derrière eux en un mouvement circulaire, leur mordillant les hanches, les poussant de son poitrail puissant, jusqu'à ce que chacun d'eux ait passé la crête de la colline.

Tout comme le rouan gris-bleu, le troupeau disparut. Un panache de poussière s'éleva dans le ciel, puis dériva dans l'air du désert.

Chapitre 3

Linc Slocum fit en sorte que Grand-Mère Grace s'arrête : il descendit de voiture et, planté au milieu de la route, agita les bras frénétiquement.

Lorsque, parvenue à son niveau, Grand-Mère Grace se fut garée sur le bas-côté, elle et Sam se rendirent compte qu'il n'y avait pas grande urgence : Slocum s'était accroupi près de la roue arrière de sa Cadillac, mais le pneu n'avait pas crevé.

Sam secoua la tête de dégoût. À San Francisco, le taux de criminalité était élevé. Les gens étaient suspicieux, et ils auraient tout de suite compris de quoi il retournait : c'était un guet-apens.

Dans les régions rurales du Nevada, comme c'est le cas partout dans l'Ouest, les habitants obéissent à un code de bonne conduite, qui veut que chacun se comporte en bon voisin, avec tout le monde. Y compris avec les affreux de la trempe de Linc Slocum.

Les pouvoirs publics eux-mêmes avaient bien vu qu'il leur donnerait du fil à retordre. Le Bureau de gestion des terres lui avait refusé le droit d'adopter un mustang. Slocum avait avoué que l'un de ses employés avait maltraité un cheval sauvage, mais qu'il n'avait pas voulu le dénoncer. Ces deux faits constituaient un délit.

Mais la véritable faute de Slocum était pire. Il avait pourchassé le Fantôme en camion sur des kilomètres. Harassé, l'étalon avait fini par se laisser rattraper, et Slocum l'avait fait prisonnier au lasso. Le cheval aurait peut-être pu gagner ce duel, si un tonneau rempli de ciment n'avait été attaché à l'autre bout de la corde. Seule la chance avait permis au Fantôme de ne pas se briser les vertèbres en tentant de s'échapper. Au bout du compte, il s'était tant débattu que c'est la corde qui avait fini par lâcher.

Les propriétaires de ranch locaux méprisaient Slocum, mais personne n'avait pu témoigner.

Tous *croyaient* que cet incident avait bien eu lieu, mais aucun ne l'avait vu de ses propres yeux.

Slocum se tourna vers Sam et sa grand-mère, et leur fit un signe de la main.

Il était grand, un mètre quatre-vingt-cinq au moins, et avait un corps en forme d'œuf. Ses cheveux, lissés vers l'arrière, étaient plats et brillants. Accroupi comme il l'était, son jean et sa chemise écossaise le serraient. Il espérait sans doute que cette position lui donnerait l'air d'un cow-boy prêt à marquer un veau. On peut toujours rêver.

Les dents resplendissantes de blancheur, Slocum leur adressa son fameux sourire commercial :

—Alors ça, voilà mes deux dames préférées qui viennent me sauver, lança-t-il en agitant un petit instrument métallique qu'il avait dans la main. Ce pneu se dégonfle régulièrement. Je vérifie combien il me reste d'air.

Sur ce, il se releva, mit l'instrument dans sa poche, et traversa la route. Sam comprit, au cliquetis qu'il faisait, qu'il portait des éperons, et se demanda quelle utilité il pouvait bien leur trouver au volant d'une voiture.

Slocum posa les mains sur le rebord de la vitre que Grand-Mère Grace avait ouverte. Instinctivement, celle-ci se recula.

—Bonjour, susurra Slocum en adressant cette fois son faux sourire à Sam, sans pouvoir toutefois dissimuler un certain embarras. Ça fait bien une semaine de quatre dimanches qu'on s'est pas vus, d'moiselle. Je ne me souviens plus exactement, et toi ?

Ses propres cow-boys se moquaient de l'emploi que Slocum faisait d'expressions désuètes qui remontaient à la période du bon vieux Far West. Mais cela ne l'empêchait pas de continuer à les utiliser à tout bout de champ.

Sam haussa les épaules comme si elle non plus ne se souvenait pas.

Slocum souleva alors une main et se tourna à moitié pour regarder sa Cadillac rutilante :

—Il va falloir que je la change. Je n'aime pas ne pas être sûr qu'elle me ramènera chez moi.

Sam l'imagina avec ses santiags, obligé de faire quinze kilomètres à pied pour retourner au ranch de la Poussière dorée. Puis elle se l'imagina tassé dans la Buick.

Ah, non! Ça, jamais. Sam aurait souhaité que sa grand-mère puisse lire les ondes qui émanaient de son cerveau, comme les chevaux le faisaient. Au lieu de cela, cette dernière jeta un coup d'œil vers la banquette arrière, sur laquelle elles avaient empilé leurs achats. Sam eut peur qu'elle ne lui demande d'aller les mettre dans le coffre.

—C'est vrai que votre pneu a l'air à plat, marmonna Grand-Mère Grace comme si, pour la première fois de sa vie, respecter le code de bon voisinage était une véritable corvée.

—Si vous pouviez juste me suivre jusqu'au ranch, ça me suffirait, lui répondit Slocum. Ce serait vraiment aimable à vous.

—Mais bien sûr, Linc! s'exclama Grand-Mère Grace, soulagée et ravie de ne pas avoir à lui servir de chauffeur. À partir du moment où je peux être rentrée à temps pour préparer le dîner, ça ne me dérange pas.

Que sa voiture lui inspire confiance ou non, Slocum ne ralentit pas pour autant. Grand-Mère Grace, tout d'abord, tenta de le suivre, puis le laissa s'éloigner.

—Tu te rends compte, changer de voiture parce que ses pneus sont usés, lâcha-t-elle avec un rire bref qui n'avait rien d'amusé.

Depuis que Sam était revenue de San Francisco, elle avait assisté à plusieurs conversations entre son père et sa grand-mère sur les affaires financières du ranch. Ces discussions l'ennuyaient, mais elle comprenait pourquoi la remarque de Slocum avait suscité l'envie chez sa grand-mère.

Après quelques kilomètres silencieux, cette dernière lui dit soudain :

— On voulait dépenser plus.

— Quoi ?

— Pour tes affaires.

— Ne t'inquiète pas, Grand-Mère, vraiment, lui répondit Sam en lui passant la main sur le bras dans l'espoir de faire disparaître le froncement de sourcils qui lui barrait le front. Je n'ai même pas encore ouvert le colis que Tante Sue m'a envoyé.

Ce carton était plein des tenues d'école que Sam avait laissées dans sa chambre à San Francisco. Depuis qu'elle les avait récupérées au ranch, il avait fait une chaleur étouffante. L'idée d'essayer des pantalons en laine et des pull-overs lui répugnait.

— Et puis, ajouta-t-elle pour le cas où sa grand-mère aurait pensé que ce serait un bon moyen de finir la journée, tu sais, pour moi, les vêtements, ce n'est pas trop important.

— Quand on entre en première année de lycée, la façon dont on s'habille est importante, insista sa grand-mère, l'air sceptique.

Essayait-elle de rendre les choses plus difficiles pour elle ? Le rouan gris-bleu et le Fantôme risquaient de se faire du mal. Sam n'avait le temps de s'inquiéter ni de ses tenues vestimentaires ni de questions d'argent. Mais sa grand-mère n'était pas décidée à abandonner le sujet :

— On a de sacrées bonnes raisons de faire attention aux dépenses, reprit-elle en empêchant Sam de l'interrompre d'un geste de la main. Les ventes de bétail cet automne ne vont pas beaucoup nous rapporter. Avec la sécheresse, l'herbe s'est faite rare. Les bêtes ne sont pas aussi grosses qu'elles pourraient l'être. Et, bien entendu, on les vend au poids.

Sam se recroquevilla intérieurement, mais resta silencieuse.

Si Compère, sa génisse orpheline, n'avait pas dû être sauvée des sables mouvants, aujourd'hui elle serait en train de paître sur les terres du Méandre, à engraisser avant d'être vendue au marché.

Cette pensée donna à Sam des nausées, et son estomac se noua.

Son père pouvait encore changer d'avis et Sam n'oserait pas lui demander de garder Compère comme animal de compagnie.

— Et puis, il y a le Bureau de gestion des terres, poursuivit sa grand-mère. Chaque vache qui a un veau a besoin d'environ huit hectares pour se nourrir, alors on est obligé de se servir des pâturages qui appartiennent au gouvernement fédéral. Quand ils augmentent leurs taxes pour chacune de nos bêtes qui ne se déplace pas uniquement sur nos terres... (Grand-Mère s'interrompit.) Je suis désolée, ma chérie. Ça ne sert à rien de se plaindre, et encore moins de se mettre en colère parce que Linc Slocum a de l'argent.

Slocum, justement, venait de tourner avec sa Cadillac vers un énorme portail en fer forgé à motifs ornementaux. Au-delà s'étendaient des hectares de pâturages dont le vert était presque fluorescent comparé à celui, plus proche du gris, qui recouvrait le reste des terres de la région. Dans un état désertique comme celui du Nevada, l'eau, qui seule permet de préserver la verdure, n'était pas donnée.

—Je me demande comment il a réussi à accumuler tant d'argent, murmura Sam d'un air pensif.

—Ce ne serait pas poli de poser la question, ma chérie.

Sam avait espéré que, une fois Slocum arrivé devant sa propriété, elle et sa grand-mère poursuivraient leur chemin, mais tandis que les grandes grilles télécommandées s'ouvraient, Slocum leur fit signe de le suivre. Grand-Mère Grace s'exécuta.

La dernière fois où Sam était venue là, le ranch appartenait aux Kenworthy. Lila et Jed Kenworthy formaient un couple charmant, et leur fille, Jennifer, avait à peu près l'âge de Sam. Toutefois, elles n'étaient jamais allées à l'école ensemble, car Jen était scolarisée à la maison.

La Buick de Grand-Mère Grace passa lentement les hautes grilles en fer forgé et pénétra dans un Far West de conte de fées. Des parterres de fleurs flanquaient l'allée nouvellement pavée. Des clôtures blanches en bois délimitaient des pâturages d'un vert velouté, parsemés de *Black Angus*, des vaches toutes noires et sans corne, et de *Dutch Belted*, noires et ceinturées de blanc.

Grand-Mère Grace fit un signe du menton en direction de ces dernières :

— Linc a dit à ton père qu'il avait acheté cent têtes de celles-là, parce qu'elles rappelaient à Rachel les biscuits Oreo, dit-elle.

Sam se souvenait que Rachel était la fille de Slocum. Il avait mentionné une fois qu'il lui avait acheté un cheval de dressage. Selon Jake, Rachel était plus intéressée par la chaîne de musique MTV, ou la dernière teinte à la mode de vernis à ongles, que par l'équitation.

Pourtant, la race chevaline était amplement représentée dans le ranch. À gauche de l'allée, un troupeau de poneys shetlands gambadait le long de la clôture. À droite, Sam vit une dizaine de chevaux aux membres élancés, des *appaloosas* de course apparemment.

Dans le dernier herbage, un autre groupe de chevaux, de races variées, broutait paisiblement. Au passage de la Buick, ils levèrent la tête, leurs queues battant l'air, des brins d'herbe leur tombant des lèvres. Sam était à peu près sûre que c'étaient des chevaux de ranch au repos.

Une rangée de poteaux d'attache rouges, en séquoia verni, et équipés d'anneaux en cuivre, continua de les guider le long de l'allée.

Sam aperçut alors un enclos circulaire, analogue à celui que son père avait construit dans son propre ranch, et dont elle se souvenait. À l'intérieur, un animal bougeait, mais les planches de bois juxtaposées empêchaient de le voir.

Ce qu'elle découvrit ensuite n'existait pas, elle en était sûre, lors de sa dernière visite.

L'allée se terminait en un demi-cercle balisé pour le stationnement des voitures. La maison que Sam avait gardée en mémoire avait disparu. À la place, s'élevait une butte au sommet de laquelle se trouvait une demeure qui aurait mieux convenu dans une plantation de Louisiane que dans un ranch du Nevada.

Avant que Sam n'ait eu le temps d'apprécier la vue d'ensemble, Slocum se penchait de nouveau à la vitre de Grand-Mère Grace :

— Vous qui vous y connaissez en chevaux, Grace, dit-il, ça vous dérangerait de venir voir quelque chose et de me donner votre avis ?

Ni Grand-Mère Grace ni Sam ne pouvaient résister à une telle invitation. Slocum les conduisit vers l'enclos circulaire, en ouvrit le portail, et les laissa entrer avant de refermer derrière eux.

La jument faisait à peine un mètre quarante au garrot et elle était rouge comme un coucher de soleil d'été. Dès qu'elle les vit entrer, elle s'éloigna avec la vivacité d'une biche vers le côté opposé de l'enclos, ses sabots flottant dans un nuage de poussière. Puis, l'épaule pressée contre la palissade, elle tourna l'encolure pour étudier les nouveaux venus.

Slocum s'approcha d'elle d'un pas lent. La robe alezane de la jument tressaillit comme pour chasser des mouches. Lorsque Slocum tenta d'attraper son licol, elle releva la tête et fit un écart. C'est à ce moment-là que Sam remarqua sur son flanc la marque du Méandre.

—Elle est à nous? murmura-t-elle.

Sa grand-mère fit non de la tête:

—Elle l'était, mais Wyatt a vendu Kitty à Jed Kenworthy juste après… ton accident, finit-elle par dire après avoir retenu son souffle.

Instinctivement, Sam se couvrit le ventre avec les mains, comme si on lui avait décoché un coup de poing. *Princesse Kitty*. Ce n'était pas étonnant que cette jument lui semble familière. C'était la mère de Blackie.

Pourquoi son père l'avait-il vendue? Pourquoi se séparer d'une jument *quarter horse* douée d'un sens inné pour le travail du bétail et qui produisait de magnifiques poulains?

Juste après ton accident, avait précisé sa grand-mère. Elle ne voulait quand même pas dire que son père avait vendu Kitty simplement parce qu'elle était la génitrice de Blackie?

Tentant toujours de l'attraper, Slocum marcha plus vite, puis courut, mais l'alezane ne se laissa pas approcher.

—Ces traces sur ses hanches, Linc, lança la grand-mère de Sam à Slocum, c'est ça que vous voulez que je voie?

Soufflant et haletant, Slocum revint vers elles:

—Ouais. Qu'est-ce que vous en pensez?

Sam comprit aussitôt. Ces marques de morsures et de dents étaient les mêmes qu'elle avait trouvées sur Caïd.

—Est-ce que ça pourrait être des griffures de couguar?

—Oh, non! répondit Grand-Mère Grace. Ça, c'est un cheval qui l'a mordue.

—C'est ce que m'a dit Kenworthy aussi, mais c'est étrange. Hier matin, elle avait disparu du pâturage des chevaux de selle. On ne l'a retrouvée que plus tard dans la journée. Elle hennissait. Elle était dehors, devant les grilles, expliqua Slocum en pointant le doigt vers le portail en fer forgé de l'entrée principale.

Sam savait qu'il était rare pour un cheval captif de s'échapper et d'abandonner une eau et une nourriture assurées, mais c'était déjà arrivé.

—Il est vrai que, pendant quelques années, on a laissé paître nos chevaux dans la prairie et je suis persuadée qu'ils y ont rencontré des mustangs, reprit Grand-Mère Grace. Peut-être Kitty a-t-elle eu soudain l'envie de recommencer l'expérience.

—Oui, mais ça n'explique pas les morsures, n'est-ce pas ? rétorqua Slocum d'un ton soudain moqueur, les sourcils arqués.

De toute évidence, il avait déjà une réponse à sa question, mais Grand-Mère Grace refusa de jouer aux devinettes avec lui.

—À mon avis, vous ne trouverez jamais l'explication.

—Mais j'en ai une. Kenworthy a trouvé des empreintes de sabot, de sabots non ferrés, dans les parterres de fleurs qui longent la route.

Avec un rire triomphant, il se tourna alors vers Sam et reprit :

—Le Fantôme est venu ici pour essayer de me voler Kitty.

—C'est pas vrai ! aboya Sam.

Sa grand-mère respira si bruyamment que Sam ajouta poliment :

—Je suis sûre que vous faites erreur, monsieur Slocum.

—J'aurais tendance à être du même avis que Sam, intervint alors Grand-Mère Grace. J'ai toujours vécu ici. En soixante-cinq ans, je n'ai jamais vu un étalon sauvage venir près de notre maison, autrement que conduit par l'un de nous qui l'avait attrapé au lasso dans la prairie.

Oh, que si ! on en a vu. Sam repensa au rouan gris-bleu. Pas plus tard qu'aujourd'hui, il avait pourchassé les juments du Fantôme. En outre, elle l'avait surpris juste devant la porte de la cuisine. Mais Sam se tut. Elle ne voulait pas être punie.

—Je me vois obligé de vous contredire, reprit Slocum, car je sais pertinemment que cet étalon blanc est déjà venu sur votre propriété.

Sam le soupçonna de l'avoir épiée avec des jumelles, la nuit, depuis la crête qui surplombait le ranch de son père. Mais elle garda les lèvres serrées et se contenta d'emboîter le pas aux deux adultes, qui quittaient le corral. Sa grand-mère garda le silence jusqu'à ce qu'ils soient revenus à la Buick. Puis elle dit :

—Si vous parlez de ce mustang gris (elle refusait décidément de lui donner le nom de

Fantôme), je ne pense pas qu'il ait traversé la rivière. J'ai raison, Samantha?

—Tout à fait raison, répondit Sam, les poings serrés.

—On verra. On verra bien, murmura Slocum en hochant la tête quatre fois. J'ai des bêtes qui m'ont coûté cher dans ce ranch: un troupeau de shetlands, des *quarter horses*, quelques pur-sang, un cheval de selle, et un de dressage, pour n'en citer que quelques-uns.

Il s'arrêta pour souffler, comme si l'énumération de ses possessions l'avait épuisé.

—Kitty est un bon cheval de ranch. Vous avez de la chance qu'elle ait retrouvé son chemin, lui dit Grand-Mère Grace d'un ton compatissant. Je sais que c'était l'un des chevaux préférés de Wyatt.

Slocum manifesta son indifférence par un revers de main en direction de la jument:

—J'ai une pouliche *appaloosa* qui va bientôt arriver de Floride, c'est surtout pour ça que je dois faire encore plus attention.

Sam avait ouvert la portière de la voiture, lorsqu'elle sentit le regard de Slocum sur elle. Elle en eut froid dans le dos. Elle avait l'impression d'être épiée par un serpent.

—Si un cheval sauvage pénètre dans ma propriété et qu'il essaie de voler mes juments, je le déclarerai nuisible auprès des autorités compétentes. Tu es une fille intelligente, Samantha. Tu connais l'expression *animal nuisible*. Ça veut dire qu'il crée trop de problèmes. Et si je donne l'identité de la bête au Bureau de gestion des terres, ils seront obligés de la capturer.

Ce disant, Slocum n'avait cessé d'observer Sam, qui était restée de marbre. La bouche desséchée, elle s'efforça néanmoins de parler :

—Et de la relocaliser.

Slocum gloussa de rire :

—Il faudrait peut-être que tu te renseignes, jeune fille. Le Bureau de gestion est un peu à court de fonds en ce moment. Ils ne peuvent pas se permettre de relocaliser des individus nuisibles, ni de les garder dans leurs enclos et de les nourrir aux frais du gouvernement. Bien sûr, ils pourraient faire adopter ce cheval, dans un autre État, mais ça leur coûterait cher aussi. Non, quand un animal s'est déjà montré indomptable, il n'y a qu'une solution qui ne coûterait pas trop cher au Bureau de gestion. Une balle, et adieu l'étalon.

Chapitre 4

Il était presque quatre heures de l'après-midi quand la Buick de Grand-Mère Grace traversa en sens inverse le pont du Méandre et que Sam entendit son cheval l'appeler pour leur promenade quotidienne.

Lorsqu'elle descendit de voiture, les hennissements d'ennui de Caïd se transformèrent en ébrouements de joie. Chaque jour, le père de Sam s'assurait que sa fille trouvait le temps d'aller se promener avec sa monture, et ce quelles que soient les corvées qu'il lui restait à effectuer au ranch.

Après deux ans passés à la ville, Sam devait admettre qu'elle avait besoin de rafraîchir ses talents de cavalière. Son père partageait ses sentiments, mais lui avait assuré qu'elle retrouverait ses capacités en s'entraînant régulièrement. Il pensait sans doute que son accident l'avait rendue un peu timorée, mais il ne le lui avait pas fait remarquer.

Sam monta en courant dans sa chambre et empila ses achats sur son lit. Elle se déshabilla, mit une tenue plus appropriée et redescendit. Elle avait presque atteint la porte, lorsque sa grand-mère l'arrêta :

—Sam, je sais que tu es pressée, mais s'il te plaît, va d'abord voir s'il y a des œufs. Tu n'en as vraiment pas trouvé beaucoup ce matin, ajouta-t-elle en lui tendant un panier. Ça fait un moment que Wyatt rêve de manger un gâteau avec un glaçage au sucre roux. Il est tellement inquiet au sujet des prix du bétail que c'est le moins que je puisse faire pour lui.

Sam prit le panier et se dirigea vers la porte. Elle avait déjà nourri les poules et vérifié leurs nids le matin, mais un gâteau maison valait la peine d'être retardée.

—Oh, et pendant que tu y es, ajouta sa grand-mère tout en prenant une passoire en fer blanc sur une étagère, ramasse-nous aussi des pois.

Sam se retint de pousser un grognement, mais elle aurait aimé y être autorisée. Lorsque la porte moustiquaire claqua derrière elle, Caïd se remit à hennir, réveillant le ranch silencieux.

Elle tourna la tête dans sa direction avec une moue affectueuse et lui lança : « J'arrive, mon cheval. »

Même si quelques emplettes étaient nécessaires au supermarché de Darton, le potager du Méandre produisait suffisamment de nourriture pour tout l'hiver. À cette période de l'année où l'automne approchait, il ne se passait pas deux heures sans que sa grand-mère lui demande d'aller chercher ou de porter des paniers entiers, ou des passoires pleines, de légumes divers et variés.

Les deux tâches que Grand-Mère Grace venait de lui confier lui prirent un temps infini. Sam finissait à peine sa corvée lorsque les cowboys rentrèrent et la saluèrent en passant devant le jardin, de signes de mains fatigués.

Sam apporta œufs et pois à sa grand-mère, puis partit au pas de course vers la sellerie. Dans le pré, Caïd avait renoncé. Il était maintenant occupé à paître et ne se donna même pas la peine de lever la tête sur son passage.

Arrivée devant la grange, Sam entendit à l'intérieur des voix provenant d'un poste de radio, ainsi que le froissement de feuilles de papier. Elle entra dans le bâtiment et y trouva son père, un journal ouvert devant lui, et certainement pas à la rubrique des bandes dessinées. Il leva la tête et lui sourit, mais porta aussitôt un index à ses lèvres pour qu'elle ne fasse pas de bruit. Une fois les derniers prix de la Bourse au bétail annoncés par la station de Reno, il se renfrogna. Il éteignit le poste, repoussa le journal loin de lui, puis déroula ses manches pour dissimuler les égratignures rouges qui lui couvraient les avant-bras :

— Bonjour, ma fille, dit-il à Sam. Vous êtes rentrées ?

— Ouais, répondit Sam en prenant son tapis de selle sur son support et en jetant la bride de Caïd sur son épaule. Qu'est-ce que tu t'es fait aux bras, papa ?

— Ce satané taurillon s'est encore pris dans les ronces de l'autre côté de la rivière.

— Aïe !

— Sacré bétail, il n'a plus aucune jugeote quand on le lâche dans son pâturage d'été, reprit le père de Sam, pensif. Ils savent comment trouver de l'eau, de l'herbe à brouter, comment repousser les couguars et les coyotes, mais si tu leur donnes quelque chose d'aussi simple qu'une haie pleine d'épines, la seule chose qu'ils voient, c'est les fruits qu'ils pourraient manger. Et ce veau-là–Piment l'a baptisé Gros Bébé–ne veut pas apprendre. Son petit museau rose est complètement écorché.

Tout en reculant avec sa selle en équilibre sur ses bras, Sam lança un hum ! qui voulait indiquer son intérêt, mais sans trop exagérer. Dehors, au-dessus de la colline, le soleil ne formait plus qu'un demi-cercle cuivré, ce qui signifiait qu'elle aurait déjà dû être loin avec Caïd.

—Enfin, ce Gros Bébé ne nous posera pas de problème très longtemps, poursuivit son père en reprenant son journal.

Les mains de Sam se figèrent, comme gelées, sur sa selle. Si Gros Bébé, un veau né au printemps, était assez âgé pour être vendu comme viande de boucherie, Compère était dans le même cas aussi.

—Tu ne l'envoies pas déjà au marché, hein ?

Son père secoua la tête avec impatience :

—À la vente aux enchères des taurillons.

Grand-Mère Grace, ou Jake même, aurait sans doute relevé l'allusion que Sam avait tenté de faire, mais son père, non. Loin de là, la question de sa fille suscita chez lui l'idée d'une autre corvée à lui donner :

— Puisque tu sors avec Caïd, va voir comment Gros Bébé se porte. Et puis, je compte sur toi pour mettre Caïd avec Douce…

— Je sais, l'interrompit Sam, alors qu'en fait elle avait oublié. Mais comment est-ce que je vais savoir lequel c'est ?

Son père la regarda comme si elle lui avait demandé de lui expliquer la différence entre un cheval et une scie égoïne.

— Il est plus grand que les autres ! Mais bonté divine, Sam, si tu vois un veau, quel qu'il soit, pris dans les ronces, aboya-t-il, sors-le de là !

— Oui, papa.

« Oh, les joies de la vie à la campagne ! » grommela Sam à part soi. Chez Tante Sue, à San Francisco, elle n'avait qu'à faire son lit, et mettre la table. Les jours de ménage, il lui arrivait peut-être, parfois, de devoir faire la poussière sur le piano ou nourrir le poisson rouge…

Le hennissement feutré de Caïd interrompit le cours de ses pensées. Son hongre, bravant les dents et les sabots des autres chevaux, s'approchait timidement. Sam alla le rejoindre. Avant même qu'elle puisse ouvrir le portail, Caïd frotta son museau contre le cou de sa maîtresse, la picotant avec ses moustaches et fleurant bon l'herbe.

« Et ça, reprit Sam toujours à part soi tout en posant un baiser sur ce nez si raffiné qu'il aurait pu boire dans une tasse de thé, c'est la raison pour laquelle je ne veux pas vivre à San Francisco. »

Sur quoi, elle monta en selle, libre enfin.

Caïd, comme tous les poneys de ranch, était habitué à ce que son cavalier le laisse travailler en liberté. Mais il semblait nerveux. Sam décida donc de garder les rênes courtes. Elle avait appris sa leçon. Lorsque Caïd montrait des signes d'agitation, et qu'il avait envie de se défouler, elle ne se permettait plus de rêvasser, car, pour attirer son attention, il aimait tout particulièrement ruer.

Elle décida que, une fois le pont passé, elle le laisserait galoper vers le nord, puis quand il serait apaisé, qu'elle irait inspecter le troupeau près des haies.

Sam se pencha en avant, serra les jambes et donna du talon. Bien qu'elle se soit préparée à un démarrage en force, elle fut obligée de s'agripper au pommeau de la selle. Il n'allait tout de même pas recommencer !

Mais très vite, Caïd adoucit ses foulées et Sam put se décontracter et épouser le balancement rythmé de la selle. On aurait dit qu'elle avait fait ça toute sa vie, ce qui était presque le cas.

L'allure de Caïd la berçait. Elle huma le vent d'été, chargé du parfum des pins, de l'herbe jaunie par le soleil, et du piquant de l'air annonçant le froid prochain de la nuit. Le sol soudain partit en pente douce pour se transformer en un terrain humide couvert d'un épais tapis d'herbe drue. Une poignée de fleurs jaunes pas plus grosses que des gouttes de pluie y poussait en bouquet serré. Sam aurait parié qu'une source souterraine coulait juste sous la surface.

Soudain, il y eut un ébrouement d'ailes, et un tétras des armoises émergea de l'épaisseur de l'herbe, juste sous le nez de Caïd. Les mains fermes sur les rênes, Sam tâcha de ne pas céder à l'affolement causé par l'apparition de l'oiseau, mais ses pensées étaient aussi saccadées que le pas de Caïd. Néanmoins, peu à peu, elle reprit son souffle, et le hongre, son galop. La tête parfaitement horizontale, il observait maintenant le bétail qui venait d'apparaître à quelques centaines de mètres.

Sam ramena Caïd au trot, au pas, puis tira sur les rênes une dernière fois pour qu'il s'arrête complètement. Elle le félicitait en lui caressant l'encolure, lorsqu'un groupe de veaux herefords, portant la marque du ranch du Méandre, les aperçurent. Têtes blanches et queues marron pointées à la verticale, ils détalèrent en mugissant en direction de leurs mères.

Ils feignaient seulement d'être effrayés. Tout en galopant, ils se heurtaient, puis ils contournèrent un rocher, et décochèrent des coups de sabots vers le ciel. Ces veaux venaient de passer des semaines en compagnie de cavaliers. Ils n'étaient pas intimidés pour un sou. Ils jouaient.

Compère aurait adoré s'ébattre ainsi avec eux, mais leur bon temps risquait fort de ne pas durer. Certains des taurillons seraient vendus dès que son père aurait trouvé un acheteur disposé à payer le prix fort. Et à cette époque-ci, l'année suivante, tous les mâles seraient en route pour le marché aux bestiaux.

Sam regarda les veaux se débander et réintégrer le troupeau, qui comptait une trentaine de vaches.

Compère n'était pas malheureuse au ranch. Sam lui faisait office de maman, même si, maintenant qu'elle mâchonnait plus souvent de l'herbe qu'elle ne tétait au biberon, les soins de Sam se résumaient principalement à caresser son front osseux. Compère ne manquait pas non plus de compagnons de jeu. Il lui arrivait souvent de pourchasser Flamme, le chien de la maison, en folâtrant comme ces veaux venaient de le faire.

Les yeux tournés vers le soleil qui disparaissait, Sam s'approcha à la hâte des haies. Elle mit pied à terre, laissa Caïd rênes au sol, et s'en alla contrôler chaque touffe de ronces. Pas de Gros Bébé.

En évitant les redoutables épines, Sam cueillit une grosse mûre bleu-noir et l'enfourna. Oh, ouah ! Elle en cueillit une autre, ferma les yeux et laissa le suc du fruit noir lui emplir la bouche. Pas étonnant que Gros Bébé se soit laissé prendre au piège si souvent.

Sam avait ramassé les rênes et s'apprêtait à remonter en selle, lorsqu'elle repéra une autre cache possible.

Caïd l'attendit sans bouger, tandis que, rênes en main, Sam scrutait dans la haie un trou semblable à l'entrée d'une caverne.

Soudain, Sam eut l'impression qu'un doigt glacial lui courait le long de la nuque. Tremblante, elle regarda par-dessus son épaule.

Il n'y avait personne, mais quelqu'un l'observait. Était-il possible que ce soit Slocum ?

Improbable. Les garçons vachers ? Improbable aussi. Elle les avait tous vus arriver avant qu'elle ne quitte elle-même le ranch. Et ni Grand-Mère Grace ni son père ne seraient venus la chercher. Ils savaient qu'elle serait rentrée à temps pour le dîner.

Sam haussa les épaules si haut qu'elles touchèrent presque ses oreilles. Elle avait froid. Elle étudia Caïd, mais les yeux du hongre parcouraient le terrain alentour, sans cercle blanc autour de ses pupilles marron. Il n'avait pas peur. Toutefois, Caïd n'était pas le chien de garde le plus fiable. Sam regretta de ne pas avoir amené Flamme avec elle.

Elle remonta en selle et se sentit plus à l'aise. Elle repensa aux hamburgers, aux frites maison, et aux pois frais cuits à la vapeur que sa grand-mère était en train de préparer. Sans oublier le gâteau.

Elle se rappela aussi qu'elle devait mettre Caïd et Douce dans le petit corral de Compère et mener cette dernière dans le pré des chevaux. Cela risquait de lui prendre un certain temps, d'autant plus qu'elle aurait besoin de s'assurer que tout le monde s'entendait. Car, si ce n'était pas le cas, les susceptibilités ne seraient pas les seules à être heurtées.

Sam lança Caïd au trot en direction du ranch. Un cavalier était moins vulnérable qu'un marcheur. À pied, elle n'était pas très rapide. Sur Caïd, elle serait difficile à attraper.

Si elle n'avait pas prêté attention aux fleurs, Sam n'aurait sans doute pas vu l'empreinte. Les fleurs formaient une trace jaune, et l'empreinte de sabot, distordue par la boue, était énorme.

Caïd la contourna et son pas se raidit. Sam sut alors qu'un étalon l'avait épiée. Était-ce le Fantôme ou le rouan gris-bleu ?

Le lendemain, Grand-Mère Grace réveilla Sam de bonne heure.

— Debout, petite paresseuse, lui dit-elle. Les mûres sont plus sucrées quand on les cueille avant que le soleil les réchauffe.

Dans le noir, Sam alla ramasser les œufs dans le poulailler et remplir les abreuvoirs des chevaux et des poules.

Dans le corral attenant à la grange, Caïd et Douce se tenaient côte à côte, ombres paisibles sur le ciel gris. On aurait dit des amis. Se servant de ses doigts froids plus que de ses yeux, elle inspecta Caïd à la recherche de nouvelles blessures. Elle n'en trouva aucune.

Comme elle l'avait espéré, les deux chevaux s'entendaient à merveille.

Soulagée, elle leur donna quelques fourchées de foin, puis lança aux poules ce mélange de granulés que l'on donne parfois aux poussins.

Lorsque Jake arriva dans la cour à cheval, les volatiles émirent des gloussements circonspects et interrogateurs.

Soufflant de l'air chaud par les naseaux dans l'air vif du matin, l'Ensorceleuse, la fougueuse jument noire de Jake, ressemblait à un dragon. Sa crinière coupée en brosse se dressait comme une crête. Lorsque Jake mit pied à terre, elle resta immobile. Mais lorsqu'il l'attacha, elle s'agita, répugnant à s'arrêter bien qu'ils viennent de couvrir au galop huit kilomètres au moins depuis le ranch de Jake.

Celui-ci la rassura d'une tape amicale, puis se tourna vers Sam :

— C'est terrifiant ! lança-t-il à son intention tout en repoussant son Stetson vers l'arrière et en clignant les yeux d'un air incrédule. Samantha Anne Forster au travail, avant le lever du soleil.

— Je l'ai fait tous les jours pendant le convoyage des bestiaux, lui fit remarquer Sam tandis qu'ils prenaient tous deux la direction de la cuisine et qu'elle faisait de son mieux pour marcher à son rythme. J'ai fait des provisions de sommeil en prévision de la rentrée et…

—D'un point de vue strictement biologique, je ne pense pas que tu puisses «faire des provisions» de sommeil, l'interrompit Jake.

Si elle n'avait pas été chargée d'une délicate cargaison d'œufs, Sam lui aurait décoché un coup de coude dans les côtes. Depuis toujours, Jake prétendait en savoir plus qu'elle, quel que soit le sujet.

—Et puis, reprit Sam, je ne dirais pas que dormir jusqu'à sept heures du matin, comme je le fais d'habitude, soit exactement une vie de luxe.

Se contentant de répondre par un grognement sceptique, Jake ouvrit la porte de la cuisine, lui indiqua d'un signe de tête de passer devant lui, et ôta son chapeau avant d'entrer lui-même.

La grand-mère de Sam leva les yeux de sa vaisselle et fronça les sourcils en constatant le petit nombre d'œufs qu'elle lui rapportait. Quant à son père, il les regarda tous deux d'un air méditatif avant de poser sa tasse de café et de dire :

—Jake, je veux que tu prennes ta matinée. Les chevaux se passeront de toi aujourd'hui.

Tout d'abord bouche bée, Jake prit ensuite un air méfiant. Aucune autre corvée ne pouvait se comparer avec le travail des chevaux. Il estimait qu'il avait le meilleur petit boulot jamais accordé à un adolescent.

—À moins que tu n'aies une objection ?

Sam vit le poitrail de Jake se gonfler comme s'il en avait une bonne dizaine à faire. Pourtant, il répondit :

—Non, monsieur.

—Va cueillir les mûres avec Sam, l'encouragea alors Wyatt Forster. Le travail peut attendre et peut-être que Grace te convaincra de rester manger un bout de tarte aux mûres avec nous.

—Je vais faire mieux que ça, intervint Grand-Mère Grace. Tu n'auras qu'à laisser l'Ensorceleuse ici pour la nuit et je te raccompagnerai chez toi en voiture. Ça te permettra d'emporter quelques tartes. Avec l'école qui reprend, et les cours qu'elle a à préparer, je suis sûre que ta mère n'a pas le temps de faire de la pâtisserie.

—Bon. Si Grand-Mère fait plaisir à ta mère, et à ton estomac, dit Sam, comment peux-tu refuser ?

—J'en ai jamais eu l'intention, marmotta Jake.

Grand-Mère Grace ne lui donna pas non plus l'occasion de changer d'avis. Elle leur tendit de longs paniers d'osier.

—Mettez-les dans les sacoches sur un bât.

Sam éprouva un sentiment de gêne, par trop familier, à ne pas se souvenir exactement de quelque chose que, selon tout le monde, elle savait. Qu'étaient donc ces «sacoches»? et les «bâts» se trouvaient-ils dans la sellerie avec le reste du matériel d'équitation?

Du coin de l'œil, elle vit Jake hocher la tête. Rassurée, Sam continua d'écouter la salve d'instructions que sa grand-mère leur lançait.

—Ne soyez pas trop gourmands, disait-elle. Ramassez-en autant que vous pouvez, mais ne prenez pas les vertes. En général, l'été indien nous offre une deuxième récolte.

—Prenez Banjo, ajouta le père de Sam. Ça calmera son sale caractère.

En quelques minutes, Jake avait sanglé le bât sur le grand bai trapu du père de Sam. Ce dernier n'était pas d'avis qu'il fallait dorloter ses chevaux préférés. Si Banjo avait assez d'énergie pour martyriser Caïd, il pourrait l'employer aussi au bout d'une longe, comme bête de somme, à porter des fruits.

Sam sourit et tint la tête de Banjo pendant que Jake fixait les paniers dans les sacoches accrochées au bât.

—Je t'aime bien, dit-elle au *quarter horse*. Mais peut-être que, la prochaine fois, tu réfléchiras avant de maltraiter Caïd.

—Allons-y, dit Jake.

Ils se mirent en route.

Tandis qu'ils se dirigeaient vers la sortie du ranch, Sam décida de ne pas rompre le silence de Jake. Ils traversèrent le pont du Méandre et, tout en marchant, elle scruta les montagnes Calico dans l'espoir d'y apercevoir une étincelle d'argent. Au départ, elles formaient une ligne bleu encre sur le ciel, mais au fur et à mesure que le soleil se levait à l'horizon, leurs cimes s'embrasèrent de jaune, puis d'or.

Le bétail s'était déplacé vers l'aval de la rivière. Quelques bêtes levèrent la tête pour les regarder passer, mais la plupart ne leur prêtèrent aucune attention. Un être humain à pied n'est pas une menace pour elles et ne peut les empêcher de brouter paisiblement.

Sam et Jake atteignirent les haies de ronces au moment où les cimes des montagnes prenaient la teinte d'une marmelade d'orange. Le Fantôme était resté invisible.

Ils travaillèrent en silence un moment, picorant les mûres au fur et à mesure qu'ils les cueillaient. Sucrées et acides en même temps, elles avaient le goût de l'été. Sam repensa à l'école :

—À qui est-ce que je vais bien pouvoir parler ?

—Quoi ?

Jake cligna les yeux en se tournant vers elle, comme si elle l'avait réveillé.

—À l'école, expliqua Sam. D'après Grand-Mère, toutes les amies que j'avais sont parties.

Jake acquiesça :

—C'est vrai. Avant de faire complètement faillite, les Green ont tout vendu pour aller dans l'Oregon. Les parents de Linda Dennis ont trouvé du travail à Lake Tahoe. Ils sont gérants d'un centre équestre là-bas. Quant aux Potter, hum... (Jake secoua la tête.) Leurs terres près de Darton ont été divisées en lots. Six maisons par demi-hectare. J'ai entendu dire que toutes les parcelles sont parties, pour près d'un million de dollars, alors qui sait où ils vivent maintenant.

Sam eut un élan de loyauté pour ses anciennes amies d'école :

—On ne peut pas leur en vouloir. C'est dur de gagner sa vie ici.

—Sans blague !

La voix de Jake était sarcastique. Soudain, il glapit :

—Aïe !

Sam eut la tentation de lui dire qu'il n'avait que ce qu'il méritait. Se piquer avec une épine après avoir fait le fier ne lui semblait que justice.

— Si je comprends bien, tu ne peux pas répondre à ma question, reprit Sam tout en glissant une autre poignée de mûres dans le panier et en mettant dans sa bouche celles qui, particulièrement juteuses, restaient collées à la paume de sa main.

— Comment veux-tu que je sache à qui tu pourrais avoir envie de parler, la môme? lui rétorqua Jake en suçant son doigt blessé.

Sans répondre, Sam s'éventa le visage. Le soleil était haut maintenant, mais elle garda son sweat-shirt, car elle ne voulait pas rentrer au ranch avec les mêmes égratignures qu'elle avait vues la veille sur les bras de son père. Elle agitait son col pour se rafraîchir, lorsque Jake finit par risquer une opinion :

— Je ne te vois pas avec la bande de Rachel Slocum.

— La fille de Slocum ? Sur ce point, tu as raison.

— Elle est mignonne, très populaire, et elle s'habille comme les filles qu'on voit à la télé, reprit-il en lui énumérant ces caractéristiques comme si elles pouvaient la faire changer d'avis.

—Et alors? Étant donné le père qu'elle a, je ne pense pas qu'elle soit très sympathique. Je sais que ce n'est pas juste, mais…

—Elle est sympathique à certaines personnes, mais je doute que tu répondes à ses critères. Darrell l'a surnommée la «Reine de glace».

Sam fit une pause dans sa cueillette. *Je doute que tu répondes à ses critères.* Elle n'aurait pas dû laisser cette remarque l'affecter, et pourtant, c'était le cas. Elle venait de passer deux ans dans une école de San Francisco. Est-ce que ce n'était pas suffisant pour impressionner la reine de Ploucville, Nevada? C'est alors que le reste de la phrase de Jake fit son chemin jusqu'à son cerveau.

—Darrell? Ce n'est pas celui qui t'a appris à traficoter les moteurs, comme tu l'as fait sur la voiture de Grand-Mère?

Sam venait de se remémorer Jake, la tête sous le capot, en train de tirer sur une pièce pour que la Buick ne puisse plus avancer. Il en avait eu l'idée pour bloquer la route à Slocum et pour permettre ainsi à Sam d'arriver avant lui au Centre des chevaux sauvages de Willow Springs.

Jake se renfrogna:

—Puisque tu as une si bonne mémoire, tu devrais te souvenir aussi que je t'ai dit que ce

Darrell n'était pas quelqu'un que tu as besoin de connaître.

—Alors pourquoi est-il ton ami ?

—Moi, c'est différent. En ce qui te concerne, occupe-toi de la façon dont tu vas t'habiller et du code secret de ton casier. Les nouveaux sont toujours en retard en cours, parce qu'ils passent leur temps à pleurnicher devant leur casier, à essayer de l'ouvrir pour récupérer leurs livres.

Sam s'imagina dans un couloir long et vide. Étant donné qu'elle n'avait jamais été très douée pour les chiffres, il faudrait qu'elle écrive son code sur sa main en attendant de l'avoir mémorisé. Elle serait seule, aussi.

Leurs paniers étant presque pleins, ils reprirent la route vers le Méandre. Soudain, Jake s'exclama :

—Hé ! je sais ! Tu pourrais essayer avec Jen Kenworthy. Tu te souviens d'elle ? Cheveux blonds, lunettes, superintelligente ?

—Oui, bien sûr, répondit Sam. Mais je croyais que c'était sa mère qui lui faisait la classe.

—À l'école primaire, oui, mais elle est entrée au collège de Darton à peu près quand, toi, tu es partie.

Le visage basané de Jake se ferma derrière un masque de culpabilité, comme chaque fois qu'il évoquait son accident et le rôle qu'il y avait joué.

—Je pensais qu'ils étaient propriétaires du ranch de la Poussière dorée, reprit Sam, mais on s'y est arrêtées hier avec Grand-Mère. Dis-donc, qu'est-ce que ça a changé !

—Ils ont été obligés de vendre et Slocum leur a fait une offre intéressante. Il a épongé leurs dettes et a gardé le père de Jen comme contre-maître. Bref, tu sais qu'elle part du même arrêt de bus que toi ?

Pas plus tard que la veille, sa grand-mère lui avait montré où se trouvait cet arrêt. Elle ou son père conduirait Sam chaque matin jusque-là, mais au retour de l'école, Sam serait obligée de faire à pied le kilomètre et demi qu'il y avait jusqu'au ranch.

L'imagination de Sam se remit en marche. Elle se figura le lundi matin suivant, seule, à l'aube, en compagnie de Jen Kenworthy, qu'elle ne connaissait pas.

—Et toi, tu ne seras pas à l'arrêt de bus ?

Jake s'arrêta de marcher, puis se tourna vers elle, arborant ce sourire de chat de gouttière fier et supérieur qu'il lui réservait pour les occasions où il voulait vraiment lui en remontrer.

—J'y vais avec mon frère, dans sa Chevrolet Blazer.

Sur ce, il se remit en marche.

Adieu l'allié qu'elle pensait avoir au lycée de Darton. Pourtant, elle n'arrivait pas à capituler :

—Je ne pourrais pas venir avec vous ? Ça ne me dérangerait pas de me serrer.

Jake éclata de rire, comme si elle ne pouvait compter sur son aide qu'en cas de danger de mort.

—Hors de question, dit-il. Les nouveaux, ça prend le bus.

Chapitre 5

Le camion bleu marine à fines rayures bleu-vert étincelait comme un mirage. Mais à la façon dont il penchait sur le côté, le mirage avait crevé.

Sur la portière, on pouvait lire en écriture script, en petits caractères : *Transport de chevaux Davison - Fondé en 1975.*

Cravaté et vêtu d'un uniforme, le chauffeur, debout devant son camion, consultait une feuille fixée par une pince sur une planchette.

—J'y étais presque, leur dit-il en souriant. La propriété Slocum est bien à huit kilomètres d'ici, n'est-ce pas ?

Sam et Jake se regardèrent, surpris qu'un homme qui venait de crever puisse avoir l'air si posé.

—C'est exact, lui répondit Sam. M. Slocum va-t-il avoir un nouveau cheval?

Elle connaissait la réponse. Slocum leur avait parlé de cette pouliche rouanne qui devait arriver de Floride. Elle ne voyait rien et le camion ne tanguait pas de droite à gauche comme cela aurait pu être le cas avec un van, mais un bruit feutré de mouvements se faisait entendre. Si l'intérieur de ce camion égalait son extérieur, la pouliche devait probablement disposer d'une stalle éclairée par un lustre de cristal. Le mieux, rien que le mieux, pour Linc Slocum.

—Je veux! répondit le chauffeur. Mais avec ce qu'il m'avait dit sur l'état des routes dans la région, je pensais qu'il me faudrait deux heures de plus pour arriver chez lui. C'est vrai qu'elles sont un peu cahoteuses, mais ce n'est rien en comparaison de ce qu'il m'avait annoncé. Même en changeant ma roue, je serai à l'heure.

Jake se balançait d'un pied sur un autre, impatient de poursuivre son chemin.

—Dites-moi, les enfants, vous ne voudriez pas faire marcher la pouliche un moment? Ça lui ferait probablement du bien de se détendre.

Banjo tira sur sa longe et hennit doucement, la tête tournée vers le camion. Jake, lui, ne se montra pas aussi curieux:

—Faut que je reparte travailler.

Son ton avait frisé l'impolitesse, mais Sam comprit que Jake n'avait pas apprécié d'être traité d'enfant.

Il était libre d'avoir sa fierté, mais il était hors de question pour Sam de refuser l'occasion d'être la première à poser les yeux sur la pouliche de Slocum.

—Je vais vous aider, dit-elle à l'homme en ajoutant très vite, lorsqu'elle entendit Jake s'éclaircir la voix pour protester: On se retrouve au ranch, Jake.

—Comme tu veux, grommela ce dernier tout en tirant sur la longe de Banjo d'un coup sec avant de s'éloigner.

Un flot d'air conditionné et un hennissement interrogatif accompagnèrent l'ouverture des portes à l'arrière du camion.

Sam aurait parié son argent de poche que la pouliche descendait d'une lignée d'*appaloosas* de course. De sa tête et de son encolure brun cacao à son corps laiteux parsemé de taches brun cacao également, en passant par les striures à peine visibles sur ses sabots, la pouliche exhibait les signes les plus beaux de son héritage de pur-sang.

En outre, ses doux yeux marron, ses oreilles alertes et la façon dont elle avait plissé son cou satiné pour se tourner vers Sam et le chauffeur prouvaient qu'elle aimait bien les êtres humains.

—Elle est magnifique, dit Sam dans un soupir. Vous êtes sûr qu'elle appartient à Linc Slocum ?

—Apache Hotspot, commença alors à lire le chauffeur sur sa tablette à pince. Pouliche de deux ans, petite-fille de Kachina Dancer, par Scat Cat. Élevée à la Plantation de la mousse espagnole, à Longview, en Floride. Achetée et payée par…

Il s'interrompit pour ouvrir une porte à l'intérieur du camion révélant un mini-appartement avec moquette couleur champagne et murs carrelés.

—Quand je dis « payé par », je veux dire « payé par » !

—Et ça, qu'est-ce que c'est ? lui demanda Sam en pointant le doigt au-dessus de la mangeoire immaculée. On dirait une caméra vidéo.

—Télévision en circuit fermé, lui répondit le chauffeur en opinant. J'ai un écran dans la cabine pour pouvoir garder l'œil sur elle constamment.

—Ouah !

Sur ce, sans aucune difficulté, le chauffeur fit sortir l'*appaloosa* du camion à reculons, puis tendit la longe à Sam.

—Je reviens dans une minute, lui dit-il tout en disparaissant tête baissée dans le mini-appartement. Je vais passer un bleu de travail avant de changer cette roue.

La pouliche était grande. Près d'un mètre soixante, estima Sam, et elle mettait tant de force et de fougue dans ses mouvements que Sam dut garder les deux mains sur la longe.

L'*appaloosa* parcourut des yeux les grands espaces qui l'entouraient et se mit à trembler. Elle darda des regards inquiets de la prairie, plate et parsemée d'armoise, aux carouges à épaulettes qui balançaient leurs corps noirs à ailes rouges au bout des grands brins d'herbe. Puis elle tourna la tête vers les collines couleur d'avoine qui se serraient à l'horizon. De toute évidence, Hotspot n'était pas habituée aux vastes étendues. L'encolure dressée, elle hennit en direction de Banjo.

L'appel était doux comme des notes de musique, et Jake, qui se dirigeait vers le ranch, eut bien du mal à persuader le bai de poursuivre son chemin et de ne pas se retourner. La pouliche hennit de nouveau, et Sam se dit que, décidément, elle n'avait jamais entendu de son plus mélodieux. Tout cheval à portée de voix mourrait d'envie de venir voir qui l'avait émis.

Puis Sam entendit cliqueter les outils utilisés par le chauffeur, qui travaillait en fredonnant.

C'est alors que Hotspot s'agita et décrivit un arc de cercle à petits pas nerveux tout en observant les collines. On aurait dit un chien enroulant sa laisse autour de son maître. Le chauffeur s'en était-il rendu compte ? Vivement, Sam tâcha de se libérer, puis recula pour pouvoir guider la pouliche comme si elle l'avait fait travailler à la longe.

—Hé, ma belle ! Du calme, tout va bien, lui dit-elle.

Elle ne pouvait la laisser se faire du mal. Elle avait coûté cher. Et elle paraissait si délicate, avec ses membres si fins enveloppés dans des protections de voyage.

Sam s'apprêtait à appeler le chauffeur pour qu'il reprenne le contrôle de ce bien si précieux, quand, soudain, Hotspot s'arrêta net. Puis elle jeta sa tête si haut que Sam fut obligée de se mettre sur la pointe des pieds pour l'attraper par la sous-gorge. Faisant vibrer ses naseaux, la pouliche s'ébroua.

Sam n'avait ni le sens de l'odorat ni l'ouïe fine qui permettent aux chevaux de flairer des prédateurs, mais elle sentit que tout autour d'elle s'était arrêté de bouger.

Des pierres s'entrechoquèrent sur le flanc de la colline derrière elle. Sam fixa son regard dans cette direction avec une intensité telle que ses yeux la brûlèrent. Mais elle savait exactement ce qu'elle verrait si elle patientait.

Le Fantôme apparut, et se figea. Telle une statue sculptée dans du marbre moucheté de taches argentées, il se dissimulait à l'ombre d'un rocher de granit.

Hotspot hennit d'inquiétude. La pouliche de Floride n'avait jamais vu d'étalon sauvage. Prête à détaler, elle contracta ses muscles.

Sam resserra la longe autour de sa main. Si Hotspot s'emballait, elle n'aurait que son corps comme moyen d'ancrage. Et encore, tout dépendrait de ce que Hotspot ressentirait, frayeur ou excitation.

Toujours immobile, le Fantôme étudia le camion, la pouliche, et Sam. Puis il décida de s'approcher. Le mouvement de ses muscles semblait faire briller sa peau de l'intérieur. Il arqua l'encolure, le menton touchant bientôt son poitrail. Ses yeux noirs percèrent à travers le toupet qui était retombé en cascade sur son front.

« Quel frimeur ! » pensa Sam.

Depuis qu'il avait été capturé, et relâché, Sam ne l'avait aperçu qu'une fois, lorsque le rouan gris-bleu avait tenté de lui voler sesjuments.

Ne se laisserait-il voir désormais que lorsqu'elle serait avec d'autres chevaux?

«Oh, non!» Sam avait relâché son attention et la pouliche fit un bond. Aussitôt Sam s'accroupit, pesant de tout son poids sur la longe tandis que Hotspot tournoyait autour d'elle.

—Qu'est-ce qu'il y a? lança le chauffeur en se glissant de sous le camion, une clé en croix à la main.

—Je…

Mais Sam s'arrêta net. Elle garda le dos vers la colline. *Ne te retourne pas. Il n'y a pas de bel étalon sauvage derrière toi.*

Elle avala sa salive. La pouliche semblait retrouver son calme.

Ne regarde pas, se répéta Sam intérieurement. Comment pourrait-elle expliquer l'agitation de Hotspot sans révéler la présence du Fantôme?

Elle devait trouver un subterfuge. Si le chauffeur voyait l'étalon d'argent, il en parlerait certainement à Slocum. Ce dernier serait alors convaincu que le Fantôme était bien le cheval qui avait essayé de lui voler Kitty.

Slocum s'inquiétait déjà qu'un dangereux étalon renégat ne coure après ses pur-sang. S'il avait vent de cet incident, son inquiétude ne ferait que grandir.

Sam résista donc à l'envie de regarder par-dessus son épaule. Elle garda les yeux fixés sur le chauffeur. Ce dernier, qui s'était relevé, les sourcils froncés, se dérida lorsqu'il vit que la pouliche se calmait. Sam fit alors de son mieux pour faire diversion et le rassurer pleinement.

—Ouah ! lança-t-elle en époussetant son jean. Je crois bien que la vue de notre grande prairie lui a fait peur, ajouta-t-elle en caressant le nez satiné de Hotspot. Vous pensez que c'est possible ?

La pouliche éternua dans la poussière en détendant soudain un antérieur.

—Peut-être, répondit le chauffeur en s'approchant.

Hotspot avança le museau vers lui pour qu'il la caresse.

—En tout cas, ça a l'air d'aller maintenant, reprit Sam.

L'attention du chauffeur étant fixée sur la pouliche, Sam risqua un coup d'œil furtif vers la colline. Rochers, poussière, armoise : le Fantôme avait disparu.

Un soupir de soulagement s'échappa de ses lèvres, tandis qu'elle posait de nouveau son regard sur la pouliche. Hotspot léchait la main du chauffeur, qui ne semblait pas se formaliser qu'elle le barbouille de salive. Cet employé était décidément parfait.

—En fait, tu es un animal de compagnie, n'est-ce pas? lui disait-il. J'espère que ce Slocum sait s'y prendre avec les dames comme toi.

L'image des éperons ensanglantés, des mors utilisés avec cruauté et de la cicatrice du Fantôme traversa l'esprit de Sam. Ce qu'elle espérait, c'était que Slocum n'avait pas acheté cette créature si douce pour en faire sa monture attitrée.

Un orage gâcha le dernier jour de vacances avant la rentrée des classes.

Wyatt Forster réveilla sa fille de bonne heure pour qu'elle vienne avec lui et ses employés. Il avait besoin d'une paire d'yeux supplémentaires pour repérer et débusquer le bétail qui aurait pu se réfugier dans les gorges et les ravines. Pendant les périodes de sécheresse, les orages pouvaient provoquer de brusques inondations. Les pluies soudaines emplissaient les dépressions du terrain, débordaient, et suivaient les longues vallées. Lorsque l'eau atteignait son plus haut niveau, elle créait des rivières déchaînées. Chaque année, du bétail se noyait. Les bêtes étaient plus en sécurité en plaine, près du ranch, et, cette année-là, le Méandre ne pouvait se permettre de perdre une seule d'entre elles.

Malgré les craquements et les roulements du tonnerre, seules quelques gouttes de pluie tombèrent. Le bétail était resté groupé, et tout alla très vite. Dès huit heures du matin, Sam était de retour sous la véranda, où elle retirait son ciré jaune.

À cette heure-là, le lendemain, elle pénétrerait dans sa première salle de cours au lycée. Sam accrocha son ciré à un crochet et se demanda si elle se plairait à Darton High.

Elle lissa ses cheveux humides vers l'arrière et regretta de ne pouvoir se secouer comme Flamme le faisait pour se sécher. C'est alors qu'elle remarqua sa grand-mère, debout près du plan de travail dans la cuisine, le regard baissé vers le panier d'œufs à moitié plein.

—Merci de t'être occupée des poules, Grand-Mère, lui dit-elle une fois entrée.

—Je t'en prie. Mais tu sais, Samantha, il y a quelque chose qui ne va pas. Six œufs pour quatorze poules, ce n'est tout simplement pas normal.

Grand-Mère Grace secoua la tête, puis prit à la cuillère, dans un moule carré en faïence, une part du gâteau aux mûres qu'elle sortait du four.

—Miam ! s'exclama Sam en la voyant parsemer le tout de crème fraîche.

Sam s'était déjà gavée de gâteau la veille au soir et s'était promis de ne plus toucher une seule mûre jusqu'à l'été suivant. Pourtant, elle prit la coupelle que sa grand-mère lui tendait.

—Est-ce que tu aurais remarqué des traces autour de la basse-cour ? lui demanda cette dernière. Des traces de mouffette ou de raton laveur ? Flamme nous réveillerait si c'était un coyote.

Sam n'osa pas avouer qu'elle n'avait pas pensé à regarder.

—Peut-être que les poules ont attrapé une maladie, ou alors, c'est l'âge, dit-elle.

Sam avait hésité à faire cette suggestion étant donné que son père voulait absolument que chaque créature vivant dans son ranch participe à son fonctionnement.

—Malheureusement, quand les poules tombent malades, en général, elles meurent, lui répondit sa grand-mère. On a rarement le temps d'appeler le vétérinaire. Mais ces poules sont jeunes, et puis Wyatt m'a souvent dit qu'il refusait catégoriquement de gérer une maison de retraite pour volatiles.

Un coup de tonnerre fit trembler les fenêtres. Aussitôt, Sam se précipita vers l'une d'elles, inquiète pour sa génisse, qu'elle avait mise dans le grand pré. Elle repéra Compère instantanément. Cette dernière galopait dans les mares de boue pour le seul plaisir de s'éclabousser.

Néanmoins, Sam se mordit les lèvres d'inquiétude. Si son père refusait de gérer un foyer pour poules à la retraite, il refuserait probablement aussi d'en ouvrir un pour des veaux de compagnie. Sam se tourna à demi vers sa grand-mère, puis perdit courage. Elle ne parvenait pas à lui poser la question. Mais sa grand-mère, elle, avait capté son regard :

— Tu ne peux plus repousser maintenant, lui dit-elle.

Le cœur de Sam fit un bond. Sa dernière bouchée de gâteau se balança sur sa cuillère, puis retomba avec un bruit mat dans sa coupelle.

Sa grand-mère fit un geste vers les traînées de pluie qui coulaient le long des vitres et reprit :

— Ce sale temps va probablement durer tout l'après-midi, et après, tu voudras aller te promener avec Caïd. Tu ferais mieux de monter et d'aller essayer les vêtements que Tante Sue t'a envoyés.

Grand-Mère Grace n'aurait pas pu choisir méthode plus efficace pour faire bouger Sam. L'espace d'une seconde horriblement longue, cette dernière avait pensé que sa grand-mère voulait lui parler de l'avenir de Compère sous la forme éventuelle de bifteck.

—Ouais, c'est vrai, répondit Sam tout en rinçant sa coupelle dans l'évier. Je monte tout de suite et je vais essayer tout ce que j'ai.

—Appelle-moi si tu as besoin que je t'aide à faire le tri !

Sam avait filé avec un pied rendu si léger par le soulagement qu'elle entendit à peine la remarque de sa grand-mère.

Au bout d'une heure, Sam ne doutait plus qu'elle avait grandi depuis qu'elle était revenue. Tous ses jeans étaient trop petits. En fait, seul un pantalon lui allait encore.

Sam regarda d'un air dépité ce velours gris qu'elle ne se rappelait pas avoir choisi. Elle se dit qu'elle allait devoir se faire à l'idée de le porter.

La plupart de ses chemisiers la serraient aux épaules, peut-être parce qu'elle s'était fait des muscles à force de lever les balles de foin, de porter des selles, et de courir après son trublion de veau.

Elle avait une jupe, presque neuve, de style hippie, achetée à San Francisco, mais elle ne pouvait s'imaginer la porter dans son nouveau lycée.

Debout devant son miroir fixé sur la porte de sa chambre, Sam se regarda. La jupe était en tissu froissé vert foncé. Peut-être pourrait-elle la mettre à une soirée pendant les fêtes de fin d'année, bien que dans son souvenir les événements festifs se réduisent à la messe de minuit de l'église méthodiste de Darton.

Sam fixa alors le miroir avec plus d'intensité. Elle aimait bien ses épaules un peu plus larges, sa nouvelle stature, enfin l'impression générale de bonne santé physique qui se dégageait d'elle. Elle était heureuse de constater qu'elle avait de la taille, et une poitrine, développée sans être trop embarrassante.

En revanche, elle détestait ses cheveux. Elle se pencha vers le miroir et lui fit une grimace. Au lieu de la vieillir un peu, la coupe qu'elle s'était faite lui donnait l'air d'une sorcière fin prête pour Halloween. Peu importe ce qu'elle mettrait le lendemain matin, cette coupe gâcherait tout. À moins que…

Sam prit une mèche et la tira. Ses cheveux étaient encore humides et la mèche descendit juste au-dessous de sa pommette. Sa grand-mère désapprouverait certainement. Elle n'osait pas imaginer la réaction de Jake. Son père, lui, ne réagirait peut-être pas.

Sam retint son souffle, plissa les yeux devant son miroir : à nouvelle vie, allure nouvelle.

Grand-Mère Grace lui avait dit de l'appeler si elle avait du mal à se décider. Ce n'était pas le cas. Elle descendit l'escalier, les cheveux arrangés comme si elle avait déjà une coupe à la garçonne.

« Pourquoi pas ? se disait-elle à chaque pas. Après tout, pourquoi pas ? »

Lorsqu'elle arriva dans la cuisine, elle avait pris sa décision. L'annonce passa ses lèvres comme un boulet de canon, presque malgré elle :

— J'en ai marre de ces cheveux à la noix. Je coupe tout !

— Très bien, ma chérie, lui répondit sa grand-mère, assise à la table en compagnie d'une jeune femme coiffée d'une longue natte rousse. Mais peut-être pourrais-tu d'abord dire bonjour à notre invitée. Tu te souviens de Mlle Olson du Bureau de gestion des terres, n'est-ce pas ? Elle est venue nous parler de ce mustang que tu appelles le Fantôme.

Chapitre 6

Brynna Olson, la directrice du Centre des chevaux sauvages de Willow Springs, portait un uniforme kaki impeccablement repassé, sur lequel était épinglé un badge à son nom. Ses cheveux roux étaient serrés dans une natte sans fantaisie. La seule touche qui détonnait dans cette apparence toute professionnelle était le grand bol rempli de gâteau aux mûres qui se trouvait juste devant elle.

—Bonjour, Samantha, lui lança Mlle Olson d'un ton chaleureux, qui se fit sérieux aussitôt après : Ta grand-mère vient de me dire que tu es au courant des craintes de M. Slocum en ce qui concerne un étalon mustang qui aurait pénétré dans sa propriété pour lui voler ses juments.

L'expression de Mlle Olson ne trahissait rien de ses propres sentiments sur la question, mais Sam se doutait de ce qu'ils étaient. Pendant qu'elle le retenait captif dans ses corrals, Brynna Olson avait observé le Fantôme et sa furie indomptée avec la compréhension d'une femme qui s'y connaît en chevaux.

— Il n'y a aucune chance que ce soit le Fantôme, répondit Sam, qui défendait son étalon par réflexe. Qu'est-ce que Slocum…

En entendant sa grand-mère se racler la gorge, Sam secoua la tête et reprit :

— Qu'est-ce que M. Slocum veut que vous fassiez ?

— Pour l'instant, je le fais patienter, mais il a envie que je passe à l'action, expliqua Brynna Olson tout en repoussant son bol comme si elle avait perdu l'appétit. Depuis que je lui ai retiré la possibilité d'adopter un cheval sauvage, M. Slocum est mécontent. Il ne m'aime pas beaucoup et il n'a aucune considération pour ma position de représentante du gouvernement fédéral.

Sam détourna les yeux vers la fenêtre, sans révéler ses pensées.

Dehors, la pluie gouttait des avant-toits. Sam savait que de nombreux propriétaires de ranch se méfiaient du Bureau de gestion des terres. Les ranchers étaient des gens à l'esprit indépendant. Ils n'aimaient pas que le gouvernement leur dicte leur façon de vivre sur des terres qu'ils exploitaient depuis des générations.

Slocum méprisait le Bureau de gestion pour une raison différente de celles qui étaient invoquées par la plupart des autres habitants de la région.

La pluie tomba plus fort, mais toujours si lentement que Sam aurait presque pu compter les gouttes. Le ciel était bleu-gris, incapable de décider si l'orage était terminé ou non.

Lorsque Sam se retourna vers Mlle Olson, le demi-sourire de cette dernière lui disait qu'elle ne s'attendait pas à voir ni elle ni sa grand-mère prendre la défense de l'agence gouvernementale qu'elle dirigeait. De plus, Sam était à peu près certaine que la jeune femme savait fort bien se défendre elle-même.

—Quoi qu'il en soit, M. Slocum veut que nous attrapions l'étalon sauvage qu'il soupçonne de harceler ses juments.

—Vous allez le faire? demanda Sam.

—Nous ne sommes pas convaincus de l'existence d'un tel étalon. Les coups de dents qui ont entaillé la peau de sa jument auraient pu être le fait de n'importe quel cheval. Il dit qu'elle a dû passer du temps dans la prairie. Les gens ne sont pas censés y lâcher leurs animaux domestiques, mais ils le font tout de même. Certains s'enfuient, ou sont volés, aussi, reprit Mlle Olson en se tournant vers Grand-Mère Grace. J'ai reçu un courrier électronique ce matin de l'un de nos bureaux de Californie. Ils recherchent un étalon de prix qui a disparu et qu'ils présument volé. Son propriétaire est dans tous ses états et espère qu'il s'est juste enfui.

—Des voleurs de chevaux, commenta Grand-Mère Grace en secouant la tête, à une époque moderne comme la nôtre !

Sam aurait bien aimé pouvoir dire à ce propriétaire qu'il ne devait pas renoncer. Après tout, tout le monde avait pensé que Blackie avait disparu à jamais.

—Si ça se trouve, reprit Mlle Olson d'un ton plus sec, son alezane s'est fait mordre par l'un de ses propres chevaux.

Sam acquiesça d'un signe de tête, mais sans desserrer les lèvres.

—Avant d'occuper inutilement mes employés à la pose d'un piège pour un étalon cambrioleur qui n'existe peut-être même pas, M. Slocum va devoir nous fournir quelques preuves du bien-fondé de son accusation.

—Des traces, par exemple? demanda Sam.

—Ce serait un début, bien que la région ne manque pas de chevaux non ferrés.

Grand-Mère Grace but une gorgée de café et fit une grimace. Sam comprit qu'elle était si absorbée par la conversation qu'elle l'avait laissé refroidir.

—D'après ce que tu sais du Fantôme, reprit Mlle Olson en dévisageant Sam avec un regard si intense que cette dernière aurait voulu dire «non» à tout ce qu'elle lui demandait, tu crois qu'il pénétrerait dans un lieu fermé comme le ranch de M. Slocum?

Sam fixa les yeux sur le dessus de la table. Elle revoyait mentalement les grilles télécommandées en fer forgé, les pelouses qui précédaient les enclos, la maison du contremaître, et la demeure de Slocum.

Jusqu'à aujourd'hui, Sam aurait juré que le Fantôme ne se risquerait pas dans un tel endroit. Mais depuis qu'il s'était matérialisé, venu de nulle part, pour lorgner Hotspot, pouvait-elle être si sûre d'elle?

— Il n'a jamais traversé la rivière entièrement, répondit-elle alors. Il s'est toujours arrêté à mi-chemin entre les deux berges.

Des frissons lui parcoururent les bras tandis que lui revenait le souvenir du magnifique étalon, sa robe argentée par le clair de lune, nageant vers elle. Le Fantôme n'avait pas oublié qu'il avait jadis été son poulain, et avait retenu le nom secret qu'elle lui avait donné.

Sam poussa un soupir. Mlle Olson l'interpréta comme un signe de tristesse, mais ne céda pas pour autant à la sensiblerie. Elle se contenta d'approuver:

— D'après ce que j'ai pu constater quand il était chez nous, je ne pense pas que cet étalon entrerait volontairement dans un lieu clôturé, quel qu'il soit. Je n'ai jamais rencontré un mustang qui refuse la captivité autant que lui.

— Que ferez-vous si M. Slocum vous apporte un semblant de preuve? s'enquit Grand-Mère Grace.

Mlle Olson prit un air pensif. Elle ne semblait même pas s'être rendu compte qu'elle avait pressé les paumes de ses mains l'une contre l'autre et qu'elle se tapotait les lèvres de ses doigts joints.

—Depuis que nous avons perdu Flick, nous manquons de main-d'œuvre.

Le regard qu'elle lança à Sam demandait à cette dernière si elle se souvenait du cow-boy à la solde de Slocum qui s'était fait embaucher par le Bureau de gestion pour capturer le Fantôme. Sam hocha la tête.

—Quant aux étudiants qui travaillaient pour nous, ils reprennent leurs cours à l'université.

Mlle Olson se tourna sur sa chaise pour voir quel temps il faisait à l'extérieur.

—Je ferais mieux de rentrer, dit-elle alors en se levant, mais avec une expression qui trahissait son envie de rester au chaud dans la cuisine. Franchement, il est difficile de trouver des gens suffisamment compétents pour suivre et capturer des chevaux, reprit-elle, un sourcil levé, en regardant Grand-Mère Grace.

—J'aimerais pouvoir vous aider, lui dit cette dernière, mais les seules personnes de mon entourage qui soient capables de le faire sont Jake et Wyatt.

L'air embarrassé, Mlle Olson finit par dire :

—C'est mieux payé que vous ne le pensez.

Grand-Mère Grace émit un son indiquant qu'elle prenait l'information en considération. Sam resta interloquée. Son père ne travaillerait jamais pour le Bureau de gestion, à moins qu'il ne soit en danger de perdre le ranch.

L'argent. Pourquoi toutes les conversations tournaient-elles autour de ce sujet ?

Sam se passa doucement les mains sur les cheveux. Même si sa grand-mère acceptait de la conduire à Darton chez le coiffeur, ce ne serait pas gratuit. Et si la famille Forster ne pouvait se permettre d'acheter un jean supplémentaire, elle ne pourrait pas se permettre non plus les soins d'un visagiste pour une coiffure à la mode.

Sam était persuadée que sa grand-mère avait déjà oublié le coup d'éclat qu'elle avait fait un peu plus tôt en descendant les escaliers d'un pas décidé. Apparemment, Mlle Olson, elle, s'en souvenait.

La main sur la poignée de la porte, elle s'arrêta. Puis elle fit volte-face avec une telle vivacité que sa natte rebondit d'un côté puis de l'autre de son cou.

— Oh, zut ! dit-elle. Il est trop tard maintenant pour que je reparte à Willow Springs. Samantha, je peux peut-être t'aider. Quand j'étais étudiante, dans ma résidence universitaire, j'étais la reine des coupes de cheveux. Si ta grand-mère n'a rien contre, je serais heureuse de… (Elle s'arrêta un instant, à la recherche du mot le plus approprié.) De les égaliser un peu.

—Mademoiselle Olson, c'est vraiment très aimable à vous, s'exclama Grand-Mère Grace. Mais à ce moment-là, vous restez dîner.

—Ce serait avec joie, si je n'avais pas tant d'animaux affamés qui m'attendaient chez moi. En revanche, si Sam attrape une paire de ciseaux maintenant et me fournit un miroir, je vais voir ce que je peux faire.

Le temps qu'elle humecte, peigne et taille les cheveux de Sam à petits coups de ciseaux, la voix de Mlle Olson s'était faite moins formelle.

—Ça me gêne de te le dire, mais je préférais quand tu m'appelais Brynna, comme tu avais commencé à le faire il y a quelques semaines.

Les yeux marron de Sam tentèrent de croiser les yeux bleus dans le miroir, mais la jeune femme rousse s'empressa de les détourner.

—D'accord, dit Sam.

Brynna se concentra quelques minutes sur la longueur des mèches couvrant la nuque de Sam, puis reprit:

—Puisque tu arrives à interpréter les pensées des chevaux sauvages, j'aimerais ton opinion sur ce qu'il se passe avec la jument de Slocum.

Sam songea au rouan gris-bleu et à son agressivité. Elle songea au Fantôme, venu voir Hotspot. Il n'était prudent de mentionner ni l'un ni l'autre.

C'est alors qu'elle vit Brynna Olson la regarder en face dans le miroir :

— S'il te plaît, j'aimerais bien éclaircir le mystère aussi vite que possible, lui dit-elle. Si c'est un secret, il partira dans la tombe avec moi.

Elle avait l'air sincère. Sam pourrait lui raconter comment le rouan gris-bleu avait traversé la rivière, avait escaladé la berge, puis trotté sans hésitation jusqu'à la clôture du corral. Mais son obstination murait Sam dans le silence.

Brynna paraissait gentille, mais Sam ne pouvait se défaire des années passées à entendre que le Bureau de gestion des terres travaillait rarement dans le meilleur intérêt des propriétaires de ranch.

Pourtant, Brynna Olson avait relâché le Fantôme.

Troublée, Sam sentit son estomac se nouer. Peut-être devrait-elle parler à Jake.

— Est-ce que tu aurais entendu des bruits inexpliqués, la nuit en particulier ? Aucun signe d'intrus ?

— Grand-Mère Grace pense qu'une mouffette

essaie de s'introduire dans notre poulailler, offrit Sam comme explication.

Brynna grommela, mais continua de peigner et de couper. Finalement, Sam se décida à avouer la moitié de la vérité. Après tout, elle était avec sa grand-mère quand le rouan gris-bleu avait défié son ancien poulain.

—L'autre jour, en rentrant de Darton, on a vu le Fantôme.

—C'est vrai? Où ça?

Brynna était restée calme, mais Sam sentait qu'elle espérait une révélation.

—Près de la plaine des Tambours de guerre, lui répondit Sam en soupçonnant Brynna Olson d'être déjà en train de calculer la distance entre cet endroit et le ranch de Slocum. Il essayait de chasser un étalon solitaire qui tentait d'entraîner ses juments.

—Il n'y a rien d'anormal à cela, l'interrompit Brynna Olson d'un air déçu.

—C'était un rouan gris-bleu.

La directrice de Willow Springs haussa les épaules:

—Bon, je garderai l'œil sur lui, mais…

—Qui faisait un mètre quarante à peu près, avec une tête de marteau, poursuivit Sam sans que son interlocutrice fasse le rapprochement.

—Nous cherchons un mustang qui n'a pas peur des lieux habités. Ton poulain serait donc tout indiqué.

Le regard de Sam se perdit dans le miroir jusqu'à ce que Brynna Olson lui tape sur l'épaule en lui demandant :

—Alors, que penses-tu de ta nouvelle coiffure ?

Sam étudia son reflet dans la glace. Ses cheveux auburn retombaient autour de son visage en de jolies mèches brillantes et bien coupées, et le dégradé de sa frange donnait à cette dernière un léger volume.

La coiffure était simple et n'attirerait pas l'attention, mais elle faisait ressortir ses yeux.

—Merci, Brynna, dit Sam tout en prenant dans ses doigts les petites mèches qui ondulaient le long de sa nuque. C'est super.

—N'exagérons rien, lui répondit Brynna Olson en se dirigeant vers les escaliers, mais merci quand même.

Sam la raccompagna. En bas, sa grand-mère réitéra sans succès son invitation à dîner.

Sam attrapa donc son ciré et suivit la directrice de Willow Springs. Dehors, une pluie fine tombait en sifflant. De minuscules gouttes d'eau venaient rebondir sur la terre comme du sucre en poudre.

À mi-chemin de son pick-up blanc de fonction, Brynna Olson se retourna et lança :

—Rentre, Samantha, va, va ! Et bon courage pour la rentrée !

—Merci ! lui cria Sam par-dessus un nouveau coup de tonnerre.

Elle repartait vers la maison, lorsqu'un mouvement attira son attention vers la grange. Une lumière dorée et accueillante y brillait. Son père se tenait dans l'embrasure de la porte. Sa silhouette noire montrait une main levée et appuyée sur le chambranle, tandis que l'autre retombait le long de son corps. Son regard semblait percer les rideaux de cette pluie vaporeuse.

Son père était-il en colère qu'elle et sa grand-mère aient laissé la responsable du Bureau de gestion se réfugier chez eux durant l'orage ? Imaginait-il que Sam fomentait l'adoption secrète d'un cheval sauvage ? Était-il trop las pour traverser la cour afin de dire bonjour par politesse ?

Sam arrêta de faire des suppositions. Elle devait faire erreur, car, maintenant que ses yeux s'étaient accoutumés à la luminosité, elle avait l'impression que son père avait fixé son regard dans la direction de Brynna Olson avec l'ombre d'un sourire aux lèvres.

La sonnerie du réveil était réglée. Les vêtements, accrochés derrière la porte. Le sac à dos, plein de cahiers, crayons et stylos, sans compter un minuscule tube de brillant à lèvres, posé par terre près de la porte, également. Tout était prêt pour sa première journée au lycée, et pourtant, elle était agitée, comme si elle avait omis de faire quelque chose d'important.

Sam fixa le plafond. À deux reprises, il pâlit sous la lueur lointaine d'un éclair.

La maison était plongée dans un silence tel que c'en était un peu effrayant. Sam retint son souffle, tout ouïe. Elle entendit la pendule de la cuisine. Une latte de parquet craqua. Ce devait être Flamme, qui chassait en rêve les chats, endormi devant la cheminée éteinte.

Les seuls autres sons venaient de l'extérieur. La pluie avait cessé, mais le tonnerre grondait toujours dans les nuages. Sam ne pouvait déterminer si l'orage s'éloignait ou se rapprochait.

Elle espérait qu'il était terminé, car c'était pour son père une source d'inquiétude supplémentaire.

Après qu'elle fut partie se coucher, elle avait écouté la conversation qu'il avait eue avec sa grand-mère. Chaque année, il comptait sur une récolte de foin en septembre. Cette fois, à cause de la pluie, il craignait qu'elle ne vienne pas. Jusque-là, les précipitations avaient été légères, mais il ne voulait pas prendre le risque qu'elles s'éternisent. Le foin mouillé pouvait pourrir. S'il pourrissait, il leur faudrait en acheter, et ils n'en auraient pas les moyens.

Son père avait frappé la table du plat de sa main et s'était exclamé :

— Une seule journée à quarante degrés, c'est tout ce dont j'ai besoin. On pourrait couper et sécher tout ce pré de luzerne en un jour et le mettre en meule le lendemain.

Les chiffres sur le cadran de la montre de Sam réfléchissaient une lumière bleu-vert dans le noir. Minuit. L'heure à laquelle le Fantôme venait à la rivière.

Elle ne l'y avait pas vu depuis qu'il avait recouvré la liberté, et elle n'avait aucune raison de penser qu'elle l'y verrait ce soir-là. Il ne pouvait savoir que le lendemain était pour elle un jour spécial. Même s'il le savait, que pouvait signifier un premier jour d'école pour un cheval ?

Le tonnerre retentit. Plus près. *Pluie, pluie, disparais. Reviens-nous une autre journée.* Cette comptine avait une signification réelle pour la fille d'un propriétaire de ranch.

Les griffes de Flamme cliquetèrent sur le sol de la cuisine, puis Sam l'entendit laper l'eau dans son bol. Au bruit qu'il faisait, il ne devait pas lui en rester beaucoup.

Saisissant cette excuse, Sam extirpa ses jambes de ses couvertures. Prestement, silencieusement, à travers la maison sombre, elle descendit dans la cuisine pour y remplir le bol du chien.

Puis, couverte par les gorgées bruyantes de ce dernier, elle ouvrit la porte et se glissa à l'extérieur.

Un vent chargé d'une odeur de boue plaqua sa chemise de nuit contre son dos, mais rien d'autre ne bougea. S'accrochant à un pilier de la véranda, elle se pencha aussi loin qu'elle le pouvait pour scruter l'obscurité en direction de la rivière.

La lumière des étoiles révélait le va-et-vient léger de quelques arbres. Si les nuages s'écartaient et dévoilaient la lune, elle verrait peut-être le Fantôme.

Bien sûr, cette idée était absurde. Alors que les oiseaux nocturnes eux-mêmes s'étaient réfugiés dans leurs nids bien au sec, pourquoi l'étalon, lui, serait-il dehors ?

Il y eut un craquement, un grésillement, puis une lumière blanc et or éblouissante déchira le ciel noir en zigzaguant. Sam retint son souffle, sentit l'odeur d'une chaleur métallique, et le vit.

Là-bas, sur la berge opposée de la rivière, il se cabra. Tel un arbre renversé couvert de givre, les branches de l'éclair illuminaient de leurs zébrures la toile noire tendue derrière lui.

Le Fantôme était de retour !

Les bras de Sam se serrèrent autour d'elle. Elle était effrayée, excitée, et elle n'avait pas le choix. L'étalon était revenu. Elle ne pouvait pas ne pas aller le voir.

Elle avait soulevé sa chemise de nuit et pressé ses orteils sur le sol humide et boueux, lorsque la lumière de la véranda s'alluma. L'espace d'un instant, elle pensa que c'était un autre éclair, mais la réalité de la voix grave de son père la rattrapa.

—Samantha, rentre.

—Mais, papa…

—Pas d'excuses. On en reparlera demain.

Elle s'était fait prendre. Elle serait punie. Pire encore, le Fantôme l'attendrait et penserait qu'elle l'avait oublié.

Chapitre 7

Sam était déjà assise, sur son lit fait, habillée et prête pour l'école, lorsque son réveil se mit à sonner.

Si elle avait une seule amie, ce jour serait plus simple. Si son père n'était pas en colère et prêt à lui faire la leçon en la conduisant jusqu'à l'arrêt d'autobus, ce jour serait plus simple. Si elle obtenait le droit d'aller galoper avec Caïd après l'école, ce jour serait plus simple. Mais rien de tout cela ne se passerait.

« Regarde les choses en face, se dit-elle en arrêtant la sonnerie stridente, ce jour ne sera pas simple. »

Le petit-déjeuner n'était pas prêt. Rien ne grésillait sur la cuisinière. Même si elle avait affirmé à sa grand-mère qu'elle ne prendrait que des céréales et du pain grillé les jours d'école, ce vide lui sembla étrange.

Son père se tenait devant la fenêtre, le regard fixé sur le matin gris.

—Papa, je…

—Prends ton petit-déjeuner. Ta grand-mère est partie faire tes corvées.

La gorge de Sam se serra. Son inquiétude au sujet de la nuit précédente avait chassé toute pensée de corvée matinale hors de son cerveau. Dehors, dans la cour chamboulée par le vent, sa grand-mère remplissait les abreuvoirs, nourrissait Caïd, ramassait les œufs.

—J'ai encore le temps, dit Sam en jetant un coup d'œil à sa montre. Je vais lui dire d'arrêter.

—Elle le fait pour te rendre service. Aujourd'hui seulement. Alors, mange.

—D'accord.

Bien qu'il refuse de se tourner pour la regarder, son père n'avait pas l'air trop irrité. Mais il ne changerait pas d'avis en ce qui concernait sa punition. C'était un homme obstiné et toujours certain qu'il avait raison.

La question, c'était de savoir combien de temps durerait cette sanction.

Sam versa du lait sur ses céréales et considéra le dos raide de son père. Ce qu'elle avait de mieux à faire, c'était d'attendre qu'il lui explique le sort qu'il lui réservait au lieu de le harceler de questions.

Sam prit son mal en patience. Elle finit ses céréales, réussit à manger une tranche de pain grillé, puis rinça son bol. Lorsque sa grand-mère revint, elle l'embrassa avant de grimper dans le pick-up et de s'asseoir avec son sac à dos sur les genoux. Son père démarra.

Le ciel lavé par la pluie s'étirait, bleu vif, au-dessus des montagnes Calico. Sam avait le cœur gros et ses dents étaient douloureuses à force d'être tenues serrées. Elle savait que si elle ne posait pas la question à son père au sujet de sa punition, elle éclaterait en larmes à la moindre occasion.

Elle ne pouvait pas se le permettre pour son premier jour à l'arrêt d'autobus. Même si elle s'y retrouvait seule à attendre, on l'examinerait dès qu'elle serait montée dans le véhicule. Il était impensable qu'elle se montre avec des yeux rouges et gonflés comme un bébé qui a peur de quitter sa maman.

Sam respira si profondément que son père dut sentir la question venir.

—Pendant combien de temps? demanda-t-elle. Pendant combien de temps est-ce que je ne vais pas pouvoir monter Caïd?

—On va commencer par une semaine et on verra après comment les choses évoluent, lui répondit son père.

Une semaine. Sept jours. Ce n'était pas si long. Elle pourrait le supporter.

—Et le convoi d'automne? Est-ce que j'aurai le droit de faire du cheval et de vous aider quand vous commencerez à rassembler les bêtes?

—Non.

Sept jours. Pas si long, mais assez pour ne pas pouvoir monter Caïd dans le vent qui sifflait, le chapeau maintenu sur la tête par sa jugulaire. Assez pour rater un événement unique dans l'année.

—Puisque tu es déjà fâché, reprit-elle sans que son père la contredise, est-ce que tu peux me dire si tu as l'intention de faire abattre Compère?

Le pick-up ralentit comme si son père avait levé le pied de l'accélérateur.

—À quoi est-ce que…, s'exclama-t-il en se tournant vers elle. Mais enfin, à quoi est-ce que tu penses, Samantha?

—À l'argent, répondit-elle. Je pense que nous avons besoin de chaque dollar que nous pouvons gagner avec le foin et le bétail.

Secouant la tête, son père se remit de sa surprise et reprit de la vitesse.

—Premièrement, nous ne produisons du foin que pour nos propres bêtes, dit-il bientôt. Je n'aime pas avoir à en acheter pendant l'hiver. Deuxièmement, le jour où nous serons assez pauvres pour qu'un veau de compagnie nous sauve la mise…, ajouta Wyatt Forster en soulevant le coin de sa bouche sans toutefois sourire tout à fait. Eh bien, disons que je te mettrai au travail bien avant que cela n'arrive.

—J'irais travailler, offrit Sam, si ça me permettait de garder Compère. Bien sûr que j'irais travailler.

Elle pensa au centre commercial de Darton et se demanda à partir de quel âge on pouvait postuler pour un emploi dans l'un de ses restaurants.

—Je suis sûre que je pourrais trouver un petit boulot à faire après mes cours. Tu veux que je cherche?

—Je te le ferai savoir.

Sam ne put interpréter son expression. Elle semblait osciller quelque part entre la fierté et l'embarras.

Le pick-up ralentit de nouveau. Ils étaient arrivés à l'arrêt d'autobus.

Wyatt Forster freina, se tourna vers sa fille, et se pencha pour lui caresser la joue.

—Tu es très mignonne avec tes cheveux comme ça, Samantha, lui dit-il en hochant la tête trois fois.

Sam savait qu'il voulait ajouter quelque chose. Elle jeta un coup d'œil rapide vers la route. L'autobus n'était pas en vue, alors elle attendit.

—Chérie, dans cette fichue vie, il n'y a pas un seul coup dur que le temps n'arrive pas à réparer, lança-t-il. Alors vas-y et profite de ta première journée.

Sam s'avança vers la fille qui attendait. Mal à l'aise de se savoir observée aussi, elle tâcha de ne pas trop la dévisager.

La lycéenne était mince. Pas svelte comme les mannequins ou élancée comme les athlètes, mais carrément dégingandée. Elle portait des lunettes à montures foncées et ses longs cheveux blanc-blond pendaient en tresses maigrichonnes se terminant en points d'exclamation.

Elle était vêtue d'un tee-shirt orange, d'un jean, et de baskets noires. Dans la poche en filet de son sac à dos, on voyait une calculatrice d'un modèle extraordinairement complexe, du moins pour Sam.

Sam prit son courage à deux mains et essaya de trouver un sujet de conversation, mais l'autre fille la devança.

—Salut, je suis Jennifer Kenworthy. Si tu es Samantha Forster, je crois qu'on s'est déjà rencontrées, il y a longtemps.

—Oui, je me le rappelle vaguement aussi, répondit Sam tout en se disant que son interlocutrice n'était plus la fille timide dont elle se souvenait. Moi, c'est Sam.

—Et moi, Jen, ou Jennifer, mais jamais Jenny, excepté pour ma mère.

Toutes deux échangèrent un sourire, puis le visage de Jen prit un air perplexe :

—Pourquoi est-ce que Jake m'a dit que tu étais coiffée un peu à la punk ?

—Parce qu'il ne sait pas ce qu'il dit. Non, c'était vrai. Mais je me les suis fait couper hier soir et il n'a pas encore vu le résultat.

Jake n'aimait pas beaucoup le changement. Sam repensa à la matinée qui avait suivi la nuit au cours de laquelle le Fantôme lui avait accidentellement fait un œil au beurre noir. Elle avait essayé de le dissimuler en se maquillant, en adoptant une attitude provocante, et Jake avait explosé de colère.

—Impressionnant, répondit Jen. Tout ce que j'ai fait, moi, pour la rentrée, c'est briser le cœur de ma pauvre mère. Enfin, pas vraiment. C'est elle qui dit ça, parce que j'ai insisté pour m'habiller comme quelqu'un de mon âge, enfin quelqu'un de normal. L'an dernier, pour mon premier jour à l'école publique, elle m'a fait porter des jupes et des twin-sets. Aujourd'hui, c'est moi qui ai décidé.

« Il serait temps », pensa Sam. Elle avait toujours choisi elle-même ses vêtements. Mais elle se contenta de dire :

—Tu es bien comme ça.

—Merci. Maman m'a reproché de m'habiller comme si j'allais nettoyer les écuries, mais j'ai tenu bon. Le problème, c'est que... (Jenn baissa la voix.) Je m'en fiche un peu.

—Alors, comme ça, vous avez des chevaux ?

Une expression d'écœurement traversa le visage de Jen, et Sam eut peur d'avoir mis fin à une amitié avant même qu'elle n'ait commencé. Comment avait-elle pu oublier ce que Jake lui avait raconté ? Les Kenworthy étaient au bord de la faillite quand Slocum leur avait offert de leur racheter leur ranch.

—Ouais, d'une certaine façon. Tu te souviens…

—Oui. Excuse-moi. J'avais oublié.

—C'est pas grave, répondit Jen en baissant la tête. Après tout, moi aussi, j'ai oublié que, euh, tu n'as pas de mère pour te dire des âneries comme la mienne.

Un bref silence s'installa. Toutes les deux avaient fait un faux pas et le reconnaissaient. Un début assez prometteur pour une amitié.

—Il nous reste quand même quelques chevaux, reprit Jen. Le mien s'appelle Bas de Soie, mais je l'ai baptisé Bébête. C'est une jument *palomino*, une vraie tête de linotte.

Jen secoua la tête, puis ajouta :

—Mais comme je veux être vétérinaire, elle m'est cent fois plus utile qu'un traité entier sur les névroses des chevaux.

—Si ça se trouve, elle s'entendrait bien avec mon mustang. Lui s'appelle Caïd, mais il se laisse marcher sur les pieds par tout le monde.

Leurs regards se croisèrent. Manifestement, elles étaient l'une et l'autre amoureuses de leur monture, quels que soient ses défauts.

—On devrait aller faire une balade un jour, proposa Sam.

Le vrombissement du car de ramassage jaune mit fin à leur conversation. Jen se contenta de hocher la tête, et Sam se garda bien de mentionner que cette promenade ne pourrait se faire tant qu'elle était punie.

Les heures de la matinée s'écoulèrent au son des claquements de casiers, des retentissements de sonneries, des hurlements de voix. Munie d'un plan inutilisable, Sam navigua dans des kilomètres de couloirs labyrinthiques. Elle arriva à chacun de ses cours à l'heure, mais l'avertissement de Jake la retint d'aller vérifier son casier avant l'heure du déjeuner.

Les bras douloureux, elle s'en approcha enfin, chargée de tous les livres dont elle avait eu besoin pour ses cours du matin. Elle avait inscrit son code secret à l'encre, en chiffres minuscules, au creux de son poignet.

Comme par enchantement, son casier s'ouvrit. Elle y rangea ses affaires, le referma, puis l'ouvrit de nouveau, cette fois de mémoire.

Lorsqu'un groupe de filles hilares passa, Sam regarda sa montre, feignant d'avoir un rendez-vous. Elle n'en avait pas. Elle avait retrouvé Jen en cours d'anglais, mais cette dernière ne lui avait rien proposé pour le déjeuner. Quant à Jake, elle ne l'avait même pas vu.

Elle décida de ne pas errer comme si elle était perdue. Elle tira une pomme de son sac à dos et attendit avec impatience que la pause se termine. Elle s'entraîna une nouvelle fois à l'ouverture de son casier. Elle avait un cours de rédaction journalistique après le repas. Au collège, elle avait fait partie de l'équipe qui rédigeait le journal, et son professeur lui avait dit alors qu'elle avait du talent. Elle était impatiente de pouvoir se refaire la main au lycée.

Cela lui permettrait peut-être aussi de rencontrer des gens. Bien que beaucoup d'autres élèves aient semblé ne pas se connaître non plus, elle s'était sentie trop timide pour les aborder. Elle espérait que ce cours de journalisme serait moins formel. Peut-être pourrait-elle s'y décontracter et s'y faire des amis.

Elle referma son casier. Pour le cas où quelqu'un l'aurait observée, elle fit les chiffres de sa combinaison avec détermination.

Enfin, la cloche sonna. Une ruée de lycéens emplit les couloirs, mais l'œil de Sam fut attiré par une bande de garçons tapageurs. Tandis qu'elle les regardait forcer leur passage parmi les autres, Sam aperçut Jake. Il était au centre du groupe, calme, sourire aux lèvres.

Jusqu'à ce qu'il repère Sam. Il s'arrêta alors si brusquement que le garçon juste derrière lui le bouscula. Sous le choc, il fit quelques pas vacillants en avant, les yeux toujours rivés sur Sam.

Il détestait sa coiffure. C'était clair. Il reprit sa route, sans faire un signe, sans dire bonjour, sans admettre son existence même.

Il finirait par s'habituer, se dit Sam. De toute façon, elle n'avait pas prévu de traîner avec lui au lycée. Elle le verrait au ranch, et là, il pourrait déverser toute sa bile au sujet de l'erreur qu'elle avait commise.

Mais pour l'instant, c'était l'heure d'aller en cours.

—Il va falloir y aller, leur dit M. Blair.

À sa façon de les bombarder d'ordres, l'enseignant ressemblait davantage à un entraîneur de football américain qu'à un professeur de rédaction journalistique. La moitié des élèves musardait près d'une rangée d'ordinateurs. Quant aux autres, ils attendaient, au garde-à-vous, assis à des bureaux bien alignés.

Ceux qui chuchotaient près des ordinateurs devaient êtres des anciens, se dit Sam. Quant aux autres, ce devaient être des nouveaux comme elle.

—L'heure de cours nous sert à monter le journal. Le manuel que vous avez vous sert à apprendre à écrire. Et ça, c'est notre programme, ajouta-t-il en agitant une liasse de papiers. Vous devez apprendre deux chapitres tous les soirs et rendre votre travail chaque matin quand vous arrivez en cours.

M. Blair reprit son souffle, puis le doigt pointé, lança :

—Qu'est-ce que je viens de dire ?

—Je, euh..., ânonna un garçon vêtu d'un tee-shirt noir.

—C'est bien ce que je pensais, rétorqua M. Blair en regardant Sam, le doigt toujours pointé. Qu'est-ce que je viens de dire ?

—On prépare le journal en cours et on lit le livre le soir chez soi, dit Sam en débitant d'une traite ce dont elle se souvenait. On rend notre travail...

Quand Sam vit les yeux de M. Blair se plisser, elle s'empressa de reprendre :

—Et on fait les exercices de deux chapitres tous les soirs.

—Bon.

M. Blair se tourna vers un autre garçon à lunettes, les pieds posés sur un grand bureau en bois.

—RJay, donne un article à faire à cette demoiselle, reprit M. Blair en faisant un mouvement de va-et-vient avec le pouce en direction de Sam. Ton nom?

—Sam, répondit-elle tout en croisant ses deux mains sur ses genoux pour les empêcher de trembler.

Lorsqu'elle vit que M. Blair passait en revue la liste des étudiants qu'il avait à la main, elle ajouta d'un ton calme:

—Samantha, Forster.

—Hum, une première année, marmotta M. Blair en la fixant, si longtemps que Sam supposa qu'il tentait de lire dans ses pensées. Donne-lui quand même un article, RJay.

D'un nouveau revers de la main, il indiqua à Sam de rejoindre le fameux garçon à lunettes.

Sam traversa la classe, sentant tous les yeux sur elle. Elle tira maladroitement sur sa liquette blanche à encolure dégagée, bien qu'elle sache qu'elle allait très bien avec son nouveau jean. Aujourd'hui, elle avait vu des centaines de filles habillées comme elle, mais une fois debout devant RJay, elle ne s'en sentit pas moins gênée.

Elle supposa qu'il était le rédacteur en chef de *Dialogue*, le journal de Darton High, mais il ne lui dit rien qui puisse le lui confirmer.

— Va voir Rachel, se contenta-t-il de marmonner tout en pointant lui aussi son doigt vers une fille qui se tenait non loin de là.

Tout d'abord, Sam ne reconnut pas le prénom. La fameuse Rachel ressemblait à un mannequin. Ses cheveux lissés avaient la couleur du café. Elle portait un chemisier d'un blanc immaculé et une jupe à la mode, écossaise, courte et tenue par des bretelles. La plupart des filles auraient eu l'air niais ainsi. Sur elle, l'effet était fabuleux.

Rachel fit attendre Sam debout, tandis qu'elle continuait de parler à une blonde en tenue de *cheerleader*, sur laquelle était brodé le nom de Daisy. Après quoi, elle se tourna lentement.

Ses ongles vernis de rose nacré effleurèrent les cheveux tombant en biais sur son front pour les écarter de ses yeux. Elle toisa Sam des pieds à la tête, toujours sans prononcer un mot.

Sam transpirait d'embarras. Elle se sentait exclue. Mais elle devait dire quelque chose.

— Rjay m'a dit que tu me donnerais un sujet d'article.

— Interview de rentrée avec Mme Santos.

Rachel avait laissé tomber ces mots d'un ton blasé et avec un accent légèrement britannique.

Sam fronça les sourcils. *Mme Santos*. Son ignorance ne fit qu'intensifier le rouge de ses joues.

—Et je la trouve où ? réussit-elle à demander. Une fois cette information donnée, peut-être comprendrait-elle qui cette personne était.

—Oh ! répliqua Rachel en accentuant son intonation britannique.

Sam se demanda si Rachel faisait des manières. Puis, soudain, elle se souvint. Le jour où ils étaient allés ramasser les mûres, Jake ne lui avait-il pas dit que la fille de Linc Slocum s'appelait Rachel ? N'avait-il pas ajouté que Slocum était divorcé et que Rachel et son frère passaient leurs étés à Londres chez leur mère ?

—Euoh, répéta Rachel, glissant un regard moqueur vers la blonde. Je suppose que la petite vachère, dit-elle en insistant bien sur la dernière syllabe, tout en étudiant les chaussures de Sam comme si elle y cherchait des traces de fumier, ne sait pas encore que Mme Santos est notre proviseur.

Vachère. Sam eut du mal à avaler sa salive. Au ranch du Méandre, elle aurait pris l'expression comme un compliment. Là, au lycée, et venant de la part de cette fille, ce n'en était clairement pas un. D'un autre côté, les cow-girls, pas les « vachères » comme Rachel le disait exprès, étaient aussi robustes que les cow-boys. Elles savaient faire front quand elles avaient des ennuis.

Sam releva donc le menton discrètement et rétorqua :

—Non, tu as raison, je ne le sais pas. Jusqu'à présent, j'étais à San Francisco, tu comprends, alors je ne connais pas encore très bien les gens du coin.

—San Francisco ! répéta la *cheerleader*, impressionnée.

—San Francisco, c'est loin d'être Londres, ma chérie, intervint Rachel, piquée.

C'est alors que M. Blair les interrompit :

—Rachel, ta maîtrise de la géographie m'étonnera toujours !

Sur quoi, il jeta un coup d'œil vers la pendule de la classe, puis s'adressa à Sam :

—Va vite au secrétariat et prends un rendez-vous pour cette interview.

Sam attrapa vivement son carnet tout en se demandant quelles questions elle pourrait bien poser à Mme Santos si cette dernière était disponible.

« Pense vite et bien », s'ordonna-t-elle. Elle avait participé au journal de son collège. Il n'y avait aucune raison qu'elle ne s'en sorte pas ici.

Qu'est-ce que cela pouvait bien faire qu'elle n'ait pas le temps d'établir une liste de questions, ni d'apprendre dans son livre en quoi une interview dite « de rentrée des classes » devait consister ?

D'un pas déterminé, elle se dirigea droit vers la porte.

— Ne sois pas surprise si elle te fait attendre jusqu'à demain, lui lança M. Blair. J'ai le sentiment que Mme Santos est assez prise aujourd'hui, Samantha.

C'est alors qu'un éclat de rire s'éleva :

— *Samantha* ! Tu vois, Daisy, tu as perdu. Toi qui croyais que c'était un garçon !

Chapitre 8

Sam fit au revoir à Jen d'un signe de la main, puis entama sa longue marche jusqu'au ranch.

Le soleil de la fin d'août tapait sur sa nuque découverte comme s'il n'y avait jamais eu d'orage la veille. La température n'atteignait sans doute pas quarante degrés, comme son père l'aurait souhaité, mais il faisait chaud.

Sam se mit à grommeler. Cette marche devrait être considérée comme une corvée. Mais il ne fallait pas qu'elle y compte. Elle serait obligée d'aller chercher les œufs dans le poulailler et de s'assurer que les animaux étaient bien nourris. Le lundi était aussi jour de lessive. Bien que Grand-Mère Grace ait un sèche-linge en parfait état de marche, elle continuait à étendre le linge sur une corde. En général, elle demandait à Sam d'aller le ramasser et de le plier. De plus en plus pressée, Sam allongea le pas. Elle devait reconnaître, toutefois, que ses draps séchés au soleil sentaient toujours meilleur que ceux qui finissaient dans le tambour de la machine.

Soudain, quelque chose bougea.

Sam s'arrêta. Comme ce devait être le Fantôme, elle ne se retourna pas. Immobile, elle se contenta de scruter les environs. Ses yeux tombèrent bientôt sur un lapin, assis sur ses pattes de derrière, et qui la regardait. Il était si près qu'elle voyait son nez remuer.

Sam reprit la route, et le lapin couleur de sable s'élança à travers le désert dans la direction opposée.

Cela aurait pu être le Fantôme. Le cœur de Sam se serra lorsqu'elle repensa à la nuit précédente. Il était venu à elle, se cabrant dans le tumulte des étoiles et des éclairs, mais elle n'avait pu le rejoindre.

C'était injuste. Vraiment. Elle allongea encore le pas tandis que sa colère montait. Non seulement elle était punie, mais elle n'avait même pas fait la bêtise pour laquelle elle était sanctionnée.

Il était inutile de parler à son père. Le seul espoir qu'elle pouvait avoir, c'est que le Fantôme la voie, un après-midi, alors qu'elle rentrait à pied du lycée.

Penser à l'étalon lui était douloureux. Elle se rappela le picotement des poils de sa barbe lorsqu'il avait posé son nez dans sa main, alors qu'ils se tenaient tous deux dans la rivière. Elle se rappela cette incroyable journée dans les corrals de Willow Springs, lorsque, mettant de côté sa haine des êtres humains, il avait appuyé sa belle tête sur son épaule.

Sam était presque arrivée au ranch lorsqu'elle entendit un bruit de sabots et qu'elle vit Compère foncer vers elle.

— Qu'est-ce que tu fais ici, Compère ? lui cria-t-elle.

La génisse poursuivit sa course malhabile, ses antérieurs tricotant à droite et ses postérieurs, à gauche. Ross, un des cow-boys du Méandre, arrivait au galop derrière elle.

Quand Sam se rendit compte que Compère n'avait aucune intention de s'arrêter, elle écarta les jambes et planta les pieds fermement dans le sol. Si solidement campée soit-elle, lorsque

Compère la heurta de plein fouet, elle vacilla et faillit tomber.

— Calme-toi, ma fille, lui dit-elle.

Compère tourna autour d'elle, laissant des traînées de poussière sur son jean neuf. Puis elle refit quelques pas avant de s'arrêter de nouveau et de revenir se presser contre la hanche de Sam pour faire face à Ross.

— C'est bien, Compère, lui murmura Sam d'une voix douce. Tu n'as plus à avoir peur.

Sam lui passa le bras autour du cou, effleurant de ses doigts son poil brun-roux épais et doux. Compère tressaillit.

Sam releva la tête vers Ross, et se demanda s'il ne tremblait pas, lui aussi. Elle n'avait jamais rencontré quelqu'un de si timide. Quand elle vit ses yeux résolument baissés, Sam se dit qu'elle aurait plus de chance d'obtenir une réponse de Tank, son cheval, un bai aux oreilles tombantes.

— Qu'est-ce qui s'est passé? risqua-t-elle néanmoins.

— Elle s'est échappée, bredouilla Ross.

Sam faillit éclater de rire. Un grand gaillard comme lui, obligé de faire tant d'efforts pour dire quelque chose d'aussi simple, et dont elle se doutait, qui plus est!

—Je suis arrivée au bon moment.

Le jeune cow-boy hocha la tête.

—Vous voulez une corde ? demanda-t-il alors à Sam en mettant la main sur le lasso qui était enroulé et accroché à sa selle.

—Si vous restez devant nous jusqu'au ranch, je ne pense pas que j'aurai besoin de l'attacher, lui répondit Sam.

Sans un mot, Ross fit tourner son cheval et s'éloigna.

En signe de remerciement, Compère frotta son museau contre la liquette blanche de sa maîtresse. Sam baissa les yeux vers la traînée de bave herbeuse.

—Je t'en prie, Compère. Surtout ne te gêne pas.

Ce disant, elle reprit sa route vers le ranch, la génisse collée à ses côtés.

Le soir, au dîner, la grand-mère et le père de Sam lui posèrent une multitude de questions sur son premier jour de classe.

—L'anglais, l'histoire et la rédaction journalistique ne me posent pas de problème, leur dit-elle. Et puis en espagnol, j'ai eu un bon prof l'an dernier à San Francisco.

—Ça, ça t'aidera, acquiesça sa grand-mère tout en lui passant une tranche du pain complet qu'elle avait fait cuire dans l'après-midi. Et tu as vu Maxine Ely?

—C'est elle, mon professeur d'histoire. Elle a dû me reconnaître. Elle m'a fait un petit sourire en prononçant mon nom pendant l'appel.

—C'est une femme bien, ajouta le père de Sam, mais d'un ton qui semblait préoccupé.

—Tu n'as pas d'autres cours que ceux-là? insista sa grand-mère.

Sam savait ce qu'elle voulait lui entendre dire. Pendant ses deux années à San Francisco, elle n'avait pas caché dans ses lettres sa nullité crasse et irrécupérable en maths.

—Si, gym et algèbre, admit Sam.

En fait, elle redoutait l'un presque autant que l'autre. Le règlement à Darton High obligeait les élèves à se doucher après le sport. Or Rachel et Daisy étaient dans le même groupe qu'elle, et Sam n'avait aucune envie de se retrouver dans le même vestiaire que ces deux reines de beauté.

—N'hésite pas à demander de l'aide pour tes maths, lui dit sa grand-mère, enfin, si tu en as besoin.

Sam savait d'ores et déjà que ce serait le cas. Toutefois, elle ne put s'empêcher d'en vouloir à sa grand-mère d'anticiper ainsi son échec.

Une vague de lassitude la submergea. Elle étouffa un bâillement. Elle avait terminé les deux premiers chapitres de son manuel sur la rédaction journalistique à l'étude, il ne lui restait donc plus qu'à couvrir ses livres. Ensuite, elle irait se coucher.

—Compère s'est encore échappée.

La fatigue de Sam s'évanouit comme si son père lui avait jeté un seau d'eau froide au visage :

—Je sais. C'est moi qui l'ai attrapée.

—La prochaine fois, tu n'y arriveras peut-être pas.

—Je ne pense pas..., commença Sam.

—Chut, intervint sa grand-mère. Ce n'était pas de ta faute. Cette génisse ne fait que ce qui est naturel pour elle. Elle a envie d'être avec le reste du bétail, c'est tout.

« La plus grande partie du reste du bétail sera bientôt morte », pensa Sam, mais elle dit :

—Peut-être, mais Compère est différente. Même papa me l'a dit ce matin, ajouta-t-elle en fixant son père pour qu'il confirme.

—C'est vrai, répondit celui-ci. Mais cela ne signifie pas que j'ai le cerveau ramolli.

—Non, tu as juste le cœur tendre, commenta Grand-Mère Grace d'un air amusé.

Le père de Sam ignora la remarque et reprit :

— Il va falloir qu'on la marque.

Sam frissonna. Elle se remémora l'odeur du petit feu d'armoise séchée et le cliquetis des fers chauffés à blanc. Dans son enfance, ce n'était pas tant l'odeur nauséabonde de la chair brûlée qui l'avait dérangée que le bêlement des veaux. Elle avait toujours pensé qu'ils appelaient leur mère désespérément.

Aujourd'hui, c'était elle, la mère de Compère.

— Ça fait mal, dit Sam en grimaçant.

— Ça fait toujours mal, lui répondit son père, mais pour quelques minutes seulement et certainement pas autant que de se mélanger à un autre troupeau et de finir chez le boucher.

C'était là tout l'intérêt du marquage des animaux. Des milliers de bêtes au poil brun-roux et à la tête blanche pâturaient dans la prairie. Même lorsqu'on les rassemblait, il était impossible de les distinguer. Les cow-boys reconnaissaient parfois un bœuf qui avait une corne déformée ou une vache tachetée de blanc, mais de telles différences étaient rares.

Le marquage garantissait que les propriétaires de ranch ne déplaçaient que des bêtes qui leur appartenaient quand ils les menaient vers leur pâturage d'été.

—Si tu veux vraiment garder Compère, ajouta le père de Sam, il vaudrait mieux qu'on la marque à l'oreille aussi. De cette façon, les cow-boys pourront voir depuis leur cheval à qui elle appartient si elle se retrouve coincée au beau milieu du troupeau.

—Je veux la garder.

—D'accord. On s'en occupera ce week-end alors.

Sur ces entrefaites, le père de Sam, reculant sa chaise de la table, se leva. Puis elle l'entendit se laisser tomber dans son fauteuil inclinable dans le salon.

Elle sentait des larmes lui picoter les yeux. C'était facile pour lui de disparaître et d'oublier. Marquer Compère ne lui faisait aucun effet.

Bien sûr, elle savait que c'était nécessaire. Il n'en restait pas moins que, quand ils brûlaient la peau du veau avec un fer, ils le brûlaient, lui, et lui laissaient une cicatrice.

—Tu sais, lui dit sa grand-mère lorsque la télévision se fit entendre dans le salon, il ne lui faudrait que quelques minutes pour marquer Compère pendant que tu es à l'école. Il attend le week-end pour que tu puisses la réconforter quand ce sera fini.

—Je sais, lui répondit Sam. Je sais aussi qu'il faut le faire. N'empêche que ça ne me plaît pas.

Quand elle eut fini la vaisselle, la nuit était tombée, mais Sam alla tout de même rendre visite à Compère.

Cette dernière la bouda. Plantée au milieu du pré, elle s'arrêta de brouter, regarda Sam et fouetta l'air de sa queue comme pour chasser une mouche collante. Puis elle reporta son attention sur l'herbe.

—C'est facile pour toi, marmonna Sam tout en marchant vers le petit corral attenant à la grange.

La voyant s'approcher, Caïd la reçut avec des hennissements :

—Pas de carotte, lui dit Sam en lui montrant ses paumes vides.

Douce s'ébroua bruyamment et s'éloigna de la clôture en foulant la poussière, mais Caïd resta.

Il avait l'air un peu négligé. Comme elle ne l'avait pas monté de la journée, elle ne l'avait pas non plus brossé. Pourtant le petit mustang adorait être massé par la brosse en caoutchouc.

—Tu es vraiment trop gâté, tu sais.

Sam le conduisit dans la grange, alluma, et commença à le toiletter. Elle le cajola un instant en lui disant combien elle le trouvait joli, puis se mit à lui faire part de ses soucis. Elle pouvait se confier à lui sans avoir à s'inquiéter qu'il répète ses secrets à qui que ce soit.

—Je suppose que je devrais parler à Jake du rouan, lui murmura-t-elle. Ce n'est pas que je ne veux pas le faire, mais je suis sûre qu'il va trouver une raison de s'inquiéter. Il est si protecteur, il se comporte comme un grand frère.

Sam s'absorba dans ses pensées, tout en passant doucement la brosse le long du dos de Caïd. L'étalon à tête de marteau était jeune, mais il avait un poitrail puissant et les hanches musclées d'un cheval adulte.

Sam avait déjà vu des petits groupes de jeunes mâles exclus de leur troupeau par l'étalon dominant, tout simplement parce que ce dernier avait peur qu'ils ne prennent sa place. Toutefois, c'étaient souvent de jeunes gringalets.

Sam était à peu près certaine que la tête de marteau avait au moins trois ans. Soit il avait lui-même perdu son harem de juments au profit d'un autre étalon, soit elles avaient disparu lors d'une opération de capture organisée par le Bureau de gestion.

Caïd se mit à piaffer, et Sam se rendit compte qu'elle avait arrêté de le brosser.

—Pardon, lui dit-elle. Mais plus je pense à lui, plus je pense que le Marteau va nous causer des ennuis.

Caïd balança sa tête dans sa direction et la regarda :

—C'est moi qui l'appelle comme ça, expliqua-t-elle. Marteau, à cause de sa grosse tête et du coup de sabot qu'il a donné dans la clôture.

Les yeux marron de Caïd continuèrent de la dévisager, comme s'il attendait autre chose.

—Ce n'est pas bête comme nom, hein ? lui demanda-t-elle.

Le hongre bascula la tête de haut en bas, dévoilant sous son toupet l'étoile blanche qui ornait son front.

—Eh bien, tant pis ! lui répondit-elle en riant et en décidant de ne plus penser au rouan.

Sam et Jen attendaient l'autobus lorsqu'une Mercedes bleu ciel passa comme une flèche devant elles avec, à son bord, Rachel Slocum.

—Dis bonjour à la princesse, lança Jen en levant le bras si haut que son ventre se découvrit.

Sam adorait l'esprit sarcastique de Jen Kenworthy.

Pourtant, elle était en colère. Elle visualisa mentalement le ranch de la Poussière dorée.

Pour quitter la propriété, la Mercedes était obligée de passer devant la maison du contremaître.

—Je n'arrive pas à croire qu'ils ne te proposent même pas de t'amener à l'école, dit Sam, prenant la rebuffade à son compte. Mais qu'est-ce qu'ils croient, ajouta-t-elle en bafouillant, que tu... que tu as des poux?

—C'est gentil, Sam, mais les insultes ne changeront rien pour moi, répondit Jen.

Elle tira son tee-shirt framboise sur son jean. Ses yeux brillaient derrière ses lunettes.

—Après tout, je suis la fille du contremaître, reprit-elle. Même la gouvernante ne s'attendrait pas à devoir m'accompagner. Et puis, de toute façon, Rachel et moi ne faisons pas vraiment partie de la même clique.

—Ça m'est égal, aboya Sam.

—Linc a dit à ma mère que Rachel y allait seule, parce qu'elle ne veut pas être dérangée. Apparemment, elle profite du trajet pour faire ses devoirs.

Jen enroula l'extrémité d'une de ses tresses blondes autour de ses doigts. Elle souriait, mais Sam voyait bien qu'elle n'appréciait pas d'être écartée.

—*Devoir*, répéta Sam lentement. À mon avis, Rachel n'a pas compris la signification première du mot, tu ne crois pas ?

Jen lui adressa un sourire reconnaissant.

—Je te promets, je n'ai pas du tout envie d'être son amie. En fait, si mon père n'aimait pas tant ce ranch, et s'il n'y avait pas les chevaux, ça ne me dérangerait pas qu'on déménage.

—Je veux bien te croire.

—Tu sais, quand Linc Slocum a fait creuser son puits, ça a drainé une bonne partie de l'eau qu'on utilisait pour nous. Certains jours, ma mère ne peut même pas faire la lessive et il faut qu'on fasse attention quand on se douche.

—Vous le lui avez dit ?

—Mon père l'a fait, mais c'était il y a plus d'un an. Rien n'a changé et, à mon avis, rien ne changera.

Jen haussa les épaules :

—Il a fait venir un bulldozer et il a fait monter cette butte de terre pour pouvoir jouer au roi de la montagne. Il n'y avait même pas une taupinière avant sur ce terrain ! Chaque soir, avant le coucher du soleil, sa grande maison fait de l'ombre à la nôtre. Je n'aime pas vivre dans l'ombre de Slocum, ajouta-t-elle dans un murmure.

Une corneille passa au-dessus de leur tête en croassant. Jen leva les yeux et, tout en se couvrant la bouche avec l'encolure de son tee-shirt, elle cria à l'intention de l'oiseau :

— Tu as raison. Tout ça, c'est du blabla !

Sam se mordit la lèvre. À chaque nouvelle parole, elle appréciait Jen un peu plus. Toutes deux partageaient les mêmes valeurs. Depuis son retour de San Francisco, Sam avait découvert que les couchers de soleil sont plus importants que les maisons luxueuses. Il fallait qu'elle remonte le moral de sa nouvelle amie.

— En parlant de devoirs, tu sais te servir de ta supercalculatrice ? lui demanda-t-elle en pointant le doigt vers le clavier compliqué, fait de touches et de flèches, qui apparaissait dans la poche en filet du sac à dos de Jen.

En voyant le visage de cette dernière s'éclairer, Sam en conclut qu'elle avait choisi le sujet de conversation qu'il fallait :

— Si je sais m'en servir ? Je reste modeste, ma chère Samantha, lui dit-elle en faisant semblant de saluer, mais tu t'adresses à un as des mathématiques. Ma mère a arrêté de me donner des cours à la maison parce que je suis devenue plus forte qu'elle en géométrie dès le CM2.

D'ailleurs, cette année je prends calcul en option principale.

—Et moi, algèbre pour analphabètes.

Jen pencha la tête d'un côté, et la lumière du soleil se réverbéra dans les verres de ses lunettes :

—C'est pas vrai, tu vas quand même pas prendre anglais coefficient un et maths en rattrapage !

—Si, répondit Sam, surprise de ne pas hésiter à révéler ses faiblesses à sa nouvelle amie. Je suis vraiment sous-douée avec les chiffres.

—Eh bien, ma chère, lui lança Jen en lui décochant un coup de poing enjoué dans le bras, aujourd'hui, c'est ton jour de chance.

Chapitre 9

La première semaine de Sam à l'école se termina presque bien.

Elle était arrivée à l'heure à chacun de ses cours. Elle avait rendu tous ses devoirs. Elle aimait bien ses professeurs, notamment Mme Ely et M. Blair. Elle avait interviewé Mme Santos, le proviseur, et découvert qu'elle avait le sens de l'humour et un style imagé, qui lui avait grandement facilité la rédaction de son article. RJay avait d'ailleurs lu ce dernier d'une traite avant de lever le pouce vers Sam en signe de félicitations. Quant au casier, il n'était resté coincé qu'une fois.

Chaque jour, la température avait augmenté, sans aucune prévision de pluie. Son père avait travaillé le sourire aux lèvres, prêt à sauter sur l'occasion dès que le thermomètre afficherait quarante degrés.

Comme Jake l'avait prévenue des semaines plus tôt, le rassemblement d'automne des bêtes n'avait rien de comparable avec le convoyage vers leur pâturage d'été ni même avec leur rassemblement au printemps. En une journée, tous les bœufs avaient disparu des terres du ranch, expédiés au marché par le père de Sam sous l'escorte de Dallas, son vieux contremaître. Tout le monde désormais attendait son retour pour savoir combien d'argent les herefords d'élevage leur avaient rapporté.

Mieux encore, le père de Sam lui avait dit qu'elle pourrait refaire du cheval dès le dimanche. Sam s'était immédiatement prise à rêver tout éveillée de chevauchées avec Caïd dans les contreforts des montagnes Calico, accompagnée de Jen et de son *palomino*.

Bref, la semaine avait été formidable, si ce n'est que – elle devait l'admettre – elle aurait bien aimé que Jake n'ait pas été si occupé. Elle savait qu'avec la reprise des cours les choses changeraient, mais elle fut surprise de découvrir à quel point il lui manquait.

Son humeur ne s'améliorait que lorsqu'elle pensait à son anniversaire. Il y avait encore quelques semaines à passer et Sam savait qu'elle pouvait compter sur sa grand-mère pour lui préparer une petite fête, même s'ils ne pouvaient se permettre de lui acheter un cadeau onéreux.

Le vendredi matin, vêtue d'une chemise bleue sans manche, elle attendait à l'arrêt d'autobus. Il faisait déjà si chaud qu'elle se sentait la peau moite et les joues rouges. Les nuages gris souris qui flottaient au-dessus d'elle n'offraient aucune fraîcheur. Ils ne faisaient qu'assombrir la lumière du matin.

Sam, tout en discutant avec Jen de leur promenade future dans la plaine des Tambours de guerre, écarta le col de sa blouse pour laisser passer un peu d'air.

L'autobus apparut au loin. Les deux amies remirent leur sac sur le dos tandis que les pétarades du moteur diesel se rapprochaient. Soudain, le bruit familier fut interrompu par un crissement de pneus et un grincement de freins.

Le ciel chargé fit luire les phares de la voiture d'un éclat rouge et or. Leur faisceau vira d'un côté puis de l'autre, comme poussé par un vent démoniaque. Sam avait reconnu le véhicule.

Linc Slocum fit ronfler le moteur de sa Cadillac, qui fit une embardée et vint serrer à quelques centimètres le pare-chocs arrière de l'autocar. Puis, d'un coup de volant, il s'engagea dans la voie opposée, contourna l'autobus, accéléra de nouveau, le doubla, puis lui fit une queue de poisson avant de s'arrêter juste à côté de Jen et de Sam.

La main de Sam se plaqua sur ses lèvres. Son pouls battait dans ses poignets, dans ses chevilles, dans ses genoux même, tandis que son cœur lui martelait la poitrine comme une mise en garde. Jen était devenue pâle, mais elle plaisanta malgré sa peur :

— Comme dirait mon père : « C'est un fou furieux, il n'hésiterait même pas à botter le derrière d'un sanglier », dit-elle, les mains sur le front, ses yeux plissés fixés sur la voiture de Slocum.

Sam eut bien du mal à lui répondre avec le même humour :

— Je n'ose même pas répéter ce que mon père dirait s'il voyait Slocum couper la route à un car de ramassage scolaire.

Si seulement il avait pu être là !

L'autobus s'arrêta à la hauteur de la Cadillac au moment où Slocum en descendait. Le chauffeur ouvrit sa portière en hurlant, mais Slocum n'y prêta aucune attention. Il se précipita vers les deux adolescentes en agitant le poing.

Juste avant de comprendre les mots qu'il prononçait, Sam remarqua les visages qui se pressaient contre les vitres de l'autobus pour regarder.

— Ce sale traître, ce sale bâtard, ce crétin de cheval a pénétré…

Slocum inspira profondément, comme si l'air du matin ne lui offrait pas assez d'oxygène pour fulminer à souhait :

— … il a pénétré dans ma propriété et cette… cette plaie a ruiné mon investissement…

Il devait parler du Fantôme. Le mustang avait-il détruit une clôture ou quelques rosiers ? Qu'est-ce qui pouvait bien faire hurler Slocum de la sorte ? Et pourquoi sa chemise était-elle mal boutonnée et ses chevilles, nues sous son jean qui tombait sur des chaussons ?

— Monsieur Slocum, lui dit Jen calmement, nous ne savons pas de quoi vous parlez.

Slocum lui tourna le dos et se planta, menaçant, devant Sam. Elle vit la sueur qui perlait au-dessus de sa lèvre supérieure, et entendit le bruit sec des vitres que les passagers de l'autobus ouvraient pour mieux écouter. Génial !

Les doigts pointés comme un enfant feignant d'avoir à la main un pistolet, Slocum se remit à vociférer :

— Toi, tu sais ce dont je parle. Cette fois, ce n'est pas une sale petite jument de ranch que ton canasson m'a volée. Apache Hotspot était la première pierre de mon nouveau programme d'élevage.

Slocum s'était frappé la poitrine avec le poing en disant *mon*.

— Cette jument est l'investissement de ma vie !

Sam finit par comprendre. Slocum n'avait pas seulement acheté la douce jument *appaloosa* blanc et chocolat pour en faire cadeau à Rachel. Il voulait l'utiliser pour les saillies.

— Je veux que tu appelles cet étalon ! Appelle le Fantôme !

Derrière lui, Sam vit la mâchoire de Jen se décrocher de stupeur.

Bien. Que tout le monde voie à quel point Slocum était fou. Elle ne pouvait pas appeler le Fantôme. Pas vraiment.

— Monsieur Slocum, je suis sincèrement désolée que votre cheval soit…

— Arrête ton cinéma, gronda-t-il. Je veux ce mustang ici, maintenant !

Son visage se tordit de rage. D'une minute à l'autre, il se ferait éclater un vaisseau.

Relevant les épaules, Sam se débarrassa de son sac à dos et le laissa tomber à terre. Elle n'avait aucun endroit où se cacher, mais elle était certaine de courir plus vite que Slocum. Elle l'avait déjà fait.

Dans l'autobus, un claquement semblable à un combiné de téléphone qu'on raccroche brusquement se fit entendre. Puis le chauffeur descendit lourdement les marches de son véhicule. Au bruit de ses pas, Slocum se retourna.

—Dieu soit loué! murmura Jen.

—Monsieur? J'ai appelé le shérif par radio, lui dit le conducteur. Je crois que vous feriez mieux de remonter dans votre voiture et de l'y attendre sagement.

—Le shérif? Je n'ai jamais rien entendu d'aussi...

Mais Slocum s'arrêta et reprit son souffle:

—Peut-être bien que je me suis un peu énervé, hein? Mais mince, quand un homme travaille dur comme moi et place tout son argent dans une belle bête, c'est quand même râlant de la perdre.

Sam frissonna. Slocum parlait maintenant comme un cow-boy de western. Ce changement soudain était plus effrayant que son poing.

Le chauffeur semblait déconcerté, mais il poussa les deux adolescentes vers la sécurité de son véhicule tout en tendant le bras pour empêcher Slocum de les suivre.

L'autobus oscilla tandis qu'une partie des élèves à l'intérieur regagnaient leur siège dans la rangée opposée. Sam et Jen échangèrent un regard. Sam hésitait à monter.

— Ils sont au moins vingt là-dedans, murmura-t-elle, affolée. Si chacun d'eux raconte au lycée à une seule personne ce qui s'est passé, ça en fera quarante qui seront au courant, et si chacun d'eux va en cours et raconte…

— Je sais compter, Sam. Tu as raison, ça va cancaner. Mais on n'a rien fait de mal. C'est nous, les victimes, enfin on a failli l'être, et c'est le père de Rachel, le cinglé, lui répondit Jen en faisant elle-même un bond en entendant la portière de Slocum claquer. Apparemment, monsieur a du mal à se contrôler quand il n'a pas ce qu'il veut.

Sam se remémora la rage de Slocum lorsque Brynna lui avait dénié son droit à l'adoption du Fantôme. Jen avait raison.

Il y avait deux sièges vides à la huitième rangée. Elles allèrent s'y asseoir. Personne ne parlait. Les portières se fermèrent. Le conducteur enclencha la première et reprit la route.

Sam avait les yeux rivés sur le dossier du siège devant elle. C'est alors qu'un garçon, de l'autre côté de l'allée, lui tapota le bras du doigt.

—Hé, qu'est-ce qu'il avait?

—Apparemment, il a perdu son cheval, répondit Sam en haussant les épaules.

Du coin de l'œil, elle vit Jen sourire, et c'est une avalanche de questions qui s'ensuivit:

—Il est fou?

—Il a parlé du Fantôme?

—Il pensait que le Fantôme avait volé quelque chose?

—C'est ça, ouais. Parce qu'un esprit, ça s'intéresse aux juments mortelles?

Le garçon qui venait de parler portait des lunettes qu'il remonta sur son nez d'un air supérieur.

Sam, qui, jusque-là, avait ressenti un certain soulagement à écouter les questions, se figea. Est-ce que tout le monde connaissait la légende du Fantôme? Elle se creusa la tête pour répondre par un commentaire intelligent:

—Je n'en sais rien, dit-elle.

Une fille avec un piercing dans le nez, assise juste devant elle, se retourna. Sam fouilla sa mémoire pour retrouver son prénom. Callie, c'était ça. Elle était avec elle en espagnol.

—On aurait dit qu'il pensait que tu étais une sorcière, lança-t-elle. Comme si tu pouvais faire apparaître l'étalon.

—Oui, il est complètement fou, intervint Jen.

—Peut-être, mais cette fille est de San Francisco, fit remarquer Callie.

Jen pouffa :

—Ils ont des attachés-cases là-bas, Callie, pas des baguettes magiques.

La remarque atteignit son but et tout le monde rit. La tension retomba et Sam regarda sa montre. Elle secoua le poignet. Seulement huit heures !

Sam prit le verre de citronnade que sa grand-mère lui tendit lorsqu'elle entra dans la cuisine. Elle se sentait un peu hébétée et bizarre après sa longue marche en pleine chaleur, mais pas assez bizarre pour ne pas remarquer les quatre gâteaux non cuits et les six plats de lasagne alignés sur le plan de travail. Plus bizarre encore était l'expression de sa grand-mère.

—Que se passe-t-il ? lui demanda-t-elle en tenant le verre contre sa joue au lieu de le boire.

—Le chèque que Dallas a rapporté n'est pas bien gros. On rentre juste dans nos frais.

Sam prit une gorgée de citronnade.

—Et qu'est-ce que ça veut dire exactement? Qu'on ne peut pas rembourser l'emprunt de l'an dernier?

Grand-Mère Grace hocha la tête.

—On en parlera ce soir. Ton père est en train de couper ce qui reste de luzerne avec les employés. Il a laissé un message chez les Ely pour voir si Jake et ses frères ne pourraient pas les aider. Wyatt a peur qu'il se mette à pleuvoir à verse et que le foin s'abîme.

—Qu'il pleuve à verse? Mais c'est pire que dans un four là-dehors. Papa voulait quarante degrés. Il les a.

—Regarde le ciel, jeune fille, répondit sa grand-mère en pointant le doigt vers la fenêtre. Il est tendu comme une peau sur un tambour. D'après la météo, ce n'est qu'une période de calme avant une nouvelle tempête.

—Et s'il se met à pleuvoir maintenant, le foin sera perdu?

—Pas nécessairement. Une fois qu'il est coupé, puis mis en balle, s'il fait chaud, il peut sécher en une journée. Ton père l'a déjà ramassé.

S'ils arrivent à faire les meules, on devrait s'en sortir.

Grand-Mère Grace but une gorgée de son propre verre de citronnade avant d'ajouter :

— J'espère juste que ma vieille grand-mère n'avait pas raison. Elle disait que quand les poules arrêtent de pondre sans raison apparente, c'est qu'il va y avoir de la grêle.

Sam se frotta les yeux de la main. Elle aurait vraiment voulu raconter à sa grand-mère ce qui s'était passé le matin. La nouvelle courait déjà dans les couloirs avant même qu'elle n'entre en classe. À la deuxième heure de cours, tout le monde les dévisageait, elle et Jen. Puis, lorsque Rachel avait quitté l'école en se disant « malade », le lycée n'avait plus parlé que de cette pauvre Rachel et de son cinglé de père. Enfin, quand sa dernière heure de cours avait commencé, Sam avait entendu dire que Slocum avait provoqué un accident avec l'autobus et que ce dernier avait fini dans un fossé.

Étant donné l'ampleur que l'incident avait prise, Sam était impatiente de dire la vérité à sa grand-mère, avant qu'elle ne l'entende déformée par les commérages. Mais cette dernière, comme son père, était trop préoccupée par les problèmes d'argent, de temps et de récolte de foin. Ce n'était peut-être pas le moment rêvé pour annoncer qu'elle non plus n'avait pas passé une très bonne journée.

—Si je ne mets pas un short, je vais m'évanouir, se contenta-t-elle de dire.

Elle se leva de sa chaise et, avant de monter dans sa chambre, s'arrêta au pied de l'escalier :

—Je suis sûre que je peux faire quelque chose pour t'aider.

—Occupe-toi des animaux, et après, viens me rejoindre ici pour la cuisine, acquiesça sa grand-mère en lui montrant du doigt les plats de lasagne. Les hommes vont manger avec nous ce soir, et si les Ely viennent aussi, ça veut dire qu'on aura sept cow-boys de plus à dîner. Même s'il n'y a pas grand-chose à faucher, ça va leur creuser l'estomac.

Grand-Mère Grace s'éventa avec un torchon et, tandis que Sam grimpait les marches, elle marmotta :

—Quand je pense qu'il faut que je trouve le courage d'allumer ce four.

Compère agissait comme si la tempête n'attendrait pas un jour de plus. Ou peut-être sentait-elle l'inquiétude de Sam.

Toujours est-il que la génisse, collée contre la clôture du pré, ne cessa de meugler tout en essayant de suivre Sam, qui effectuait ses corvées. Quand le ciel s'assombrit et qu'une boule d'herbe poussée par le vent roula dans la cour, Compère rua et beugla, persuadée que l'amarantacée était venue de la prairie pour la dévorer.

Sam finit par la mettre dans la grange. Elle avait entrepris d'ajouter de la paille dans son box lorsqu'elle entendit un camion arriver.

Elle sortit du bâtiment en courant. Jake était seul au volant. Peut-être avait-il déjà déposé ses frères au champ. Peu importait. Depuis une semaine, elle voulait lui demander d'être celui qui attraperait Compère au lasso quand le moment serait venu de la marquer. Car non seulement il était doué à ce genre d'exercice, mais il le ferait en douceur.

Toutefois, Sam ne savait comment le lui demander sans le gêner.

Jake était descendu et attrapait son chapeau dans le pick-up. Prévoyant la chaleur, il avait mis avec son jean un débardeur blanc. Il se redressa et enfonça son Stetson sur la tête tandis qu'un coup de vent soulevait ses longs cheveux attachés avec une lanière de cuir. Il claqua la portière, jeta un coup d'œil vers la maison, puis s'avança vers Sam.

Elle avala sa salive. C'était stupide. Elle ne devrait pas être si ravie de le voir. Ni si mal à son aise. Lorsqu'il fut tout près et la serra contre lui en lui passant le bras autour des épaules avant de la raccompagner vers la grange, elle se sentit heureuse comme elle ne l'avait pas été de la semaine.

Jake repoussa le bord de son Stetson pour mieux la regarder.

—Alors, comment s'est passée ta matinée, la môme ? lui dit-il.

—Tu as entendu parler de ce qui est arrivé ? lui demanda-t-elle tout en se doutant que pas une seule personne de Darton High n'était pas au courant.

—Est-ce que j'ai des oreilles ? lui répondit-il tout en mettant les pouces dans les passants de son ceinturon.

—Linc Slocum est malade.

—C'est une crapule égocentrique, précisa Jake, les yeux baissés vers le sol de la grange. Je suis bien placé pour le savoir. Mais ne me dis pas qu'il a levé la main sur toi ou sur Jen, reprit-il en lançant alors un regard dur.

—Non, non, s'empressa de dire Sam.

—Il a pas intérêt.

Sam ne lui demanda pas pourquoi. Elle pouvait trouver la réponse toute seule. Bien que leurs parents n'approuvent pas du tout leur attitude, les fils Ely étaient réputés pour régler leurs différends avec les poings.

Ayant flairé Jake, Flamme entra dans la grange d'un bond en jappant et le salua en lui tournant autour des jambes, réclamant une caresse. Jake se baissa pour lui donner ce qu'il voulait, puis se redressa.

—Mes frères sont déjà en train d'aider ton père. Le mien ne va pas tarder à arriver. Je ferais mieux d'y aller vite fait.

Le talon de sa botte grinça lorsqu'il prit appui sur une jambe, mais il resta sans bouger.

—Et moi, je dois aider ma grand-mère à préparer des petits pains à l'ail pour les lasagnes.

Sam hésitait. Puis, soudain, elle explosa :

—On doit marquer Compère demain.

—C'est pas la peine de te mettre dans tous tes états pour ça.

Jake redressa les épaules et la regarda de haut comme il avait l'habitude de le faire depuis qu'elle avait cinq ans.

—Ce n'est pas Compère qui me met dans tous mes états, essaya-t-elle d'expliquer. C'est tout le reste.

Jake balaya tout sentimentalisme :

— Bon, faut que j'y aille.

Et il sortit.

Sam retint Flamme par son collier pour l'empêcher de le suivre. Quand elle entendit le pick-up démarrer et s'éloigner, elle se renfrogna :

— Merci, abruti.

Sur ce, elle relâcha Flamme, s'assura que la porte du box de Compère était bien fermée, et repartit vers la maison.

Le vent chaud avait pris la poussière soulevée par les pneus du pick-up dans un tourbillon. La spirale traversa la cour en dansant devant des chevaux apeurés, les oreilles plaquées en arrière.

Chapitre 10

La tempête de grêle commença et prit fin avant la tombée de la nuit.

Pendant que sa grand-mère prenait une douche, Sam fit deux fournées de petits pains. Soudain, elle entendit un cliquetis, puis un tapotement, puis une mitraillade semblable au tir des fusils automatiques dans les films.

Sam se précipita vers la fenêtre. Dans le pré de cinq hectares, les chevaux galopaient comme un troupeau sauvage. Têtes et queues portées haut, ils filaient, semblant vouloir aller plus vite que la pluie de grêle qui arrivait. Cinq minutes durant, d'énormes grêlons s'abattirent, rebondissant comme des balles de ping-pong dès qu'ils touchaient le sol. Quelques instants plus tard, l'averse avait cessé, laissant derrière elle le ciel du soir bleu et propre comme si on l'avait décapé.

—Ça ne sent pas le brûlé ? cria Grand-Mère Grace à l'étage.

Sam retira vivement les petits pains du four, puis attendit que sa grand-mère lui explique quelles conséquences cette averse de grêle aurait sur le foin.

—Ce n'est pas bon, lui dit-elle en arrivant d'un pas pressé dans la cuisine, vêtue d'un chemisier en vichy rose et d'un jean propre.

Sur ce, elle tira l'un des bouts de la table pour y ajouter une rallonge.

—Ce n'est pas bon du tout. Wyatt devrait avoir fini de mettre la luzerne en balles maintenant, et il a des bâches pour tout couvrir. Mais elle ne séchera plus dans le champ. Il va falloir qu'il la rentre et qu'il l'utilise pour les animaux. Ou bien qu'il la vende tout de suite.

Comme il y aurait du monde pour le dîner, Sam aurait aimé se changer et enlever le débardeur rouge et le short blanc qu'elle avait mis en rentrant de l'école. Mais le temps lui manqua.

Tout à coup, le vrombissement des pick-up se fit entendre et des hommes en chapeau de cow-boys envahirent la cour.

Sam souleva un coin du rideau de cuisine pour les regarder. Ils se nettoyaient à l'eau l'un après l'autre à la pompe. L'un d'eux sortit du pick-up des Ely une grosse boîte violette de premiers secours et banda la main d'un des frères de Jake. Leurs voix filtraient par la fenêtre ouverte.

—Tu parles d'un violet ! Plutôt aveuglant, plaisanta Dallas.

—Ouais, lui répondit Luke, le père de Jake. Mais quand on a besoin de premiers secours, on n'a pas envie de passer sa journée à les chercher.

Sam entendit alors sous la véranda le bruit de bottes qu'on frappe sur le bois pour faire tomber la boue. Elle s'écarta vivement de la fenêtre au moment même où un essaim d'hommes pénétrait dans la cuisine derrière son père. Chacun accrocha son chapeau à une patère, puis, quand elles furent toutes prises, au portemanteau.

Sam s'affaira de la cuisinière à la table, portant de l'une à l'autre les plats remplis que sa grand-mère lui tendait. Puis elle se glissa sur sa chaise juste à temps pour la prière, mais ses yeux restèrent à demi ouverts. Le front de son père se plissa quand il remercia Dieu pour leur nourriture et pour la protection des hommes qui l'avaient aidé à faner. Cependant, Dallas se frottait les tempes en soupirant.

Puis, comme dans une scène de film, le repas, qui avait été commencé dans un calme circonspect, fut bientôt dévoré dans un tintamarre de fourchettes et de couteaux. En revanche, si dans les films, la femme du cultivateur ne s'assied pas, Grand-Mère Grace, elle, prit une chaise et se joignit au groupe bien avant que tout le monde ait fini de manger.

Sam voulait croiser le regard de Jake pour tâcher d'y voir à quel point la situation était sérieuse, mais chaque fois qu'elle s'y essayait, ses frères la remarquaient. Tout comme son père.

Luke Ely était un bel homme, mais qui avait un air dur. Jusque-là, il n'avait pas dit un mot. Sam ne put s'empêcher de l'étudier. Son teint lisse et luisant faisait ressortir ses pommettes saillantes et ses mâchoires bien dessinées. Il avait des traits plus anguleux que ceux de Jake, mais quand Sam lui passa sa part de gâteau et son café, il lui adressa un sourire engageant.

Comme si ce mouvement des lèvres avait décontracté sa mâchoire si longue, Luke Ely dit dans la foulée :

— Je pourrais utiliser une partie de ton foin, si tu en as trop.

Les commissures de la bouche de Wyatt Forster se soulevèrent d'un côté, mais son expression n'était pas rieuse. Sam se demanda pourquoi. Son père devait utiliser ou vendre le foin avant qu'il ne se gâte.

— Merci, Luke, finit-il par répondre, comme si Luke Ely lui faisait une faveur.

— Je n'ai pas encore expédié mon troupeau. Ton fourrage est riche en protéines. Ça me serait utile, répéta-t-il.

L'un des frères de Jake, celui dont on avait bandé la main, prit alors la parole :

— Une amie à moi dresse des sauteurs à Lake Tahoe. Elle est toujours à la recherche de foin de qualité pour ses chevaux. Je pourrais lui en apporter un peu, s'il vous en reste.

— Vas-y, appelle-la.

Le père de Sam avait sa fourchette à la main, mais ne s'en était toujours pas servi pour entamer sa part de gâteau.

—Si le camion à plateau peut aller jusque-là, ça ne me dérangerait pas, reprit-il en rougissant.

Puis il resta silencieux pendant que le reste de la tablée continuait de parler. Sam comprit pourquoi lorsque les Ely se levèrent de table pour partir.

Ses yeux clignèrent devant tous ces grands hommes au teint hâlé. On aurait dit qu'une forêt de séquoias avait poussé dans la cuisine.

Les fils Ely sortirent, puis Wyatt Forster arrêta leur père sur le pas de la porte pour lui serrer la main.

—Recevoir de l'aide, c'est pas si humiliant que ça quand ce sont de vrais amis qui vous la proposent, dit-il.

Luke haussa les épaules :

—J'vois pas c'que tu veux dire, Wyatt. C'est toi qui m'rends service.

Luke Ely était généreux, c'était évident, tout comme Wyatt Forster, qui l'aurait aidé de même si cela s'était avéré nécessaire.

Tous les frères commencèrent à grimper à l'arrière du pick-up, en se chicanant pour les meilleures places. Sam en profita pour appeler Jake discrètement en espérant que lui seul l'entendrait :

—Jake ? murmura-t-elle.

La famille entière se retourna. Il n'y avait pas de lumière dans le ranch, mais avec son short blanc, on ne pouvait pas ne pas la voir. Ceux qui n'étaient pas encore montés se mirent à chahuter leur frère, à se moquer, et l'un d'eux imita même la voix de Sam. Contre toute attente, Jake, sans rien dire, repartit d'un pas décidé vers son amie :

—Ouais ? lui dit-il en tenant son chapeau à la main et en la regardant de côté comme si elle allait le réprimander.

—Je peux te demander un service ?

Il hocha la tête avec un air de souffrance stoïque.

—J'y ai pensé toute la soirée. Je me suis même entraînée, pour ne pas avoir l'air bête, pour ne pas pleurer par exemple, lui expliqua Sam. Mais demain, tu sais qu'on va marquer Compère. Est-ce que tu pourrais... est-ce que ça te dérangerait...

Sam s'arrêta, expira longuement, paumes des mains vers le bas, et reprit, d'une traite :

—Est-ce que tu accepterais de venir et d'attraper Compère toi-même ? S'il te plaît ?

Sam avait vu la façon dont les cavaliers prennent les veaux au lasso par les deux pattes de derrière, puis les traînent jusqu'au feu pour le marquage. Quand c'était bien fait, tout allait vite. Mais Sam se souvenait de certains cow-boys qui n'attrapaient dans leur nœud coulant qu'un sabot ou bien que la queue du veau, avec une seule patte. En outre, il fallait parfois un certain temps aux chevaux avant de se mettre en position, si bien que la poursuite durait et que le veau avait amplement le temps d'être terrifié.

Ce ne serait pas le cas avec l'Ensorceleuse et Jake. Ils formaient tous deux une équipe synchronisée. Sam leur faisait confiance.

— Pourquoi moi ? lui demanda Jake.

— Parce que je sais que tu l'attraperas du premier coup, lui répondit Sam.

Jake prit un air pudique et Sam craignit qu'il ne refuse par modestie. Elle ajouta :

— Parce que, si tu le fais, Compère n'aura pas peur plus longtemps qu'il ne faut.

— Samantha, tu me rends fou, grommela-t-il en secouant la tête et en levant des yeux noirs vers le ciel nocturne comme s'il en voulait aux étoiles de ne pas l'aider. Et si je rate mon coup ?

— Je sais que tu ne le rateras pas !

Sur ces mots, Sam s'éloigna prestement. L'expression dépitée de Jake lui disait qu'il valait mieux qu'elle s'éclipse avant qu'il ne change d'avis.

Debout sur les marches de la véranda, son père cria alors :

—Le feu devrait être prêt à sept heures et demie, Jake.

Son père avait écouté toute leur conversation. Tout embarrassée, Sam regarda Jake, ouvrant les bras dans un geste d'impuissance.

—Bien, monsieur, répondit Jake en repartant vers le pick-up de son père, l'air à nouveau détendu.

Sam, elle, ne l'était pas.

—C'est impossible d'avoir une vie privée ici ! s'exclama-t-elle en laissant claquer la porte de la cuisine derrière elle. Im-pos-sible !

—Mais pas du tout, ma chérie, intervint sa grand-mère d'un ton bienveillant, mais avec un sourire facétieux. Ton père et moi allons nous asseoir dans le salon pour regarder un peu la télévision.

Elle détacha son tablier, le tendit à Sam, et pointa le menton vers l'évier, qui débordait d'une pile de vaisselle sale.

—Tu peux avoir la cuisine à toi toute seule.

Un filet de fumée épicée d'armoise s'insinua dans la chambre de Sam, la réveillant avec des pensées de fers à marquer. C'était samedi. Elle aurait pu faire la grasse matinée, mais il y avait Compère. La génisse n'avait aucune idée de ce qui l'attendait ce jour-là. Cette pensée tira Sam de son sommeil complètement.

Elle lança ses pieds hors du lit et se leva. À travers sa chemise de nuit, elle se palpa la hanche. Elle détesterait avoir une cicatrice laissée sur la peau par une brûlure.

Son père lui avait demandé de l'aider. Elle, lui et Jake s'occuperaient du marquage eux-mêmes. Une fois le fer chauffé, Jake pénétrerait dans le pâturage de cinq hectares et y attraperait Compère au lasso. Sam ouvrirait le portail pour que Jake puisse ressortir en traînant la génisse derrière lui, le refermerait rapidement, puis devrait repartir en courant près du feu où son père les attendrait avec le fer.

Sam n'avait pas faim. Elle sauta le petit-déjeuner et sortit. À sa vue, les poules s'égaillèrent en battant des ailes. Son père était déjà accroupi près d'un petit feu de camp.

Il ne lui donna aucun ordre, mais Sam savait ce qu'elle avait à faire. Elle alla ramasser une brassée d'armoise et revint l'entasser près du feu. Au bout de quelques minutes, elle remarqua qu'elle et son père se tenaient tous deux, bras croisés, le regard fixé sur les flammes. Lui semblait plus silencieux encore qu'à l'accoutumée, probablement à cause de l'averse de grêle et de la perte de fourrage d'hiver qu'elle avait engendrée.

Il plaça vivement l'extrémité du fer dans le feu. Puis le tourna un peu. Il répéta l'opération plusieurs fois et retira aussi le fer à plusieurs reprises pour souffler sur les cendres qui avaient adhéré à sa surface. Bientôt, sous ses yeux attentifs, le fer, de noir, devint gris, puis rouge.

Sam cassa en brindilles une branche d'armoise grise tordue et les jeta dans le feu.

—C'est bon, lui dit son père.

Sam alimentait les flammes pour s'occuper, pour ne pas avoir à imaginer la douleur cuisante d'un fer brûlant sur la peau.

Dès l'instant où Jake traversa au galop le pont en bois et pénétra dans le ranch, lui et le père de Sam communiquèrent en silence. Ils ne remuaient pas leurs oreilles comme le font les chevaux entre eux, mais quelques gestes simples suffirent à Wyatt Forster pour tracer à son jeune employé les grandes lignes du plan qu'il avait détaillé la veille au soir à Sam. Jake répondit par un simple hochement de tête.

Il était évident pour Sam que les deux hommes souhaitaient que tout se passe vite et bien. C'est ce qu'elle voulait aussi, mais elle avait le sentiment qu'ils ne savaient pas trop comment réagir face à tant d'émotion pour le marquage d'un malheureux veau.

Elle était consciente qu'ils prenaient des gants pour elle.

Finalement, son père retira le fer du feu, souffla dessus, et regarda Sam.

— C'est ça qu'on attendait, lui dit-il en lui montrant le métal devenu gris-blanc.

Pendant que Jake préparait sa corde, monté sur l'Ensorceleuse qui dansait d'excitation, Sam partit au pas de course vers le pâturage et ouvrit le portail. Les chevaux s'arrêtèrent de paître pour regarder l'Ensorceleuse passer dans un galop ample. Compère leva la tête. De l'herbe lui tomba des lèvres. Elle tourna les yeux vers les chevaux pour leur demander conseil, puis perdue, voyant Jake venir droit sur elle, elle détala.

Sam cligna les yeux pour refouler ses larmes. Elle refusait de pleurer, mais la confusion de Compère lui faisait mal au cœur.

Rabattue par Jake, la génisse se rapprocha de la sortie. Jake allait-il la suivre hors du pâturage et passer le nœud coulant autour de ses minuscules sabots noirs à l'extérieur ? Juste avant le portail, il se pencha en avant et lança doucement son lasso. Les pattes de derrière ligotées, Compère s'effondra presque aux pieds de Sam. Jake la traîna alors rapidement sur les quelques mètres qui la séparaient du feu où Wyatt Forster attendait.

Sam referma le portail et courut après eux. Elle s'agenouilla près de la tête de Compère pour la rassurer, ses yeux posés sur le regard épouvanté de la génisse.

—Tout va bien, Compère, lui dit-elle d'une voix douce.

Il y eut un grésillement, une fumée âcre, et le fer s'éloigna.

—C'est bon, dit le père de Sam.

L'Ensorceleuse avança d'un pas et la corde que Jake avait maintenue tendue entre lui et la génisse se relâcha.

Aussi vite que ses doigts tremblants le lui permettaient, Sam fit glisser le nœud coulant des pattes de Compère. Puis elle secoua tendrement la génisse.

—Tu peux te lever, mon bébé.

Compère se releva avec difficulté, fit quelques pas en titubant, puis fonça vers la grange, la queue à la verticale.

—Va la rejoindre, dit Wyatt Forster à sa fille. Et tu peux dormir avec elle ce soir, si tu veux.

Stupéfaite, mais ne souhaitant pas s'éterniser de peur que son père ne change d'avis, Sam se rua après Compère.

La veille, il lui avait expliqué que les vaches s'empressent toujours auprès de leur veau pour les faire téter après leur marquage.

Compère se nourrissait maintenant presque exclusivement d'herbe, mais Sam avait laissé un biberon dans son box, à tout hasard. Peut-être que ce qui était efficace pour les autres veaux le serait aussi pour elle.

Ce fut le cas. Dès que Sam lui offrit le lait, Compère serra ses lèvres sur la tétine. Tirant et suçant, elle leva un regard accusateur vers Sam.

—Ne t'inquiète pas, mon bébé, lui dit cette dernière. Tu ne pourras plus jamais te perdre.

La génisse finit par fermer les yeux. Son mouvement de succion se ralentit, sa queue cessa de balayer l'air en tous sens. Ses genoux fléchirent sous elle de fatigue. Avec un soupir étranglé, comme un bébé qui a trop pleuré, Compère se laissa tomber sur la paille. Ses longs cils blancs papillonnèrent, et elle s'endormit.

Sam avait l'impression de se réveiller d'un long somme lorsqu'elle sortit de la grange obscure. Lorsqu'elle vit son père, un bras passé autour de Brynna Olson, elle se dit qu'elle rêvait.

Dans le petit corral, Caïd se mit à hennir:

—Demain, mon cheval, lui lança-t-elle.

Caïd piaffa impatiemment. C'était la première fois, depuis son retour au ranch, qu'elle refusait de répondre aux appels de son hongre. Il fallait qu'elle aille voir ce qui se passait entre son père et la responsable du Bureau de gestion.

Un coup d'œil rapide lui révéla le pick-up blanc. Un deuxième regard, tandis qu'elle s'approchait, lui fit comprendre que son imagination lui avait joué des tours. Le bras de son père reposait sur le rebord de la clôture, pas autour de Brynna Olson. Quoi qu'il en soit, cette dernière se tenait bien près de lui. Elle lui parlait, la tête levée vers son visage. Quant au père de Sam, il la regardait, les yeux baissés, l'air concentré.

Sam s'arrêta un instant près du gros camion à plateau, que son père avait sorti de la grange. Ce n'est pas qu'elle voulait les espionner, ni même qu'elle se cachait. Elle ne faisait que lacer ses chaussures, à un endroit où, certes, ils ne pouvaient pas la voir.

Accroupie, Sam écouta. La conversation qu'elle entendit n'avait rien de romantique.

— Wyatt, vous êtes vraiment l'homme le plus buté que j'aie jamais rencontré, disait Brynna Olson. C'est un travail formidable, extrêmement bien payé, qui nécessite un talent avec les chevaux que vous n'avez plus besoin de prouver. Votre contrat irait de novembre à mars, des mois pendant lesquels votre bétail prend plus ou moins soin de lui-même, et malgré tout cela, vous refusez.

D'abord appuyée contre la clôture, Brynna Olson s'en était peu à peu écartée pour faire face, mains sur les hanches, à Wyatt Forster.

— Est-ce que vous voulez bien m'expliquer pourquoi ? insista-t-elle.

— Je travaille à mon compte, pas pour le compte de quelqu'un d'autre. Et certainement pas pour le compte du gouvernement.

Brynna Olson jeta les mains en l'air avec un petit cri d'exaspération. Sam se couvrit la bouche pour ne pas rire. Elle n'avait jamais entendu un adulte émettre ce son particulier, mais elle comprenait parfaitement ce que Brynna Olson ressentait.

La mâchoire de son père était dure et il portait sur le visage son expression de mule obstinée. Personne dans ces cas-là ne pouvait le faire bouger.

—Je reconnais que c'est en partie intéressé, admit Brynna Olson. Je dois aller à Washington pour des réunions. J'aimerais bien que tout ne s'écroule pas pendant que je ne suis pas là.

Elle pencha la tête d'un côté, comme si elle avait parlé à un enfant ou à un chien intelligent. Puis elle attendit.

—Ouais, répondit Wyatt Forster.

—Quelqu'un de Las Vegas va venir me remplacer pendant mon absence, reprit-elle en laissant l'information faire son chemin quelques instants. Je ne veux pas que mon remplaçant donne cette position de *wrangler* à un touriste venu de l'Est qui n'est même pas fichu de monter sur un cheval, et encore moins à un pignouf qui traite les chevaux comme des machines !

Elle était si remontée qu'elle ne s'en rendit pas compte, mais Sam vit que son père se retenait d'éclater de rire. C'est la raison pour laquelle il hocha la tête d'un air très sérieux, mais le regard baissé sur la botte avec laquelle il remuait la poussière. Ouais ! son père trouvait le terme *pignouf* vraiment très drôle.

—Vous savez, Brynna..., commença-t-il à dire.

Ouah ! Et depuis quand appelait-il Mlle Olson Brynna ?

— … j'apprécie votre offre, mais vous ne me ferez pas changer d'avis.

— Parce que ça voudrait dire travailler pour le gouvernement.

— Parce que ça voudrait dire travailler pour quelqu'un d'autre.

Sam ne comprenait pas son père. Avait-il oublié l'averse de grêle, le bétail, maigre à cause de la sécheresse et qui ne lui avait presque rien rapporté au marché, les vêtements pour elle-même, les vaccinations obligatoires des chevaux, et les pièces détachées pour la pompe à eau qu'il n'avait pas les moyens d'acheter ?

Sortie de nulle part, une main bâillonna soudain la bouche de Sam. Un bras musclé la tira d'un coup vers l'arrière. Elle s'effondra sur son séant dans la poussière. C'est alors qu'elle croisa les yeux marron et malicieux de Jake.

Elle essaya de se libérer, tandis qu'il murmurait :

— Alors, la môme, on s'en met plein les oreilles ?

Chapitre 11

— Qu'est-ce que vous faites ici tous les deux?

La voix tonitruante du père de Sam leur fit l'effet d'une bombe. Leur chamaillerie avait attiré l'attention.

— Toi, tu ne perds rien pour attendre.

Sam ayant à peine soufflé ces mots, elle n'était pas certaine que Jake l'ait entendue. En revanche, elle était sûre que ses yeux lançaient des étincelles et que Jake lui-même n'était pas assez bouché pour ne pas comprendre ça.

Ils se mirent debout comme un seul homme. Sam fit un vague signe de la main, mais son père n'avait pas l'air amusé. Il s'approcha, suivi de Brynna Olson, qui leur évita de devoir faire des excuses. Brynna était aussi mal à l'aise qu'eux. Elle savait qu'ils avaient épié sa conversation avec Wyatt Forster et elle en avait rougi jusqu'à la racine de ses cheveux roux.

—Je suppose que vous êtes tous les deux au courant de ce qui s'est passé avec l'*appaloosa* de Slocum, lança-t-elle, refusant de laisser son humiliation prendre le dessus.

—Ouais, lui répondit Jake. J'ai vu que des planches de sa clôture étaient par terre. Peut-être que la jument s'est sentie à l'étroit dans son corral et qu'elle a décidé de prendre l'air.

—C'est possible, en effet, dit Brynna Olson.

—Slocum pense que c'est le Fantôme qui l'a enlevée, mais c'est faux, intervint Sam.

—Et comment sais-tu ce que pense Linc Slocum exactement ? lui demanda son père lentement, pour prévenir sa fille qu'il n'était pas content.

—Il, euh… il m'en a parlé hier matin à l'arrêt de bus.

—C'est ce que j'ai entendu dire, acquiesça son père en baissant encore la voix. Je n'aime pas beaucoup être le dernier à apprendre qu'un adulte a menacé ma fille.

—Il ne m'a pas menacée. Pas vraiment. Il ne m'a jamais dit qu'il me ferait du mal. Il s'est juste un peu trop approché de Jen et de moi, c'est tout. Il s'était mis dans la tête qu'il me suffisait de siffler pour que le Fantôme apparaisse au galop.

Bien que personne ne se retourne, Sam en était à peu près certaine, Jake, Brynna et son père visualisaient tout en l'écoutant la rivière qui filait derrière eux, là où le Fantôme était venu à sa rencontre, plusieurs fois.

—Je voulais vous le raconter, à toi et à Grand-Mère, se défendit Sam. Mais tout était compliqué hier, avec les foins, la grêle, et puis dix personnes à manger.

—Peu importe, lui répondit son père. Si lui, ou qui que ce soit d'autre, te menace à nouveau, je veux que tu me le dises. Quelles que soient les circonstances.

—Bien, papa.

Un bref silence s'installa, puis Brynna reprit la parole :

—Bien sûr, Slocum veut que le Bureau de gestion des terres capture ce cheval. Il a appelé hier, après sa petite conversation avec le shérif Ballard, ajouta-t-elle en réprimant un sourire. Il a exigé que je mette la main sur ce traître d'étalon. En toute probabilité, c'est un mustang, et j'essaie justement d'embaucher un *wrangler* pour le traquer.

Brynna Olson repoussa vers sa natte une mèche de cheveux roux.

—Mais je n'ai pas beaucoup de succès.

Le Fantôme n'était sans doute pas à blâmer, mais s'il s'avérait que c'était lui le responsable, Sam ne pourrait espérer meilleur traqueur que son père. Si lui le prenait au piège, il le traiterait avec respect, sans violence.

Sam regarda son père à la dérobée. Comme s'il lisait dans ses pensées, il croisa les bras. Serré.

Brynna Olson avait plus de chances de le faire changer d'avis que Sam. La meilleure chose à faire pour elle était de disparaître en espérant que les choses s'arrangent.

—Papa, est-ce que je pourrais aller avec Jake à Alkali acheter des graines pour les poules ?

Sam remarqua du coin de l'œil que Jake avait l'air dépassé par les événements. Elle s'empressa d'ajouter :

—Grand-Mère a oublié de les prendre quand on est allées à Darton pour la rentrée des classes et...

—Vas-y.

Ce disant, son père sortit plusieurs billets de son porte-monnaie. Sam voyait déjà danser devant ses yeux des cheeseburgers chez Clara, lorsqu'il dit :

—C'est pour l'essence. La Buick est gourmande.

—Merci, répondit Sam.

Elle s'apprêtait à tirer Jake, toujours aussi troublé, par le bras lorsqu'elle entendit Brynna dire quelque chose à mi-voix. Comme tout ce qui ressemblait à des paroles secrètes, celles-ci retinrent son attention :

—Bien sûr, cela sous-entend que ce soit bien un cheval qui ait volé son *appaloosa*.

—Pourquoi, ça ne l'était pas ? demanda le père de Sam.

—Slocum s'est vanté à qui voulait l'entendre d'avoir acheté cette jument et de se l'être fait livrer dans un camion qui lui coûtait mille dollars la journée. Il raconte aussi que Sam a parlé avec le chauffeur du camion, et que ce dernier lui a même lu toutes les informations concernant le pedigree de l'animal.

—Ne me dites pas qu'il pense que Sam a quoi que ce soit à voir…

Au risque de s'attirer d'autres ennuis, Sam fit volte-face, revint au pas de charge vers les deux adultes et, interrompant son père, s'exclama :

—Quoi ?!

— Samantha, l'indiscrétion est un vilain défaut, l'avertit son père. Sans compter que tu entends rarement quand on parle de toi de façon positive.

— Oui, mais attends, maintenant, je serais une voleuse de chevaux ?!

— Sam, s'interposa Brynna d'un ton apaisant, il a dit ça dans un moment de colère. Je ne pense pas que M. Slocum aille loin avec cette idée.

— Il a tout intérêt ! s'écria Sam, dont le pouls battait dans les tempes. Je… Je…

Afin de lui éviter d'avoir à trouver ce qu'elle ferait à Linc Slocum, Jake la saisit par le coude et la tira jusqu'à l'immense Buick de Grand-Mère Grace.

— Assieds-toi dans cette voiture, et astique ton six-coups, Calamity Jane. Moi, je vais chercher les clés.

Il s'avéra que Sam n'était pas la seule cible des menaces de Linc Slocum. Ce dernier avait aussi mis la tête du Fantôme à prix.

À Alkali, Jake et Sam se répartirent les emplettes et découvrirent presque en même temps la campagne lancée par Slocum contre l'étalon.

Jake vit le premier avis de recherche chez Phil, la station-service qui faisait aussi quincaillerie et épicerie, et où il venait d'acheter les graines. Après l'avoir lu, il sortit de la boutique à la hâte, jeta le sac en toile dans le coffre de la Buick, puis s'empressa de rejoindre Sam.

Il la trouva là où elle devait être, chez Clara, où elle commandait deux sodas et des frites à emporter. La cloche tinta quand Jake entra dans le petit restaurant, mais Sam ne le remarqua même pas. Elle était absorbée dans la lecture d'un autre avis de recherche placardé sur la caisse devant laquelle elle se tenait.

Une photo en couleur d'Apache Hotspot était placée au-dessus du texte. Sam leva les yeux de la photo pour se tourner rapidement vers Jake, puis lut l'avis à voix haute : « Recherche jument *appaloosa* de trois ans, blanche avec taches couleur alezan brûlé. Récompense de cinq mille dollars pour toute information qui permettra de la retrouver. »

Sam secoua Jake par les épaules :

— Je sais, lui dit-il en regardant à la dérobée Clara, qui attendait devant son tiroir-caisse ouvert qu'on veuille bien la payer. J'ai vu…

Sam le lâcha pour tapoter le bas du poster, qui était illustré d'un croquis au fusain d'un cheval sauvage cabré ressemblant comme deux gouttes d'eau au Fantôme.

—Attends, lui dit-elle. Qu'il fasse une affiche pour son propre cheval, passe. Mais ça, il n'a aucun droit de le faire, ajouta-t-elle en lisant : « Cinq mille dollars de récompense supplémentaire pour la capture d'un étalon impliqué dans l'enlèvement de la jument mentionnée ci-dessus. »

—Chérie, tu vas me donner ton argent ou tu vas passer ta journée ici à le tenir ? lui lança Clara tout en tirant des mains de Sam les billets qu'elle avait à moitié froissés dans son poing fermé.

—Ah oui, pardon, lui répondit Sam en les lui tendant.

Jake prit les sodas et les frites. Sam le suivit vers la porte, l'esprit bouillonnant de questions. N'était-ce pas illégal de la part de Slocum de distribuer ou d'afficher cet avis ? Que ferait Slocum du Fantôme une fois qu'il aurait mis la main dessus ? Le livrerait-il au Bureau de gestion pour que celui-ci le relocalise ?

Sam s'immobilisa au beau milieu du trottoir, se souvenant soudain de ce que Slocum avait dit. Le Bureau de gestion ne relocaliserait jamais un cheval réputé nuisible.

—Assieds-toi, lui ordonna Jake en pointant le menton vers un banc de bois placé au soleil.

—Je ne suis pas ton chien, lui lança Sam.

—C'est vrai. Par contre, tu marches comme un zombie. Le régime graisse, sel et sucre de docteur Jake devrait te remettre sur pied.

Sam mangea.

Elle s'inquiétait pour Compère.

Elle finit son soda.

Elle suivit des yeux trois voitures qui passaient lentement sur la grand-route d'Alkali.

Elle observa un chat, perché sur un poteau de clôture, en train de se nettoyer les pattes et les moustaches.

—J'ai un plan ! s'exclama-t-elle soudain tout en utilisant une frite pour attraper quelques grains de sel.

—C'est bien ce que je craignais, lui répondit Jake d'une voix étouffée.

Surprise, Sam se tourna vers lui. Adossé contre le dossier du banc, il avait incliné son Stetson sur son visage.

Elle n'en croyait pas ses yeux. Presque tous les propriétaires de ranch du coin étaient fauchés comme les blés. Ils essaieraient tous de gagner la récompense de Slocum avant que le Bureau de gestion des terres ne les empêche de le faire. Ils n'hésiteraient pas à avoir recours à toutes les combines cruelles utilisées dans le temps pour capturer les mustangs. Comment Jake pouvait-il faire la sieste quand la vie du Fantôme était en jeu?

Elle lui arracha son Stetson.

—Je ne dors pas, lui dit-il en se redressant et en clignant des yeux. Je t'écoutais t'énerver toute seule, Samantha. Alors, c'est quoi, ton plan?

—Premièrement, on va appeler Brynna pour la prévenir. Cette mise à prix va encourager les gens à maltraiter les chevaux sauvages et donc à commettre le même type de délit qui a valu à Slocum de se voir interdire l'adoption d'un mustang. Tu me suis?

—Tu sais qu'elle a dû quitter le Méandre maintenant, et qu'on est samedi. Les bureaux de Willow Springs seront fermés. Tu as son numéro de téléphone personnel?

—Non, mais je l'appellerai lundi, rétorqua Sam l'œil mauvais. Bon, deuxièmement, toi et moi, nous allons retrouver cet étalon.

—Super, railla Jake tout en reprenant son chapeau sur les genoux de Sam. Je suis persuadé que cette idée n'a traversé l'esprit de personne d'autre.

—Jake, pourquoi est-ce que tu me rends les choses toujours difficiles?

—Ce n'est pas mon intention. J'essaie juste de t'offrir un peu de bon sens. En plus, ça m'étonne que tu veuilles qu'on l'attrape. C'est toi qui as convaincu Brynna de le remettre en liberté.

Jake s'interrompit, haussa les épaules en faisant la moue, puis reprit :

—Il propose quand même beaucoup d'argent.

—Parce que tu crois que je le vendrais, juste pour avoir de l'argent ? s'exclama Sam en écrasant sous ses doigts la barquette de frites en carton.

Offensée, elle chargea vers une poubelle non loin de là. Se rendant compte que Jake ne la suivait pas, elle revint sur ses pas.

—Je ne te vendrais même pas, toi, pour de l'argent, lui dit-elle. Pourtant, tu le mériterais.

Jake réfléchit à ses paroles comme si elle les avait prononcées dans une autre langue :

—Je ne comprends pas ce que tu veux dire.

—Laisse tomber, soupira Sam. Le fait est que l'étalon que veut Slocum n'est pas le Fantôme. C'est le Marteau.

Une fois que Jake fut calmé et eut promis de se taire, Sam lui parla du rouan gris-bleu qu'elle avait vu courir le long de la clôture du Méandre. Elle lui décrivit aussi comment il avait essayé de voler les juments du Fantôme.

—C'est lui, le coupable.

.—Tu as certainement raison, mais Slocum ne voudra jamais l'admettre. Il veut ce Fantôme depuis le jour où il en a entendu parler. Cette affaire lui offre une autre possibilité de mettre la main dessus.

Posant ses mains sur ses genoux, Sam fixa un regard renfrogné sur le trottoir, entre ses deux pieds. Slocum s'était convaincu que le Fantôme avait Hotspot et elle devait prouver qu'il avait tort. Juste à côté de sa chaussure, une fourmi rouge passa sur le béton brûlant du trottoir, chargée d'un brin de paille dix fois plus long que son corps. Si cette petite bête pouvait réussir cet exploit, Sam pouvait mettre ses projets à exécution.

—D'accord, reprit-elle en adressant un sourire à Jake. Dans ce cas, on va les attraper tous les deux. On suit leur piste, on campe aussi longtemps qu'il le faudra, on utilise des chevaux de relais. Si on retrouve Hotspot, et qu'elle est avec le Marteau, c'est que c'est lui le voleur, n'est-ce pas ? fit-elle remarquer en se frottant les mains. Et nous, on fait coup double. Après, je donne les dix mille dollars à mon père, comme ça il n'aura plus besoin de s'inquiéter pendant un moment et il sera si reconnaissant qu'il ne pensera même plus à me punir.

Sam soupira de plaisir. Elle leva le visage et l'offrit à la chaleur du soleil. Elle s'imagina, grande dame, déposant une liasse de billets pour la magnifique têtière qu'elle avait vue, et aidant Jake à la fixer sur la tête noire et brillante de l'Ensorceleuse. Puis elle se rendit compte que Jake ne lui avait pas répondu. Elle tourna la tête dans sa direction et, comme elle l'avait pressenti, il la regardait d'un air goguenard :

—Quoi ? aboya-t-elle.

—Je viens juste de remarquer ce petit problème que tu as, lui dit-il.

—Quel problème ?

—Pour quelqu'un qui prend anglais coefficient un, tu as un drôle de petit défaut de grammaire.

—Un défaut ?

—Sam, reprit Jake d'un air compatissant, je ne sais pas quel autre terme utiliser. Depuis tout à l'heure, tout le temps où tu as parlé de traquer l'étalon, d'attraper l'étalon, de traîner l'étalon et Hotspot chez Slocum, tu as dit « on ». Et puis, quand tu as commencé à parler de la récompense, et de la façon de la dépenser, tout à coup, tu t'es mise à dire « je ».

Sur ce, il enfonça son Stetson sur sa tête et partit à grands pas vers la Buick.

Sam soupira de nouveau. L'avait-elle blessé ? Ou bien plaisantait-il ? Avec Jake, il lui était souvent impossible de le dire.

Cette fois, pourtant, elle aurait peut-être intérêt à reconnaître les faits, car Jake avait raison. Elle n'avait pas du tout pensé à partager la récompense.

Elle le rejoignit en courant :

— Jake, mais bien sûr qu'on fera moitié moitié. Je suis désolée !

— Je me suis juste dit que je le mentionnerais, c'est tout. Parce que j'ai des vues sur quelque chose d'un peu plus raffiné que ça, dit-il en tapotant le moteur de la Buick. Et cinq mille dollars constitueraient un sacré bel apport.

Dans la voiture, sur le chemin du retour, Sam continua de réfléchir. Désormais, c'était acquis, Jake était de son côté. Il ne s'élevait plus, entre elle et les dix mille dollars, que deux obstacles : son père et sa grand-mère.

Sam repensa à la fourmi rouge. Elle était sûre de pouvoir les convaincre que cette somme d'argent valait bien un petit risque. Toutefois, pour éviter une déception, elle décida d'attendre le lendemain pour leur en parler.

C'était une chance qu'elle puisse dormir dans la grange ce soir-là. Ainsi, elle ne serait pas tentée de poser la question trop tôt.

Chapitre 12

Dans le rêve de Sam, la grange s'effondrait. Les planches gémissaient, se brisaient, tombaient en une pluie d'échardes acérées comme des poignards, et tous les chevaux hurlaient.

Sam ouvrit les yeux dans la pénombre et glapit de douleur lorsque Compère, en essayant de se lever, lui marcha sur le bras. À la lueur de la veilleuse, Sam vit la génisse s'éloigner en titubant, puis se figer, tremblante, le regard rivé sur la porte de la grange.

Les chevaux hurlaient effectivement. Ce n'était pas un cauchemar. Apeurée, Sam se blottit dans son sac de couchage, se demandant quelle créature à griffes pouvait terrifier à ce point les animaux.

Un hennissement grave, guttural vibra dans la nuit, accompagné de coups de sabots dans la clôture du corral attenant au bâtiment. Un petit cri familier fit sortir Sam de son lit douillet pour courir au-devant du danger.

— Caïd ! s'écria-t-elle, ralentie dans sa progression par l'épaisse couche de paille qu'elle avait mise pour Compère.

Dépassant la génisse, elle se précipita vers la porte de la grange, l'ouvrit et sortit.

Énorme et souple, une silhouette arriva sur le côté, la heurta à toute volée et s'en alla percuter la barrière.

Le souffle coupé, Sam s'écroula. Des pierres lui entamèrent les genoux. Pour se protéger, Sam se croisa les bras sur la tête, tout en implorant ses yeux de percer l'obscurité pour voir ce monstre qui effrayait les chevaux.

Cédant sous la pression extérieure, des planches de la barrière craquèrent. Douce poussa un petit cri. Il y eut un frottement de corps lourds contre le bois. Le hennissement grave et guttural se mêla à l'appel clair de Caïd. Alors, Sam comprit.

Le Marteau ! Le rouan gris-bleu était là pour enlever Douce, mais Caïd refusait de la laisser partir sans se battre. Sam entendit des dents claquer. L'ombre menue de Caïd s'était dressée et, à la courbe de son encolure, Sam supposa que les mâchoires du hongre venaient de se refermer sauvagement sur le garrot de l'étalon. Le Marteau s'arracha à la morsure et fit volte-face. Il y eut un bruit mat de sabots sur de la peau. Une confusion de bruits s'ensuivit, puis l'écho d'un galop.

Ils la frôlèrent, deux chevaux en pleine course. Un troisième se libéra des éclats de bois, puis s'élança, maladroit, par-dessus les planches brisées de la clôture.

—Non, Caïd, non ! s'écria Sam.

Un front étoilé se tourna vivement vers elle. Caïd ralentit, ses sabots hésitant sur la terre tassée de la cour. Puis la lampe de la véranda s'alluma, surlignant sa silhouette sombre comme dans une gravure. Le tableau était magnifique. Le corps du hongre était tendu vers les montagnes, et sa tête, surmontée de délicates oreilles aux aguets, était tournée vers Sam.

—Rentre ! hurla son père depuis la véranda.

Sa voix était imprégnée d'une sorte d'autorité que Sam ne lui avait jamais entendue auparavant. Ses mains portaient un fusil.

Sam courut, tête baissée, vers la grange. Le cœur battant contre ses côtes, elle s'aplatit contre le mur près de la porte. Elle n'avait que rarement vu son père sortir son arme de sa valise cadenassée. La confusion et le vacarme avaient dû le persuader qu'elle était en danger.

Elle ne l'était pas. Au contraire, elle devait protéger Caïd.

— Ils sont partis ! hurla-t-elle à l'adresse de son père. Il n'y a plus que Caïd et moi !

Juste dehors, des sabots piaffèrent, tournant en cercle. Puis, à peine plus haute que Sam, une ombre noire entra vivement dans la grange en renâclant.

— Caïd, mon cheval, je suis là.

Sam leva la main. Elle frôla le poil doux et ras de la joue du hongre, qui baissa la tête et approcha le bout de son nez.

Dégageant une haleine emplie d'une douce odeur de luzerne, les lèvres de Caïd parcoururent doucement le visage et le cou de Sam, avant de la repousser durement. Sans doute était-il agacé qu'elle ait empêché sa course folle vers les montagnes.

— Ça ne t'aurait pas plu, lui dit Sam. Le Marteau t'aurait blessé si tu avais essayé de les suivre, lui et Douce. Tu le sais, n'est-ce pas, mon cheval ?

Sam entendit alors le craquement des bottes de son père.

—Samantha, à qui est-ce que tu parles ?

—À Caïd, répondit Sam tout en se préparant à la possibilité de s'entendre dire qu'elle maternait trop son mustang. L'étalon... ce n'était pas le Fantôme. Tu t'en es rendu compte, hein ?

Son père secoua la tête. Que voulait-il dire ainsi ?

—Il n'est pas blessé ? demanda-t-il en tendant une main vers Caïd, qui se déroba. Attends, il nous faut un peu de lumière.

Ce disant, il se dirigea vers un interrupteur.

—Chut, Compère, dit Sam, qui suivait son père, la génisse beuglant et titubant sur les talons. Papa, tu n'as pas vu que ce n'était pas le Fantôme ?

Sans répondre, son père alluma, et la grange s'éclaira.

—Papa, tu as vu...

—Je veux qu'on s'occupe du cheval dont tu es responsable.

Sam grimaça à sa réponse.

Normalement, les mustangs se débrouillent seuls. Mais lorsque le Marteau avait attaqué, Caïd était confiné dans un enclos et n'avait pas eu assez d'espace pour prendre de la vitesse et s'échapper.

Sam lui passa son licol et resta près de lui pendant que son père l'examinait. Les dents du Marteau avaient entamé la croupe du hongre en cinq endroits.

—Oh, tu venais juste de guérir, lui dit Sam en laissant Caïd lui mordiller les doigts, heureuse qu'il ne puisse pas voir les nouvelles blessures par-dessus les vieilles cicatrices.

—Ça n'a pas l'air très grave, conclut son père. On va nettoyer tout ça et le badigeonner de baume antiseptique. Ça devrait suffire. Ce qui m'inquiète davantage, c'est ce point sensible, là, ajouta-t-il en touchant le poitrail de Caïd, qui fit un écart.

—Il s'est battu pour défendre Douce.

—J'ai entendu.

Le père de Sam se redressa et massa Caïd à la base des oreilles. Peu à peu, le hongre, soufflant doucement par la bouche, se décontracta.

—Celui-là, c'est un bon petit cheval.

Soudain, dans la cour, le moteur de la Buick vrombit, puis la voiture s'éloigna. Sam regarda sa montre. Il était trois heures du matin et Compère elle-même avait décidé de repartir se coucher.

—C'est Grand-Mère? Où va-t-elle?

—Elle veut essayer de retrouver Douce, lui répondit son père en soupirant. Mais je pense que cet étalon l'a déjà emmenée loin d'ici.

Il suivit un moment la lumière rouge des feux arrière de la Buick.

—Je le lui ai dit, mais ta grand-mère est d'un autre avis.

Étant donné que la clôture du corral avait deux planches cassées, il était plus sûr de laisser Caïd dans la grange. Le père de Sam lui fit cuire du *mash* avec différentes céréales et du son, puis le mit dans la stalle attenante à celle de Compère.

Puisque son père avait fait à manger pour son cheval, et que sa grand-mère était toujours à la recherche de Douce, il paraissait normal à Sam de faire le petit-déjeuner. Elle attendit que son père aille jusqu'à la route chercher son journal du dimanche. Puis, laissant claquer la porte derrière elle, elle se précipita dans la cuisine en se frottant les mains. Même si ses talents de cuisinière ne pouvaient se comparer avec ceux de sa grand-mère, Sam savait qu'elle serait capable de faire cuire quelque chose avant que son père ne revienne.

Elle prit une préparation au lieu de faire la pâte elle-même, ce qui lui permit de casser deux œufs dans une poêle chauffée pendant que les petits pains cuisaient dans le four. Bientôt, les œufs crépitaient tranquillement et Sam fredonnait. Tout se passait à merveille et elle était presque certaine de pouvoir offrir à son père ce qu'il aimait. Mais lorsqu'il revint, il fallut le servir, et les beaux œufs au plat se transformèrent dans son assiette en œufs brouillés. Toutefois, son père ne sembla même pas s'en rendre compte.

—Bon travail, Sam, merci, lui dit-il en lisant son journal.

Bâillant de satisfaction, Sam était en train d'amonceler de la confiture de fraise sur un petit pain tout chaud lorsque son père siffla de stupéfaction.

Le regard fixé sur le journal de Darton, il l'ouvrit pour Sam à une page sur laquelle se trouvait un grand placard publicitaire.

Sam reposa aussitôt son petit pain, les yeux écarquillés. Slocum avait franchi une nouvelle étape dans sa campagne contre le Fantôme.

—Est-ce que cette publicité est pareille aux posters que toi et Jake avez vus ? lui demanda son père en tapant du doigt sur un croquis du Fantôme.

Sam acquiesça. Exactement le même, si ce n'est que le *Darton* devait avoir un lectorat de plusieurs centaines, voire d'un millier, d'abonnés.

—Ça, ça ne va pas, reprit son père en se redressant sur sa chaise, les sourcils froncés. La prairie va se couvrir de chasseurs de primes prêts à passer leur lasso autour du cou de tous les mustangs de la région.

Sam saisit cette occasion pour parler de son projet.

—On devrait sauter dans le pick-up et prendre de l'avance, dit-elle. Jake et moi en avons discuté hier. C'est un excellent pisteur, j'ai un certain sens pour les chevaux, et...

Sam fit une pause après avoir remarqué, à l'expression de son père, qu'il n'approuvait pas ce qu'elle lui disait.

—Tu m'as bien dit que je comprenais pas mal les chevaux, n'est-ce pas ? reprit-elle.

—Oui, pas mal, lui répondit son père. Mais, Sam, ce que tu suggères est totalement illégal.

—Uniquement ce qui concerne le mustang, lui rétorqua-t-elle avant de s'empresser d'ajouter : C'est vrai, le Bureau de gestion des terres devrait être mis au courant.

—Ils le sont certainement déjà.

—Mais pour le cas où ils ne le seraient pas, j'avais prévu d'appeler Brynna Olson lundi, dès l'ouverture de leurs bureaux.

—Pourquoi attendre ?

Bouche bée, Sam regarda son père sortir d'un tiroir une carte de visite, au dos de laquelle avait été ajouté à la main un numéro de téléphone. Une question traversa son esprit. Pourquoi son père avait-il le numéro de téléphone personnel de la responsable du Bureau de gestion des terres ? Envisageait-il après tout d'accepter la position de *wrangler* qu'elle lui avait proposée ? La réponse à cette dernière question n'avait pas d'importance ce jour-là, et en l'occurrence, avoir le numéro, non plus.

Toute la journée, le téléphone de Brynna Olson sonna dans le vide.

Sam ne se rappelait avoir vu sa grand-mère d'aussi mauvaise humeur qu'une fois. À l'époque, c'était Sam, le sujet de son inquiétude. Aujourd'hui, c'était pour Douce qu'elle avait peur. Elle n'avait vu aucun signe des deux chevaux et n'avait aucunement l'intention de partager avec qui que ce soit les détails de ses recherches. Au contraire, elle ordonna à Sam de nettoyer la cuisine, d'effectuer toutes ses corvées d'extérieur, de plier le linge et de finir ses devoirs d'école, avant de pouvoir faire une promenade à cheval avec Jen.

Toute plainte lui aurait fait perdre des minutes précieuses. Sam décida donc de se taire. Bien plus que de retrouver Jen, Sam mourait d'envie d'atteindre la plaine des Tambours de guerre. L'étendue entière était visible depuis la route, il était donc improbable que le Marteau s'y rende avec ses nouvelles juments. Toutefois, la mare qui s'y trouvait procurait aux animaux un point d'eau fraîche. En outre, c'était là qu'elle avait vu l'étalon sauvage défier le Fantôme.

Une fois ses corvées terminées, elle obtint la permission de partir, mais son père la dissuada de prendre Caïd.

—Si tu le gardais au pas, ça ne poserait pas de problème, lui expliqua-t-il en lui montrant un muscle enflé sous la peau lisse du hongre. Mais, je te connais, tu vas vouloir galoper.

Sam reconnut le bien-fondé de l'objection de son père et, malgré les hennissements de jalousie de Caïd, elle sella Fraise.

— C'est pour ton bien, cria-t-elle à son hongre.

Elle disait la vérité. Changer de monture la rendait nerveuse. Bien qu'elle ait fait du cheval chaque jour depuis son retour de San Francisco, Sam continuait à douter de ses capacités. Cet accident, qu'elle avait eu deux ans plus tôt, avait ébranlé son assurance.

Ce n'était pas sa compréhension des chevaux qui était en jeu. Chacun de leurs mouvements d'oreilles, ou de lèvres, chacun de leurs regards avait pour elle une signification. En outre, Caïd l'avait réellement aidée à reprendre confiance en elle. Toutefois, la crainte de faire une chute, loin, au beau milieu de la prairie désertique, ne l'avait jamais quittée. C'était un secret qu'elle n'avait révélé à personne.

Les rênes tenues courtes, Sam se prépara à monter en selle. Fraise, qui était presque rose maintenant qu'elle l'avait brossée, faisait un peu plus d'un mètre cinquante au garrot.

Sam se rassura en se remémorant le convoyage du bétail, et le jour où elle avait fait équipe avec Fraise pour laisser Caïd se reposer à l'arrière avec les chevaux de réserve.

Étant donné que la peur d'un cavalier se communique de ses mains à la bouche de sa monture, comme un télégramme, par le fil des rênes, Sam se dit et se répéta qu'elle allait bien. Elle se hissa sur la jument et la fit tourner vers le pont.

—Rentre avant la tombée de la nuit, lui lança son père.

Sam partit.

Un vent chargé du parfum des pins soufflait, depuis la crête des montagnes, à travers la plaine des Tambours de guerre.

Fraise avançait à pas raides et serrés, mais Sam ne comprenait pas pourquoi. Quelques buissons d'armoise avaient bougé sous l'effet de la brise, mais cela ne devrait pas surprendre la jument. Aucun mustang ne se trouvait près de la mare. Plus décevant encore, aucun étalon d'argent ne montait la garde sur la crête. Fraise tira sur le mors, indiquant à Sam qu'elle souhaitait s'arrêter et boire. Les bords de l'eau étaient boueux et couverts d'empreintes de sabots. Visiblement, les quelques jours de soleil qu'ils avaient eus n'avaient pas suffi à sécher la terre après l'orage.

Sam scruta le paysage alentour. Elle ne voulait pas descendre de cheval, sur ce sol glissant, pendant que Fraise s'abreuverait. Elle ne voulait pas non plus la mener jusqu'au bord de la mare en selle et attendre, rênes longues, que Fraise baisse la tête pour boire, au risque qu'elle échappe à l'action de sa main.

Pourquoi Fraise était-elle si agitée ? La brise gémissait dans les pins tordus par le vent sur la crête. Quelque part, là-haut, se trouvait le Canyon perdu.

Dans certaines histoires qu'on lui avait racontées dans son enfance, elle avait entendu que cette mare avait été le site de l'une des dernières batailles livrées contre les Indiens. Elle ne se souvenait plus des détails, mais il lui semblait que ces derniers avaient fondu sur les hommes de la cavalerie pendant qu'ils abreuvaient leurs chevaux. Les soldats s'étaient retrouvés à pied et tous les animaux avaient été volés et emmenés dans le Canyon perdu.

C'était sans doute un mythe. Elle aurait pu se renseigner auprès de Jake, mais il aurait prétendu ne pas s'intéresser à son héritage amérindien. Il faudrait qu'elle demande à Maxine Ely à l'occasion.

Quoi qu'il en soit, il n'y avait rien dans cette vieille histoire qui aurait dû l'inquiéter.

Et pourtant, Sam n'arrivait pas à relâcher sa pression sur les rênes. Fraise fit un pas de côté, étira l'encolure vers l'eau et hennit doucement, se demandant comment Sam pouvait être si cruelle.

—Oh, d'accord, lui dit cette dernière, toujours en selle et la laissant entrer dans l'eau. De toute façon, Jen ne devrait pas tarder à arriver.

Fraise avait à peine bu deux gorgées d'eau, lorsqu'elle releva brusquement la tête. Trop tard, Sam resserra les doigts sur les rênes.

Sur la crête au-dessus d'elles, se dressaient Douce et le Marteau. L'étalon huma le vent, pour y flairer l'odeur éventuelle d'un concurrent qui pourrait faire obstacle à son projet. Sa crinière battit son encolure lorsqu'il bascula la tête de satisfaction avant de s'élancer.

Le Marteau déboula le sentier tout en mordant Douce pour la faire avancer plus vite. Le temps qu'elle comprenne exactement ce qui avait effrayé Fraise, Sam perdit l'équilibre.

Elle s'agrippa à la crinière de la jument tandis que celle-ci se précipitait à la rencontre des deux autres chevaux. Fraise était attirée par Douce, sa partenaire de pâturage, et déconcertée par l'audacieux étalon. Sam ne pouvait prédire d'une seconde à l'autre quels seraient ses mouvements.

Elle s'était presque remise d'aplomb dans sa selle, lorsque Fraise glissa, se redressa tant bien que mal, puis se rua en zigzaguant dans la plaine. Sam penchait désormais vers la droite.

C'est alors que Fraise décocha une ruade des quatre fers, puis une autre.

Sam se saisit du pommeau de la selle, mais c'était insuffisant. Elle ne parviendrait jamais à tenir, surtout si le Marteau s'approchait d'elle. Elle se vit un instant rentrant au ranch à pied après avoir fait une chute. Si cela lui arrivait, sa grand-mère lui interdirait à jamais de repartir seule à cheval. Son père secouerait la tête de déception. Jake la traiterait comme on traite les petites filles fragiles.

Fraise ralentit en piaffant, puis s'arrêta complètement pour tourner un regard curieux vers le Marteau qui les suivait.

Au bout d'un instant, elle s'emballa de nouveau. Puis elle s'arrêta, ballottant la tête de Sam d'avant en arrière.

Refusant d'abandonner sa jument à l'étalon, Sam réfléchit à un plan d'action.

Une cow-girl expérimentée resterait en selle, mais si Fraise s'emballait de nouveau, Sam était certaine de tomber. Elle décida donc de se laisser glisser le long du flanc gauche de Fraise, en se retenant aux rênes, le corps plaqué contre celui de la jument. Une fois pied à terre, elle tira d'un coup sec sur les rênes. La jument fit demi-tour et lui fit face. Sam eut une lueur d'espoir. Elle avait attiré l'attention de Fraise.

— Tu n'iras nulle part, lui dit-elle tandis que l'étalon approchait, sa grosse tête aux aguets.

Le Marteau avait laissé Douce se désaltérer à la mare. Un peu plus loin, deux autres chevaux étaient apparus. C'étaient Hotspot et une jument plus âgée, dont la tête penchait bas comme si elle avait le souffle coupé. Le Marteau avait donc un harem.

Cependant, l'encolure arquée, le toupet emmêlé au-dessus des yeux, lui continuait d'avancer, droit sur Sam et Fraise, résolu à élargir encore son troupeau.

— Va-t'en ! lui cria Sam.

Mais cet animal sauvage ne craignait aucune menace humaine.

Sa peau frémit. Le bruit qu'elle faisait l'irritait. Rien de plus.

Fraise fit un bond en avant. Sam avait enroulé les rênes autour de ses mains et tint bon, bien qu'elle ait l'impression que tous ses petits os se broyaient. Puis un muscle reliant son bras à son épaule s'étira.

Oh, non ! Il fallait qu'elle résiste, quoi qu'il arrive, mais si son bras se disloquait de son articulation, sa détermination ne lui serait d'aucun secours.

Le Marteau avançait, menaçant. Aux yeux de Sam, debout, mais à terre, son poitrail paraissait aussi large que l'avant d'une voiture. Sam était tout ce qui s'interposait entre lui et Fraise. S'il réussissait à la pousser hors de son chemin, ses lourds sabots la piétineraient sans doute et il s'emparerait librement de son butin.

Si elle agitait les bras, il broncherait. Mais elle ne pouvait lâcher les rênes d'une main. Fraise la traînait déjà comme un jouet au bout d'une ficelle. Si Sam desserrait sa prise, la jument serait perdue.

Soudain, Fraise vint se réfugier derrière Sam, et l'attitude du Marteau changea. Ses oreilles se plaquèrent en arrière. Sa tête s'abaissa, tout en se balançant d'un côté à l'autre, projetant de l'écume sur le sol sec du désert.

—Recule ! hurla Sam.

Mais l'étalon bleu continua d'avancer. Il avait décidé que c'était elle, l'ennemi.

Chapitre 13

L'espace d'un instant, Sam ne sut d'où venait le fracas des sabots. Ne pouvant résister plus longtemps à la curiosité, elle finit par se retourner.

Le Fantôme volait à son secours. Tête haute, crinière flottant au vent telle une flamme blanche, il décrivit un demi-cercle autour d'elle. Dans le tourbillon de son passage, Sam comprit que le Fantôme l'avait marquée comme sienne. C'était difficile à croire, mais c'était la seule explication plausible.

Il était déjà descendu de la crête auparavant, pour empêcher le Marteau de lui voler une jument. Cette fois, aucun membre de son harem n'était là.

Le Marteau, qui avait été si absorbé par son désir de voler Fraise, à la vue du Fantôme, raccourcit le pas, puis se détourna de Sam. C'est alors que le Fantôme attaqua, et Sam pria pour que le combat se termine comme la première fois.

L'étalon d'argent se rua à la poursuite du Marteau, à coups de dents, à coups de sabots, le poussant toujours plus loin de Sam et de la jument.

Surpris, le rouan se sauva tandis que, fier de lui, le Fantôme lui tournait le dos et revenait vers Sam d'un trot agile et tranquille.

Sam, en revanche, ne pouvait chasser l'effroi qu'elle avait ressenti en croisant le regard du Marteau. Le Fantôme était plus rapide, plus expérimenté, et probablement plus intelligent, mais le rouan était trapu et déterminé, et c'est avec la force du désespoir qu'il voulait se constituer un troupeau. Son encolure n'avait jamais été effleurée par la main d'une petite fille. Pour cet étalon gris-bleu, gentillesse signifiait faiblesse.

Le Fantôme s'approcha de Sam et ses oreilles s'agitèrent au son de sa voix.

—Ne le sous-estime pas, lui murmura cette dernière. Prépare-toi.

Sans doute le Marteau ne pouvait-il supporter une deuxième humiliation. Avec la souplesse d'un cheval de *cutting*, le rouan bleu fit volte-face, ses sabots projetant la terre en gerbe autour de lui.

Puis il s'immobilisa et lança un hennissement de défi féroce. Il en voulait à l'étalon d'argent et, cette fois, il ne se sauverait pas.

Le Fantôme pivota sur ses jarrets et lui fit front.

Sam retint son souffle. Les juments se figèrent comme des chevaux sculptés dans la pierre. Les oiseaux cessèrent de gazouiller. Le vent arrêta de souffler.

Sam avait envie de jeter des cailloux. Elle avait envie de hurler, d'ordonner à son cheval de s'échapper. Mais le Fantôme n'était plus sa propriété.

Son hennissement, soudain, perça le silence. Le Fantôme relevait le défi de son ennemi. Si ce rouan bleu voulait se battre jusqu'à la mort, le Fantôme lui donnerait ce qu'il désirait.

Comme guidés par des chevaliers armés de lances, les étalons s'avancèrent au trot. Peu à peu leurs foulées s'allongèrent. Bientôt, ils galopaient d'une allure fluide et légère, puis à un rythme effréné et sans plus aucune grâce.

Ce fut le choc. Les deux étalons se jetèrent dans leur premier corps à corps en mordant, en coupant, en frappant de leurs antérieurs levés.

Sam s'écarta, éloignant Fraise du bruit et de ces corps qui s'élançaient de tous côtés. L'arme de prédilection du Fantôme était sa rapidité. Il s'arrachait aux mâchoires du Marteau, faisait demi-tour, attendait une ouverture, puis chargeait pour mordre lui-même avant de battre en retraite de nouveau.

Ce que le Marteau n'avait pas en vitesse, il le compensait par le poids. Son épaule massive heurtait celle du Fantôme. Ses hanches musclées lançaient des coups meurtriers.

Les deux chevaux se tordaient dans un nuage de poussière. Le sang striait leur encolure. La sueur couvrait leurs corps de bandes sombres. La rage intensifiait leurs hennissements brefs.

S'il vous plaît, faites qu'il gagne. S'il vous plaît, si c'est une lutte à mort, faites que mon cheval vive.

Sam se couvrit la bouche pour étouffer des sons qui pourraient distraire le Fantôme. Ce faisant, elle se rendit compte qu'elle ne tenait plus qu'une des deux rênes de Fraise, mais que la jument ne tirait pas. Elle avait détourné la tête des deux étalons. Comme Hotspot et la jument baie. Était-ce la règle chez les chevaux sauvages ? Les juments attendaient-elles toujours patiemment de savoir qui serait le nouveau chef de leur troupeau ?

Malgré tous ses efforts, Sam gémit de détresse, et le Fantôme regarda vers elle à la dérobée. Erreur grossière !

Le Marteau, aussitôt, se rua sur lui par-derrière et les deux étalons s'écrasèrent dans un entrelacs de buissons d'armoise qui craquèrent sous leur poids.

Non, non !

Ensanglanté, le Fantôme réussit à se libérer et à se redresser tandis que, étourdi par la chute, le Marteau secouait la tête.

Alors, comme s'il avait amassé des forces supplémentaires, le Fantôme s'élança.

Les oreilles plaquées en arrière, il chargea, s'esquiva, chargea encore une fois. L'étalon bleu repoussait chaque assaut, mais le Fantôme le faisait tourner comme une toupie, d'un côté, de l'autre. Le Marteau ne trouva plus une seule chance d'écraser de son poids l'étalon d'argent à l'ossature légère.

Titubant de fatigue, il tenta néanmoins un dernier stratagème. De toutes les forces qu'il lui restait, comme un bélier, il balança sa tête massive vers le visage délicat de son ennemi juré.

Il manqua son but. Le Fantôme, d'un bond léger, s'était dérobé. C'était la fin. Le Marteau capitula et tomba à genoux.

Sa robe argentée zébrée de sang, le Fantôme se mit à tourner autour du mustang vaincu. Puis il claironna sa victoire par un hennissement retentissant. Il ne boitait pas encore, mais Sam remarqua une raideur dans son allure.

Achèverait-il le Marteau ? Se mordant les lèvres, elle réfléchit. Elle connaissait les règles de la loi du plus fort. Elle savait que, s'ils s'étaient trouvés sur une île déserte pour chevaux sauvages, le Marteau devrait mourir et que le Fantôme engendrerait des poulains rapides, intelligents et puissants.

Mais, dans la Prairie, la nature n'était pas souveraine. Les êtres humains s'interposaient dans l'ordre des choses. Le troupeau du Marteau aurait pu être dispersé par des hélicoptères ou pourchassé jusqu'à l'épuisement par des jeunes en motocyclette. Le seul crime du rouan avait été de suivre son désir instinctif de posséder des juments. Il ne méritait pas de mourir.

Il se remit sur pied. Ses oreilles firent un aller-retour rapide vers Hotspot et la jument baie. Puis, sans un autre regard en arrière, il s'élança dans leur direction, aussitôt suivi de Douce.

L'étalon d'argent tremblait de tension. Devait-il poursuivre son rival ou rester avec celles qu'il venait de protéger?

Sam avait la réponse. Poursuivre la lutte, même contre un ennemi affaibli, risquerait de provoquer des blessures suffisantes pour qu'un autre étalon s'empresse de le défier et de le vaincre à son tour.

Elle ne s'attendait pas à ce que le Fantôme comprenne pourquoi la bataille devait se terminer. Elle espérait seulement qu'il l'écouterait.

—Zanzibar, murmura-t-elle.

L'étalon fatigué ne se tourna pas pour la regarder, mais un hennissement feutré fit vibrer son corps.

—Mon bébé, ajouta-t-elle.

Après toute cette furie et cette violence, ses mots auraient semblé étranges à n'importe qui. Mais personne ne pouvait l'entendre.

Le Marteau gravit un sentier avec ses juments et disparut.

Tête dressée, le Fantôme huma l'air profondément, à la recherche de l'odeur du rouan. Lorsqu'il l'eut perdue, il se tourna vers Sam.

Elle refoula un accès de toux. La poussière soulevée pendant le combat des deux étalons planait toujours au-dessus d'eux. Les yeux plissés, elle se mit à inspecter son cheval.

Il aimait l'entendre parler. Ses mots l'apaisaient, lui remémoraient le lien qu'ils avaient noué dans les stalles chaudes et les pâturages verdoyants du ranch du Méandre. Ainsi, Sam parla :

— Hé, mon cheval, lui dit-elle. Oui, oui, je sais. Fraise est derrière moi, et je vois bien que tu la regardes et que tes jolies petites oreilles remuent tout le temps. Mais je crois que, pour aujourd'hui, elle en a soupé des étalons.

Au même moment, Fraise tira sur la seule rêne que Sam tenait encore, l'éloignant du Fantôme. Sam lâcha prise. Elle prenait un risque, Fraise pourrait s'enfuir, mais elle devait s'approcher de l'étalon.

— Là, c'est bien, c'est bien, Zanzibar.

Les naseaux du Fantôme se dilatèrent pour aspirer son odeur. Il avait une fois été trompé par un pull-over qui lui appartenait. Slocum l'avait volé et utilisé pour l'attirer. Mais personne ne pouvait se servir de son nom secret, car aucun autre être humain ne le connaissait.

Le Fantôme s'avança en raclant la poussière. Surprise de ne pas reconnaître le cliquetis clair de ses sabots, Sam baissa les yeux. Du sang cramoisi sourdait de son boulet postérieur gauche. Il évitait de peser dessus en marchant.

—Oh, mon cheval, tu as mal?

Sam continua de parler tandis que le Fantôme approchait. Elle voulait se pencher et examiner sa blessure. Elle aurait plus de chance de pouvoir le faire si elle restait d'abord sans bouger.

— Tu ne me laisserais pas regarder, hein? Tu renâclerais et tu me dirais qu'un mustang grand et fort comme toi sait se débrouiller tout seul?

Cependant, Sam remua les doigts, et l'étalon le remarqua. Il contracta ses muscles, puis se rendit compte qu'il n'avait rien à craindre. Enfin, Sam sentit la chaleur irradier de son corps épuisé par la bataille. Elle leva la main, paume en l'air.

L'étalon vint y poser son nez. Le velouté de ce dernier et le picotement de sa barbe firent chanter le cœur de Sam.

—Oh, Zanzibar, ma beauté.

Sam ferma les yeux, tandis que le Fantôme relevait la tête pour aller la placer sur son épaule.

Son pouls battait dans sa gorge, au travers de sa chemise, et le cœur de Sam se régla sur le sien.

Magique ! Sam aurait aimé que le temps s'arrête. Elle aurait pu rester ainsi, enveloppée dans un halo enchanté, pour l'éternité.

C'est alors qu'ensemble ils entendirent le cliquètement d'un sabot ferré sur la pierre.

Sam sentit le poids de la tête du Fantôme se soulever. Quand elle rouvrit les yeux, il s'était éloigné d'une dizaine de mètres.

Tourné vers la plaine, l'étalon gris renâcla. Sam regarda dans la même direction que lui, sans rien voir. Lorsqu'elle reposa son regard sur lui, aucune somnolence ne voilait plus ses yeux. Aucune lassitude ne marquait plus son attitude. D'un seul bond, il franchit l'armoise, les pins bas et les rochers étincelants du désert. Puis il gravit le sentier secret jusqu'à la crête, et disparut.

Les mains de Sam tremblaient lorsqu'elle remonta sur Fraise. Le cavalier qu'elle et le Fantôme avaient repéré au loin devait être Jen.

—Ressaisis-toi, se dit-elle sur le ton de la réprimande.

Les oreilles de la jument se tournèrent pour écouter.

—Pas toi, Fraise. Tu es très bien comme tu es. Par contre, je t'interdis de souffler un seul mot de ce qui vient de nous arriver à qui que ce soit, tu as compris ?

Dieu soit loué ! Jen avait été trop éloignée pour apercevoir le Fantôme. Sam n'aurait pas pu lui expliquer ce qui s'était passé. Il faudrait qu'elle attende, pour cela, de la connaître bien mieux.

Elle la regarda approcher et comprit pourquoi sa jument *palomino* avait été baptisée Bas de Soie. Son corps brillait d'un reflet d'or foncé, exception faite des balzanes sur ses membres antérieurs, qui la chaussaient jusqu'aux genoux et qui, en soulignant son allure, donnaient l'impression qu'elle dansait.

—Désolée pour le retard, lança Jen.

—Pas de problème, lui répondit Sam. Je viens juste d'arriver. Ta jument est magnifique.

—Ne la flatte pas trop, ça lui monte tout de suite à la tête.

La jument s'était mise à frotter sa joue contre la jambe de Sam.

—Qu'est-ce que je te disais! ajouta Jen.

—Eh bien, si tu étais à moi, je ne t'appellerais pas Bébête! s'exclama Sam en riant et en caressant l'encolure de la jument.

—Je suis sûre que si, répondit Jen. Peut-être pas la première fois où elle te désarçonnerait en ruant d'horreur à la vue d'une sauterelle, mais quand elle t'aurait disloqué le bras en refusant de passer une clôture sur laquelle il y a un éclat de peinture, je pense que si.

L'image raviva dans l'esprit de Sam cette vision de Fraise, tirant sur les rênes qu'elle-même tenait, comme si elle avait été une poupée de chiffon. Sam se frotta l'épaule. Son sac à dos lui ferait mal le lendemain.

—Ce n'est pas Caïd, je présume, reprit Jen en examinant la monture de Sam du regard.

—Non, elle s'appelle Fraise. Caïd…

Sam s'interrompit, mais elle n'avait après tout aucune raison de dissimuler cette information. Son père en parlerait à Brynna Olson le lendemain.

—… Caïd s'est fait un peu malmener la nuit dernière, reprit-elle.

—Qu'est-ce qui s'est passé? lui demanda Jen, ses yeux bleus soudain inquiets derrière ses lunettes.

—L'étalon cambrioleur a encore frappé. Il a enlevé Douce, la jument de ma grand-mère. Caïd a tenté de l'en empêcher.

—Oh, ouah ! Qu'est-ce qu'il...

—Il n'a que quelques morsures, pas trop graves, mais l'étalon l'a coincé à l'angle de deux barrières et Caïd est blessé au poitrail.

—Le pauvre ! s'exclama Jen en se frottant le sternum, sans toutefois pouvoir dissimuler sa curiosité : Alors, tu as vu l'étalon ? Est-ce que c'était le Fantôme ?

—Oui, je l'ai vu et ce n'était pas le Fantôme. C'était un rouan gris-bleu. Il a du sang de cheval de trait dans les veines, c'est sûr. Le Fantôme, lui, ressemble à un pur-sang arabe, tu sais bien.

—Bien sûr que non, je ne sais pas ! aboya Jen, exaspérée. Pratiquement toute ma vie, j'ai pensé que c'était une vraie légende. Et voilà que, tout d'un coup, tout le monde le voit, l'accuse de tout ce qui ne va pas, et que Linc Slocum te traite, toi, de sorcière qui peut le faire apparaître en claquant des doigts !

—Eh bien, c'est faux. Si je pouvais claquer des doigts, c'est de l'or que je ferais apparaître, au lieu de souhaiter que mon père attrape ce rouan pour qu'on ait de l'argent.

—J'ai vu les affiches. Moi aussi, je mourrais d'envie de gagner la récompense, mais mes parents pensent que Slocum sera arrêté avant que quiconque puisse l'empocher.

Jen dodelina de la tête tout en considérant cette possibilité :

—Ce qui ne serait pas vraiment un problème, reprit-elle.

Sam éclata de rire. Tandis que leurs juments s'élançaient au trot, côte à côte, elle se dit, de nouveau, qu'elle aimait le sens de l'humour de sa nouvelle amie.

—Tu penses qu'il me croirait si je lui disais que ce n'est pas le Fantôme ? demanda-t-elle alors à Jen.

—Je ne suis pas une experte de la psychologie de Slocum, mais, à mon avis, il te répondrait quelque chose comme : « Tu dirais n'importe quoi pour protéger ce canasson. »

Sam se tourna dans sa selle :

—Pourquoi…

—Je l'ai déjà entendu dire ce genre de choses à mon père. Slocum est persuadé que le Fantôme t'appartient.

Est-ce le cas ? Jen ne posa pas la question, mais celle-ci resta en suspens entre elle et Sam pendant un moment. Bien qu'elle ait la sensation de révéler un secret, cette dernière finit par confesser :

— J'avais un poulain, et il s'est enfui...

— Sam, tout le monde sait que tu as eu un accident.

— Bon, d'accord, on reprend tout. Il est possible que le Fantôme soit mon ancien poulain, Blackie, devenu adulte.

— Slocum prétend t'avoir vue sur cet étalon dans les enclos du Bureau de gestion, à Willow Springs, et que tu le faisais tourner comme un cheval de manège, se hasarda à dire Jen en décrivant un cercle avec sa main.

L'explosion de rire qui s'échappa de Sam effraya les deux juments.

— Il m'a vue, sur lui ?

Jen lui adressa un sourire indiquant qu'elle n'avait pas réellement cru à cette histoire, puis lui demanda :

— On se fait un petit galop ?

Sam eut à peine le temps d'accepter d'un signe de tête.

Toute guillerette, Bas de Soie s'élança, et Fraise lui emboîta le pas, comme si elle avait attendu cela toute la journée.

Chapitre 14

Le lundi matin, le lycée de Darton était couvert d'affiches.

—Je ne vois pas pourquoi on n'organise pas ces élections au printemps, comme dans les autres lycées, grommela Jen en entrant dans le bâtiment en compagnie de Sam. Commencer l'année par un concours de popularité ne me paraît pas être une bonne idée.

—Dis donc, lui fit remarquer Sam en lui donnant un coup de coude, tu n'es qu'en première année, alors qu'est-ce que tu en sais ?

—Ha, c'est vrai ! Ce que je peux être bête ! s'exclama Jen en feignant de se frapper le front de consternation. Bon, on se retrouve à la gym, ajouta-t-elle en obliquant à gauche vers son casier.

—Salut !

Tout en se dirigeant vers le sien, Sam passa en revue les affiches électorales. Elles ressemblaient beaucoup à celles qui étaient utilisées dans son collège, à San Francisco.

Les professions de foi des candidats étaient peintes sur du papier de bricolage ou de boucherie, et parfois décorées de paillettes ou de slogans ingénieux.

Bientôt, Sam se trouva bloquée par un attroupement de curieux, les yeux rivés sur le mur.

Le poster de campagne de Rachel Slocum n'était pas comme les autres.

Cinq minutes avant le début du premier cours de la semaine, cette fille attirait déjà les foules. Son placard publicitaire ressemblait à une page de magazine sur papier glacé et comportait quatre photographies en couleur de la candidate. Il était aussi grand qu'un lit pour deux personnes, mais Sam dut jouer du coude pour pouvoir en lire les slogans.

Rachel, votre nouvelle trésorière, sera toujours là pour vous, promettait la phrase en script rose vif placardée sur une Rachel vêtue d'une jupe de *cheerleader* et sautant en l'air. *Rachel, votre nouvelle trésorière, brillera pour vous,* disait le deuxième slogan, recouvrant cette fois une Rachel habillée en reine de l'équipe de football de l'école, ses cheveux couleur café retombant en cascade sur son dos. Sous la phrase *Rachel, votre nouvelle trésorière, travaillera pour vous,* on voyait la candidate penchée sur un cahier, arborant lunettes et petit froncement de sourcils flatteur. Quant à la dernière photographie, qui faisait apparaître grâce à un traitement informatique la vraie Rachel au milieu de piles entières de pièces d'or et de billets dessinés, elle faisait pouffer de rire les lycéens. Le slogan était : *Rachel, votre nouvelle trésorière, prendra soin de votre argent.*

— Quand il s'agit de ça, je suis sûr qu'elle sait de quoi elle parle, fit remarquer un garçon grand et maigre avec une admiration modérée.

La sonnerie mit fin à la contemplation de Sam. Elle courut vers son casier, en composa le code secret, puis essaya de relire rapidement son devoir d'histoire. C'était une perte de temps et d'énergie que de se concentrer sur Rachel. Mais elle ne put s'empêcher de penser que la fille de Slocum s'était bien vite remise de son malaise opportun du vendredi et que ces affiches étaient sans doute le prix fort que son père avait dû payer pour avoir osé mettre sa petite princesse dans l'embarras.

Le cours de gymnastique fut une torture. Les casiers des premières années étaient juste à côté de ceux des troisièmes et, dans les douches, les deuxièmes années détournaient des yeux gênés pour ne pas avoir à regarder leurs aînées de terminale. Seule la chance voulut que les casiers de Sam et de Jen se situent dans la même rangée.

Tout en se préparant pour une course de mise en jambes d'un kilomètre et demi, qui serait suivie d'une partie de *flag-football**, les deux amies bavardèrent :

—C'est sa mère qui rêvait d'avoir ce ranch, murmura Jen en enfilant un short vert. Au début, Slocum a tout juste accepté de l'acheter. Mais après, il est tombé amoureux…

Jen s'interrompit et un sourire espiègle apparut sur son visage :

—… de notre bon vieux Far West.

—Et alors, elle est où sa mère maintenant ? En Angleterre ? Vraiment ? demanda Sam après avoir discrètement regardé autour d'elle.

* Variante du football américain, dans laquelle le porteur du ballon porte sur son maillot un drapeau que l'équipe adverse doit lui arracher pour arrêter la partie.

— Elle s'est remariée, avec un baron ou quelque chose comme ça. Ils ont un élevage de chevaux pas loin de Nottingham.

— Ouah ! s'exclama Sam en finissant de lacer ses tennis. Tu crois que Rachel prend le thé avec la reine d'Angleterre quand elle va là-bas ?

— Tu deviens méchante, Sam, lui dit Jen en pouffant de rire. J'ai une mauvaise influence sur toi.

Les vestiaires s'étaient plus ou moins vidés lorsqu'elles se dirigèrent vers la sortie pour rejoindre le terrain d'athlétisme.

Rachel Slocum les attendait, plantée sur le pas de la porte. Sam remarqua que des filles en queue-de-cheval avaient déjà commencé leur tour de piste. Visiblement, Rachel se moquait d'être en retard.

— Si tu continues à raconter des histoires sur mon père ou que tu fais quoi que ce soit pour ternir ma campagne, je ferai de toi une paria, aussi vite que ça, dit-elle à Sam en claquant des doigts sous son nez.

Le visage de Sam s'empourpra malgré elle. La semaine précédente, elle avait été la seule de l'école justement à ne pas répandre de rumeurs sur Linc Slocum.

Très lentement, elle passa une mèche de ses cheveux auburn derrière son oreille. Elle se rendait compte qu'elle n'avait pas peur. Elle était tout simplement surprise par l'attaque de Rachel.

—Je ne raconte pas d'histoires sur ton père, répondit-elle enfin.

Comme pour la chasser, Rachel vint agiter ses ongles vernis de rose nacré à quelques centimètres de la joue de Sam.

—En fait, insista cette dernière, je suis plutôt vexée que tu penses que je n'ai rien de mieux à faire que de passer mon temps à parler de ton père. S'il arrêtait de se montrer partout où je suis, je ne saurais même pas qui c'est.

—C'est ce cheval, lança Rachel en tressaillant. Je suis sûre qu'il n'a rien de différent des autres. Ils sont tous sales, ils sentent tous mauvais, ils sont assez grands pour vous faire mal, mais ils sont si bêtes qu'ils ne s'en rendent même pas compte. S'ils avaient ne serait-ce qu'un gramme d'intelligence, ils comprendraient qu'ils n'ont pas besoin de porter des gens sur leurs dos crasseux.

—Ce cheval est sauvage, Rachel, intervint Jen.

—Et alors ? Cette fois, mon père est obsédé par un cheval sauvage. Avant, c'était les pommelés. Peu importe. C'est son passe-temps favori, c'est tout.

Dehors, un sifflet retentit. Le professeur d'éducation physique rassemblait tout le monde.

—Pardon, dit Sam en se glissant entre Rachel et l'encadrement de la porte.

—Il n'y a pas de pardon pour toi, la vachère. N'oublie jamais ça.

Pendant le déjeuner, la campagne de Rachel s'intensifia encore: au lieu de distribuer des badges en papier ou des pin's à son nom, elle fit passer des billets d'un dollar. Le visage de George Washington était barré par les mots *Rachel trésorière*, tamponnés à l'encre rose vif.

Sam et Jen entendirent parler de cette nouvelle tactique, mais Sam n'en fit l'expérience qu'au moment d'entrer dans la classe de M. Blair.

— Rachel aimerait tant que tu votes pour elle, s'exclama Daisy avec affectation tout en lui tendant un dollar.

«Ne réagis pas, se dit Sam. Ne te moque pas. Surtout ne lui jette pas ce billet à la figure.»

Elle parvint à rester calme, mais ne put s'empêcher de penser à son père, abattu à l'idée de ne même pas avoir tiré quelques centimes par livre du bétail.

Elle continua d'avancer un pied après l'autre pour s'éloigner de Daisy, mais elle avait à l'esprit l'image de sa grand-mère en train de ruminer sur chaque nouvelle pile de factures à payer.

Sam avait presque atteint sa place, lorsque Rachel se planta sur son passage en se tortillant :

— Tiens, la vachère, lui dit-elle en lui fourrant un autre billet dans la main. Tu as l'air de quelqu'un qui pourrait en avoir besoin.

— Rachel, je suis pratiquement sûr que ce que tu fais est illégal, tonna soudain la voix de RJay.

Le moment était si bien choisi que Sam se demanda si l'apprenti rédacteur en chef n'avait pas entendu l'insulte de Rachel.

— Et d'après ce que je sais sur ce genre d'endroit, reprit-il en examinant un des billets, ça m'étonnerait que tu apprécies la prison.

Rachel fit glisser ses doigts dans sa chevelure tout en laissant échapper un soupir théâtral :

— À partir du moment où ils ont MTV et une manucure décente, je suis sûre que je m'en sortirai.

Sam n'avait pas prévu de rire, mais elle ne put se retenir. Était-il possible qu'un être humain normal se cache sous cette enveloppe de vipère ? Probablement pas.

Sam oublia Rachel le temps de l'interrogation que M. Blair leur donna. Elle écrivit si vite que ses doigts lui faisaient mal quand le professeur leur annonça la fin de l'épreuve.

—Allez, donnez-moi ces copies, s'écria-t-il dans le brouhaha de protestations qui s'élevaient de ceux qui n'avaient pas appris leur leçon pendant le week-end. Et maintenant, silence, reprit-il en posant les devoirs à côté de lui et en croisant les bras. Comme les étudiants de l'an dernier le savent, nous disposons de trois appareils photo. Des Nikon, qui nous ont été donnés par le *Review-Journal* de Darton. *Donnés*, insista M. Blair, mais qui nous coûteraient très cher si nous devions les remplacer. Puisque l'équipe de l'an dernier n'a produit qu'un seul photographe décent, et qu'il est devenu rédacteur en chef, reprit-il tandis que RJay saluait en réponse à des applaudissements imaginaires, je vais donner leur chance aux nouveaux.

Le sang de Sam ne fit qu'un tour dans ses veines.

—S'il y en a parmi vous qui sont intéressés, qu'ils prennent un des Nikon et qu'ils reviennent demain matin avec une pellicule de photos qu'ils auront prises. À me soumettre à moi, et à RJay. Soyez créatifs, tonna M. Blair, parce que c'est nous qui déciderons qui aura le droit de garder l'appareil jusqu'à la fin du premier semestre.

Un frémissement de murmures traversa la classe, tandis que les étudiants se tournaient les uns vers les autres pour discuter. Sam, elle, garda le silence. Elle se concentrait sur le plan qui était en train de prendre forme dans son imagination.

—S'il vous plaît, s'il vous plaît! reprit M. Blair. Autre chose. Vous devrez traiter ces appareils photo comme de tout petits oiseaux délicats. Il ne faudra pas qu'il leur arrive quoi que ce soit. C'est clair? Si l'un d'eux me revient cassé, peu importe qui est le responsable, poursuivit M. Blair en faisant les cent pas dans la classe, le doigt pointé sur les élèves durant sa tirade. Que *votre* maman le casse ou que *votre* chien le mange ou que *vous*, mademoiselle Forster, *vous* soyez enlevée par des extraterrestres, ce sera *vous* qui paierez les cinq cents dollars pour son remplacement.

Sam sourit à son professeur. Cela ne la dérangeait pas qu'il l'ait prise à partie. Son idée continuait de bouillonner comme un soda qu'on a agité—sucré et prêt à exploser.

Le regard noir de M. Blair balaya la classe entière.

—Vous le cassez, vous le rachetez. Pas d'excuse.

Les nerfs de Sam vibrèrent d'excitation. Ah ça, elle ferait attention ! Tout simplement parce que ces beaux appareils noir et argent allaient lui permettre de gagner la récompense offerte par Linc Slocum et de lui prouver que le Fantôme n'était pas coupable.

Utiliser la pellicule d'essai à bon escient ne fut pas si aisé. Sam prit quelques photos à l'école, mais elle craignait qu'elles ne donnent pas grand-chose. Elle n'avait jamais pensé que la photographie ne se résumait pas à cadrer et à appuyer sur un bouton. Il y avait des vitesses d'obturation à prendre en compte, des mises au point à faire.

Il fallut qu'elle en arrive à grogner de frustration pour accepter d'écouter la suggestion de sa grand-mère.

—Appelle Maxine, lui dit cette dernière. Maxine Ely est une photographe confirmée. Tous les ans, à la foire, elle remporte des prix, et la bibliothèque de Darton expose certaines de ses photos.

Sam écouta, tout en se mordant les lèvres d'indécision, mais elle se sentait trop penaude pour agir.

—C'est la mère de Jake, bon sang, ce n'est pas que ton professeur d'histoire! reprit Grand-Mère Grace. Elle t'a connue tout bébé.

—Ce n'est pas ça qui arrange les choses, Grand-Mère.

Toutefois, Sam voulait tant la récompense de Slocum qu'elle finit par surmonter son appréhension. Elle prit le téléphone.

Trois fois. À chaque appel, Mme Ely réagit comme si Sam ensoleillait sa journée en lui demandant son aide. «Elle doit vraiment aimer la photo», se dit Sam.

Il faut reconnaître que c'était assez grisant. Sam arpenta le ranch à la recherche de sujets. Elle prit une photo de Compère, en train d'essayer de se gratter le museau avec le sabot de sa patte de derrière. Elle en prit une autre d'un gond rouillé, qui lui avait toujours paru trop travaillé pour le portail d'entrée du ranch. En revanche, elle abandonna l'idée de faire un portrait de Caïd. Le hongre était si heureux de la voir, et si curieux, qu'il ne voulut jamais décoller son nez de l'objectif.

—Tu es trop mignon, pour ton propre bien, lui dit Sam en déposant un baiser sur son chanfrein.

Sur ce, elle partit au pas de course vers le pont du Méandre, ayant déjà prévu quelle serait sa dernière prise de vue avant la tombée de la nuit.

Le soir, comme à l'accoutumée, Sam s'endormit en rêvant du Fantôme. Il lui apparut, émergeant au galop d'une brume scintillante, les oreilles aux aguets, à l'écoute de sa voix, ses yeux noirs et doux reflétant son visage.

Oh, non! Sam s'assit droit dans son lit. Elle avait oublié d'appeler Brynna Olson.

Comment pouvait-elle être si stupide? Sam enfonça ses mains dans ses cheveux courts, referma les doigts et tira. *Idiote!* Rien, pourtant, n'était plus important que de le protéger, lui.

Cela faisait une heure que son père était parti se coucher. Sam écouta attentivement. Est-ce que ce bruit venait de la cuisine? Elle se souvint que sa grand-mère lui avait dit qu'il lui restait encore à pétrir la pâte à pain au levain qu'elle avait préparée, avant de la laisser lever toute la nuit dans le réfrigérateur.

Sam descendit l'escalier à petits pas si pressés qu'elle arriva en bas tout essoufflée.

—Est-ce que papa a appelé Brynna au sujet des affiches de Slocum et de sa publicité dans le journal?

Sa grand-mère opina, tout en ajustant un morceau de film transparent sur son saladier.

Sam avait envie de hurler d'impatience. Puis, soudain, elle comprit. Les nouvelles n'étaient pas bonnes.

—Qu'est-ce qu'il y a? demanda-t-elle d'une voix rauque.

—Brynna est partie à Washington dimanche. Elle sera absente une semaine, au moins.

Grand-Mère Grace s'interrompit pour laisser le temps à Sam de digérer la nouvelle.

—Wyatt a parlé à son remplaçant, un monsieur du Bureau de gestion des terres de Las Vegas.

Las Vegas ? Le cerveau de Sam s'emplit d'un tourbillon d'enseignes lumineuses au néon clignotantes et de joueurs de casino en smoking. Elle n'était jamais allée à Las Vegas. Ce qu'elle s'imaginait était probablement injustifié. Son véritable souci, c'était la quasi-certitude que le remplaçant de Brynna Olson n'y entendait rien dans les chevaux sauvages.

—Et qu'est-ce qu'il a dit? reprit-elle enfin, la voix cassée.

Sa grand-mère soupira, referma le réfrigérateur et s'y adossa avant de répondre :

— Que c'était « ennuyeux », mais qu'il était sûr que c'était une difficulté qui se résoudrait d'elle-même, sans qu'il ait besoin d'intervenir.

Sam ne parvint pas à dormir. Elle ne voulait pas de cette nuit-là, car le temps lui était compté.

Sans l'aide de Brynna Olson, il était fort probable que son projet serait le seul moyen concret de s'interposer entre le Fantôme et sa capture. Elle tourna et vira toute la nuit, ressassant les images du boulet ensanglanté de son étalon. Si cette blessure le ralentissait, il serait plus vulnérable aux lassos.

Elle rêva aussi de Flick, le cow-boy aux longues moustaches tombantes. Il avait travaillé au ranch de la Poussière dorée de Slocum avant de prendre un emploi temporaire au Centre des chevaux sauvages de Willow Springs. C'est pendant la durée de ce contrat pour le Bureau de gestion des terres qu'il avait capturé le Fantôme au lasso en toute illégalité. Brynna Olson l'avait aussitôt renvoyé. Flick avait disparu depuis, mais Slocum saurait où le retrouver. Sam en était certaine.

Le lendemain matin, avant le début des cours, Sam chercha M. Blair pour lui rendre l'appareil et la pellicule d'essai.

—Je vois qu'on fait toujours mieux que les autres, hein, Forster? lui dit-il.

—Je suppose que oui, lui répondit-elle tout en sentant que sa remarque bourrue était en fait un compliment.

Après le cours d'histoire, Mme Ely la prit à part et lui fit promettre de passer la voir chez elle après l'école pour lui montrer ses photos.

—Je ne pense pas que M. Blair aura eu le temps de les développer, lui fit remarquer Sam. Et je ne peux vraiment pas me permettre de rater l'autobus.

—M. Blair risque de te surprendre. Il passe autant de temps dans la chambre noire de l'école que dans les salles de cours. Et puis, après l'école…

L'espace d'une seconde, le regard de Mme Ely passa derrière Sam. Cette dernière se retourna, pour découvrir Rachel qui feignait de rassembler ses livres, alors que, de toute évidence, elle les épiait.

—… je peux te raccompagner chez toi, reprit Mme Ely, si tu manques ton bus.

—Merci. Si c'est faisable, je vous les apporterai.

Sam se hâta vers son cours suivant l'humeur au beau fixe, et ce bien que Rachel l'ait dépassée en la bousculant d'un air grincheux. Rachel avait toujours la même expression sur le visage en cours d'histoire. Il faut dire qu'elle était en deuxième année, et que ce cours s'adressait aux nouveaux. Elle avait dû échouer à son examen.

Sam venait d'avaler la dernière bouchée de son sandwich au beurre de cacahuète lorsqu'elle aperçut M. Blair, debout devant la porte. Le cœur de Sam se mit à battre, mais elle s'obligea à déplier ses doigts qui s'étaient recroquevillés dans ses poings fermés.

Quelle bêtise avait-elle encore bien pu faire ? Laissé le cache sur l'objectif, de sorte que toutes les photos étaient noires ? Cassé tel ou tel mécanisme sans même le savoir ?

Elle avait dû ralentir le pas, car M. Blair, attirant l'attention d'une bonne dizaine d'élèves, lui cria dans le couloir :

— C'est trop tard, Forster. Par ici. Maintenant, faut assumer !

Il avait étalé toutes les photos sur une table au fond de la classe. Les élèves qui étaient arrivés en avance à son cours étaient déjà en train de les regarder et M. Blair ne leur demanda même pas de s'éloigner pour dire à Sam ce qu'il pensait de son travail.

—Ça, c'est un composé presque parfait de toutes les erreurs qu'un débutant peut faire, lui fit-il remarquer en tapotant du doigt le cliché d'une forme se réfléchissant dans un abreuvoir. Celle-ci est mieux, reprit-il en effleurant sa photographie de deux vaches herefords au crépuscule, mais il va falloir que tu te renseignes sur les ouvertures de diaphragme et les vitesses d'obturation.

—Ce que tu as réussi de mieux, c'est les portraits, lui dit alors RJay en séparant une photo du lot.

Sam se mordit les lèvres de surprise. C'était l'un des clichés qu'elle avait réalisés à l'école avant que Mme Ely ne lui donne ses conseils par téléphone. C'était un coup de chance. On y voyait Mme Santos tapant avec un doigt sur le clavier de son ordinateur, un téléphone coincé entre l'oreille et l'épaule, le sourire aux lèvres, et faisant signe à un élève d'entrer.

—On pourrait l'utiliser pour notre prochain numéro, suggéra RJay.

M. Blair acquiesça en silence. La classe se mit à tournoyer dans la tête de Sam. Les autres élèves regardèrent ses clichés de plus près, tout en lui lançant des regards de côté, admiratifs ou alors ébahis qu'elle ait pu réaliser quoi que ce soit d'intéressant.

Si cette dernière possibilité s'avérait, peut-être cela l'aiderait-elle à sauver le Fantôme.

C'est alors que M. Blair leva le bras pour s'intéresser à la seule photographie que Sam aurait souhaité pouvoir effacer à peine l'avait-elle prise.

C'était un portrait de Rachel, posant à côté d'une de ses affiches électorales. Son sourire de publicité pour marque de dentifrice était exactement identique à celui de son père. L'une de ses mains était posée sur sa hanche. Quant à l'autre, qui s'adressait à un première année dépenaillé, elle avait été prise dans un mouvement de revers rapide qui avait capturé la lumière sur ses ongles peints de vernis à paillettes.

— Celle-ci n'a pas de prix, conclut M. Blair.

Des rires éclatèrent tout autour d'elle, mais Sam ne ressentit que le regard noir et brûlant des yeux de Rachel sur sa nuque.

RJay prit la photo des mains de M. Blair et prétendit y lire une légende :

—Très cher, je profite de cette campagne pour inaugurer mon nouveau vernis brillant fuchsia-pervenche. Il est chic, n'est-il pas ?

L'espace d'une minute, Sam eut la nausée, mais lorsqu'elle risqua un coup d'œil derrière elle, Rachel souriait. Elle était moins rancunière que Sam ne l'aurait pensé.

—Forster, je pense que tu devrais prendre l'appareil une nuit de plus pour voir si tu réussis à améliorer ta façon de jouer avec la lumière, reprit M. Blair. Reviens le chercher à la fin de la journée.

Lorsque la sonnerie annonçant la fin du dernier cours retentit, Sam sauta de sa chaise et se rua dans la classe de M. Blair. Elle n'avait pas beaucoup de temps avant l'arrivée de l'autobus.

M. Blair l'attendait à son bureau :

—Essaie de jouer avec l'ouverture du diaphragme, lui recommanda-t-il, pour modifier ta profondeur de champ.

Sam jeta un rapide coup d'œil sur la pendule. Jen devait lui réserver une place assise. Si elle parlait vite, elle aurait le temps de poser quelques questions.

M. Blair répondit à chacune d'elles, puis lentement, lui dit :

—Tu m'as l'air drôlement intéressée par les prises de vue nocturnes.

Sam passa la bandoulière de l'appareil avec précaution autour de son cou, et admit :

—Oui, d'une certaine façon.

Puis, vérifiant de nouveau l'heure, elle se rendit compte qu'elle n'avait plus le temps pour des demi-vérités.

Elle ne pouvait parler à personne de son projet de prendre le rouan gris-bleu en photo.

—Merci pour votre aide, lança-t-elle en s'éclipsant.

Avec l'appareil autour du cou, elle n'osa pas courir, mais les vapeurs d'essence des moteurs diesels qui s'échappaient des autobus à l'arrêt lui firent allonger les foulées.

Elle serait arrivée à temps au bus, si Mme Ely ne s'était pas penchée à la porte de sa classe :

—Viens me raconter, lui lança-t-elle.

Sam ne put résister à l'envie de lui dire à quel point ses conseils l'avaient aidée :

—Il les a adorées, lui dit-elle, excepté...

Un bureau à la première rangée de la classe vide venait de bouger. Qu'est-ce que Rachel pouvait bien faire là ?

Mme Ely suivit le regard de Sam et lui expliqua :

—Rachel pense qu'un stylo est tombé de son sac à dos pendant le cours. Elle est venue le chercher.

À quatre pattes sous le bureau, Rachel leur adressa un sourire oblique.

—Je l'ai trouvé, leur dit-elle sans toutefois bouger.

—Si je comprends bien, tu es pressée et tu n'as pas les photos avec toi, résuma Mme Ely. Je te laisse partir, alors, mais d'abord, j'aimerais te prêter un livre que tu devrais lire. Sur la photographie, bien entendu. Mon exemplaire est là-haut, ajouta-t-elle en se hâtant vers une énorme bibliothèque débordant de livres au fond de la classe et en pointant le doigt vers la dernière étagère. Je pense que tu pourras l'attraper plus facilement que moi.

Sam sourit. C'était étrange d'être plus grand que son professeur.

—D'accord, répondit-elle en se disant que l'opération ne lui prendrait pas plus d'une minute.

Avec soin, Sam ôta l'appareil de son cou. Elle regarda autour d'elle pour trouver un endroit sûr où le poser. Le bureau de Mme Ely était pour le moins encombré.

— Je vais te le tenir, lui proposa soudain Rachel, qui s'était redressée.

Les mains de Sam se refermèrent sur le Nikon. Puis elle se dit que sa paranoïa était réellement enfantine. Elle tendit l'appareil à Rachel et rejoignit Mme Ely.

— Il est haut quand même, dit-elle à son professeur tout en se hissant sur la pointe des pieds.

L'index et le pouce de Sam saisirent difficilement le dos du livre, qui tomba par terre. Des mots d'excuse se formaient sur les lèvres de Sam, lorsqu'elle entendit le bruit.

Du métal retentit sur les dalles. Une fraction de seconde plus tard, il y eut un bris de verre.

Sans le vouloir, Sam se couvrit les oreilles. Elle n'avait pas eu besoin de se tourner pour identifier la provenance de ces sons. Elle venait d'entendre ses rêves voler en éclats.

Chapitre 15

— Oh, Samantha, mince ! Il devait y avoir un truc glissant dessus. Cet appareil m'a littéralement filé entre les doigts.

Rachel porta les mains à sa bouche, simulant l'horreur. Puis, avec des yeux qui ne laissaient transparaître aucune sympathie, elle regarda Sam en haussant les épaules, et elle ajouta :

— Ouah ! tu sais ce que M. Blair a dit. Ces appareils coûtent cinq cents dollars pièce et il t'avait confié celui-là à toi, donc c'est ton problème. Quoi qu'il arrive.

Mme Ely avait déjà ramassé le Nikon. Elle le retourna avec précaution et regarda dans le viseur.

—Bon, ben, salut! À demain! lança Rachel gaiement tout en quittant la classe, non sans laisser dans son sillage, comme une raillerie, l'odeur de son parfum.

Rachel avait cassé l'appareil photo. Sam le savait et, à voir ses mouvements saccadés, Mme Ely le savait aussi. Mais qu'elles en soient certaines ou non ne ferait aucune différence aux yeux de M. Blair. *Vous le cassez, vous le rachetez. Pas d'excuse.*

«Ce que je ressens, ça s'appelle être en état de choc», se dit Sam. Elle prit l'appareil à Mme Ely et sortit, comme un zombie, dans le couloir vide.

Il n'y avait plus aucun autobus devant le lycée de Darton. Le seul véhicule en marche était la Mercedes bleu ciel de Rachel.

Sam s'immobilisa, se préparant mentalement à décliner l'offre si Rachel lui proposait de la raccompagner chez elle. Elle avait fait exprès de laisser tomber l'appareil photo. Refuser de s'asseoir dans la même voiture qu'elle serait une satisfaction.

Lorsque Rachel démarra sans même se retourner, Sam se sentit soudain incapable de supporter le poids de son sac à dos. Elle pourrait appeler son père ou sa grand-mère pour qu'ils viennent la chercher, mais elle devrait alors leur parler du Nikon encore plus tôt.

Un soupir souleva sa poitrine et passa ses lèvres comme une bourrasque. Comment allait-elle rembourser cet appareil ? Elle adorait sa vie au ranch, mais cette vie n'offrait certainement aucun luxe auquel elle pourrait renoncer.

D'un seul coup, Rachel l'avait dépouillée du respect de M. Blair, de la confiance de son père et de sa grand-mère, de la possibilité de sauver le Fantôme, et de la récompense. D'une grosse récompense.

—Je suppose que mes vauriens de fils sont partis depuis longtemps.

Mme Ely était apparue à ses côtés. Elle s'était remis du rouge à lèvres et ses boucles blondes virevoltèrent tandis qu'elle scrutait le parking en faisant tinter ses clés de voiture.

—Ce serait plus drôle avec eux, mais ma voiture est mieux que la leur.

Sam dévisagea Mme Ely, consciente qu'il aurait été convenable de lui répondre.

—Viens avec moi, lui dit celle-ci en faisant un signe du menton en direction d'une berline verte.

Sam avait l'impression d'être désarticulée, mais elle réussit néanmoins à grimper dans la voiture et à attacher sa ceinture. En chemin, Mme Ely lui parla de l'école. Elle lui décrivit un projet qu'elle préparait pour ses élèves d'histoire. Elle espérait qu'il les intéresserait. Quand, pour toute réponse, Sam hocha la tête, elle abandonna la conversation pour écouter les informations. Quelques minutes plus tard, elle éteignait de nouveau la radio.

— Est-ce qu'on pourrait prétendre que je ne suis pas ton professeur pour un moment ? demanda-t-elle alors.

— Quoi ? s'exclama Sam dans un état de confusion total.

Mme Ely garda les yeux sur la route, mais elle tendit sa main droite à Sam.

— Heureuse de faire ta connaissance, Sam. Je suis ta voisine, Maxine. La maman de Jake. Une chose est sûre, c'est que nos vaches adorent la luzerne que Wyatt nous a donnée.

Sam rit. Le signal lumineux qui avait barré son cerveau de la mention « hors service » venait de s'éteindre. Elle avait enfin compris que Mme Ely voulait lui parler, sans sa casquette d'enseignante. Sam espéra qu'elle allait lui révéler des atrocités sur le compte de Rachel.

— Est-ce que tu penses que c'était un accident ?

—Peut-être, répondit Sam. Mais je n'ai rien vu.

—Apparemment, le miroir est cassé. C'est ça qui a dû faire ce bris de verre quand l'appareil est tombé, mais je n'ai pas voulu l'ouvrir pour vérifier. Il vaut mieux qu'un expert s'en occupe.

Sam sentit son cuir chevelu se resserrer sur son crâne. Les experts coûtent toujours cher.

—Si Rachel l'a cassé, c'est à elle de le payer, reprit Mme Ely.

Quand Sam lui eut expliqué ce que M. Blair avait dit à la classe, son visage se rembrunit.

—S'il a pris position de cette façon, ça va être délicat, reconnut Mme Ely. Mais je pourrais lui dire la vérité…

Mme Ely s'interrompit. Ni elle ni Sam n'avaient effectivement vu Rachel au moment où l'appareil était tombé.

—M. Blair a dit qu'on était responsable, peu importe qui était le fautif, répéta Sam.

Le silence retomba, mais Sam soupçonnait Mme Ely d'avoir une conversation sérieuse avec elle-même. Elle se renfrogna, hocha la tête, souleva un sourcil blond, puis son visage s'éclaircit.

—Alors, qu'est-ce que tu as envie de photographier ? Ne sois pas timide. Si tu savais ce que moi, je prends.

—Votre famille ?

—Parfois, mais c'est difficile de les saisir sur le vif. Mes hommes font de leur mieux pour être stoïques, répondit Mme Ely en baissant les vitres de la voiture pour laisser la brise de cette fin de mois d'août les entourer. Non, ce que j'aime photographier, ce sont les fenêtres. Des fenêtres qui reflètent des visages, ou des montagnes, des fenêtres qui permettent d'apercevoir une famille autour d'une table.

Elle haussa les épaules et reprit :

—Des fenêtres, c'est tout. On ne peut pas faire plus simple que ça.

—Des chevaux sauvages, admit Sam. La nuit.

La brise brassa la pile de copies non corrigées que Mme Ely avait jetée sur la banquette arrière. C'est alors que Sam remarqua un éclair jaune sur la route devant elles. Elles rattraperaient bientôt le bus de ramassage.

—Oh, Sam, lui dit Mme Ely, les yeux rivés sur la route. Quelle idée originale ! Je me demande, reprit-elle d'un ton songeur, de quel type d'équipement tu aurais besoin pour obtenir de bons résultats.

—Eh bien, un appareil photo serait un bon début.

Mme Ely doubla l'autobus, et Sam vit Jen. Elle se pencha à la vitre et lui fit un signe de la main pour tâcher d'attirer son attention. Jen s'en rendit compte, prit un air surpris, puis courroucé.

Oh, non! Sam en était sûre, Jen pensait qu'elle lui avait fait faux bond.

Effectivement, Jen se redressa, plaqua le dos contre son dossier, et détourna son regard.

« Formidable! se dit Sam. Tout s'arrange. »

Lorsqu'elles arrivèrent au Méandre, la situation n'aurait pu devenir pire. Mme Ely arrêta le moteur et dit:

—Je reviens.

Sur quoi, elle sortit de la voiture à la hâte et s'empressa d'aller raconter au père de Sam ce qui s'était passé.

Surprise et horrifiée, Sam resta figée.

Près de la grange, Dallas et Ross se préparaient, avec son père, à ferrer Tank, le bai de Ross à face blanche. Le père de Sam détestait ferrer les chevaux en général, et Tank en particulier. Il fallait deux hommes pour le tenir, lui, et un troisième pour manier clous et marteau.

Mme Ely traversa la cour du ranch avec son joli pantalon et son blazer, puis, les bras croisés, se mit à parler.

De là où elle se trouvait, Sam ne put déterminer si son père avait fini de ferrer Tank quand il posa le marteau par terre et tourna les talons. Chacun de ses pas était ferme et précis. Mme Ely le suivit. Sam se demanda si la mère de Jake ne faisait pas plus de mal que de bien.

Elle n'eut pas à hésiter longtemps. Mme Ely revint bientôt comme une furie, en secouant la tête.

—N'épouse jamais un cow-boy, Samantha, lui lança-t-elle en s'adossant à la voiture à côté d'elle, le regard perdu vers les montagnes Calico. La fierté, c'est ça, leur point faible, c'est évident.

—Est-ce qu'il va m'interdire de sortir jusqu'à mes dix-huit ans ?

—Non ! lui répondit Mme Ely en se tournant soudain vers elle. Oh, Samantha, bien sûr que non. Toi, tu ne risques rien. J'ai seulement suggéré à ton père qu'il s'arrange en privé avec Slocum, pour ne pas ébruiter la maladresse de sa fille. On aurait dit que je lui proposais quelque chose d'illégal.

Sam se sentit soulagée pour elle-même, mais ne fut pas surprise de la réaction de son père.

—Ça, c'est tout à fait lui.

—Lui comme tous les autres, soupira Mme Ely en se frottant les mains. Les hommes du ranch des Trois Poneys sont exactement pareils que ceux du Méandre, ajouta-t-elle en prenant l'appareil des mains de Sam pour l'examiner une nouvelle fois. Qui sait? la réparation ne coûtera peut-être pas si cher que ça. En tout cas, en attendant, le moins que je puisse faire, c'est de t'en prêter un autre.

—Ce n'était pas de votre faute, protesta Sam en reprenant le Nikon.

—Elle m'a entendue te demander de venir me voir après les cours. Elle s'est arrangée pour être là en même temps que toi.

Les lèvres de Mme Ely se fermèrent, mais elle ne pouvait tout simplement pas se taire.

—Bien sûr, je ne suis pas en train de dire que Rachel irait casser quelque chose parce que tu reçois beaucoup d'attention de tes enseignants et de tes camarades. Quel genre de professeur oserait faire une telle suggestion?

—Pas vous.

—Pas moi. Je suis heureuse de te l'entendre dire, lâcha Maxine Ely. Je t'envoie Jake avec mon appareil, dans pas longtemps, conclut-elle en remontant dans sa voiture et en riant.

Le téléphone sonnait lorsque Sam entra dans la maison aux murs blancs.

—C'est Jennifer Kenworthy, lui annonça sa grand-mère en lui passant le combiné avant de murmurer : Elle n'a pas l'air contente.

—Allô ? répondit Sam tout en débarrassant ses épaules de son sac à dos.

—Alors, comme ça, tu as trouvé mieux et tu m'as laissé tomber ? lança Jen d'un ton qui se voulait sarcastique, mais qui trahissait son dépit. La prochaine fois, préviens-moi, que je n'ai pas l'air bête à réserver un siège qui reste vide.

—J'ai raté le bus, répondit Sam en tentant de ne pas laisser transparaître sa lassitude, bien que le regard lancé par sa grand-mère lui fasse comprendre qu'elle n'y parvenait pas très bien. Parce que Rachel a cassé l'appareil que M. Blair m'a prêté.

Jen retint son souffle comme si on lui avait versé de l'eau froide dans le dos.

—Le Nikon ?

—Le Nikon.

—Je suppose que Mme Ely t'a escortée jusque chez toi parce que la police de l'école a peur que tu disparaisses. Tu étais en route pour la frontière, c'est ça ?

—Jen, ce n'est pas drôle, rétorqua Sam en souriant malgré sa tristesse.

—Je sais, murmura Jen avant de soupirer et de lui demander : Combien ?

—Je ne sais pas encore. Ça fait comme un tintement à l'intérieur quand on le remue.

—Ce n'est pas bon signe, admit Jen avant de s'interrompre, et de reprendre : Quelle profondeur ?

Sam prit le verre de citronnade que sa grand-mère lui tendait et répéta :

—Quelle profondeur ?

—Ouais, à quelle profondeur veux-tu qu'on enterre le corps de Rachel ?

—Tu es horrible ! s'exclama Sam, entre rire et pleurs. Mais tu n'es plus en colère contre moi, quand même ?

—Pas cette fois. Même si je sais que tu vas repousser notre promenade à cheval pour une réunion de famille beaucoup plus intéressante.

—C'est cela, reprit Sam tout en regardant à la dérobée l'expression impatiente de sa grand-mère. *Intéressante*, comme tu dis.

Sam se préparait à donner plus d'explications, lorsque le téléphone, à peine raccroché, se remit à sonner. Sa voix étant toujours mal assurée, elle laissa sa grand-mère répondre :

—Allô ? Oh, Maxine.

Curieuse d'entendre la conversation, Sam se trouva une occupation. Elle souleva le couvercle d'une boîte sans faire de bruit. Elle y prit trois biscuits aux flocons d'avoine et aux raisins secs, les empila sur une soucoupe, se servit un verre de lait, et se dirigea vers la table.

—Ah bon ? s'étonna sa grand-mère. Un don ? Il a dit « prometteur », et cette petite…

Elle s'interrompit pour s'adresser à Sam :

—Samantha, s'il te plaît, prends ton goûter dans ta chambre et commence à faire tes devoirs.

Sam s'exécuta et monta lestement les escaliers. Au moins, ni sa grand-mère ni son père ne semblaient lui en vouloir. C'était déjà ça.

Un vent strident soufflait en rafales autour de la maison, faisant battre les persiennes contre la fenêtre de Sam.

L'heure du dîner approchait, lorsqu'elle entendit Jake arriver dans le pick-up de son père. Elle rangea son cahier d'exercices de biologie et ses livres, tout en écoutant par-dessus le vent la voix de Jake parlant à son père et à sa grand-mère.

Elle descendit et comprit en entrant dans la cuisine qu'il leur avait expliqué les détails d'un projet.

Il portait une chemise couleur brique que Sam ne lui avait jamais vue, rentrée dans un jean délavé. Il était appuyé contre la porte de la cuisine et l'on voyait les bouts éraflés de ses bottes, mais il sentait le savon et ses cheveux noirs brillaient.

Quelque chose se tramait et Sam se sentait mal à l'aise.

— Tu veux venir jusqu'à la plaine des Tambours de guerre pour voir s'il n'y a pas un étalon qui traîne par là avec Douce et l'*appaloosa* de Slocum ? lui demanda Jake.

Sam darda son regard vers son père, puis sa grand-mère.

— J'ai préparé quelques sandwichs et une Thermos de chocolat chaud pour que vous puissiez y arriver avant la nuit, dit Grand-Mère Grace en montrant du doigt un sac en papier kraft sur la table. Si Hotspot te voit là-bas et qu'elle s'habitue à ta présence, elle aura moins peur plus tard.

C'était une bonne idée, mais Sam ne comprenait pas pourquoi son père et sa grand-mère acceptaient de la laisser faire.

— J'ai école demain, lança-t-elle.

Jake laissa échapper un grognement.

—C'est exact, acquiesça Wyatt Forster. Tu as une montre aussi. Tu as tout intérêt à l'utiliser. Je te veux au lit à dix heures au plus tard.

—Oui, papa, répondit Sam.

Grand-Mère Grace lui tendit le sac et l'embrassa sur la joue.

—Essaie de me retrouver Douce, ma chérie.

—D'accord, Grand-Mère.

Jake ouvrit la porte, prit le manteau en peau de mouton de Sam à son crochet et le lui jeta dans les bras. Les nuits dans la prairie pouvaient être très froides, même après des journées de trente degrés. Sam prit le manteau et se hâta de sortir, de peur que son père et sa grand-mère ne changent d'avis.

—Ne me pose pas de questions, lui dit Jake tandis que Sam essayait de le rattraper dans la cour. C'est l'idée de ma mère. Je suis juste là comme chaperon.

Le cerveau de Sam tournait à cent à l'heure lorsqu'ils quittèrent le ranch et traversèrent le pont du Méandre avant de foncer dans le vent en direction de la plaine des Tambours de guerre.

Sam n'avait rien révélé à Maxine Ely des détails de son projet, si ce n'est qu'elle voulait prendre des photos de chevaux sauvages la nuit.

D'une façon ou d'une autre, elle avait compris ce que cela signifiait et lui avait envoyé Jake pour l'épauler.

Jake, à cheval, l'aurait peut-être aidée à attraper le Marteau au lasso, et encore, mais ce Jake-là, dans le rôle d'un adulte responsable au volant d'une voiture, risquait tout autant de se mettre en travers de son chemin.

Sam croisa les bras d'un air déterminé.

— Ta coupe de cheveux n'est pas mal, lui dit Jake sans la regarder.

— Merci. Quel soulagement ! Tu ne peux pas savoir combien de nuits j'ai passées sans dormir à me demander si…

— N'énerve pas le conducteur, l'interrompit Jake. Je voulais juste dire que je m'y habituais, ajouta-t-il en mettant le chauffage. Mais il faut que tu saches que les gars pensent toujours que c'est une erreur quand une fille se coupe les cheveux.

— Je marquerai ça dans mon carnet, lui répondit Sam d'un ton railleur, mais désormais détendu.

Le soleil disparut derrière la montagne, et la lueur du tableau de bord rendit la cabine du pick-up presque confortable.

—Tu te souviens quand on était petits et que tu me racontais des histoires d'Indiens? se rappela Sam.

—Je me souviens que tu étais une vraie peste et que je cherchais des histoires qui t'ennuieraient tellement que tu t'endormirais, pour que tu me laisses tranquille.

—Ça ne m'ennuyait jamais, protesta Sam en frissonnant.

Elle resserra son manteau en peau de mouton autour d'elle, heureuse de l'avoir, car le chauffage du pick-up remplissait à peine ses fonctions.

—Combien de ces histoires étaient vraies?

—Beaucoup sont des légendes. Les gens y substituent le nom de leur propre tribu ou de leur propre héros, selon les régions. Enfin, j'en sais rien, ajouta Jake en haussant les épaules. Maman pourrait t'en parler mieux que moi.

Comme Jake n'était pas prêt à lui raconter ce soir-là une de ces fameuses légendes, Sam entreprit d'organiser leur plan d'attaque:

—Est-ce que tu pourras garer le pick-up à l'écart de la route? Après, j'irai jusqu'à la mare à pied. Grand-Mère a raison, si je m'assois là-bas sans bouger…

—Si *nous*.

—Quoi?

Sam ressentit l'irritation l'envahir.

—Si nous, nous restons assis là, nous aurons plus de chances que les chevaux s'approchent.

—Merci, Jake, mais tu peux rester bien au chaud dans le pick-up. Je vais juste aller prendre une photo…

—Avec l'appareil de ma *mère*, et seulement *si* je décide de te le donner.

—Jake, ne fais pas ta mauvaise tête.

—Essaie avec *raisonnable* plutôt, la môme, lui répondit Jake tout en regardant dans le rétroviseur avant de quitter la route pour un chemin de terre.

—Tu peux m'expliquer pourquoi c'est plus «raisonnable» d'être deux à se geler, en attendant des mustangs qui ne viendront probablement jamais?

—Si tu leur fais peur, expliqua Jake posément, ils risquent de te faire mal. Tu as peut-être déjà entendu dire que, les chevaux, c'est vraiment gros comme animal.

Sam croisa les mains. Il était si crispant que c'était un défi de rester calme avec lui.

—Si ces chevaux prenaient peur, ils s'en iraient. Et si, par malchance, ils se mettaient à courir dans ma direction, tu crois que tu arriverrais à arrêter un troupeau affolé à toi tout seul ? Si toi, tu peux le faire, alors moi aussi.

Sam respira profondément et repensa à la façon dont elle avait entraîné le Fantôme vers la liberté, hors des corrals de Willow Springs :

— Tu sais, il m'arrive parfois de ne pas rater ce que je fais, Jake. Parfois, il m'arrive de faire les choses bien.

Jake laissa sa réponse en suspens. Sam ne le força pas à parler.

Cinq minutes durant, elle se laissa bringuebaler en silence dans les ornières du chemin. Puis Jake ralentit.

— On va manger avant de descendre jusqu'à la mare, lui dit-il. Ma mère aussi m'a donné à manger.

Le pick-up s'immobilisa en contre-haut du point d'eau, derrière un écran de pins secoués par le vent, et Sam laissa Jake penser qu'il avait gagné. Ce serait bon pour sa digestion.

Utilisant la boîte violette de premiers secours en guise de table, ils attaquèrent les sandwichs au rôti de bœuf, les galettes de maïs et le chocolat chaud de Grand-Mère Grace, ainsi que les tranches de gruyère sur pain de seigle, les bâtonnets de carottes, et l'eau en bouteille de la mère de Jake.

Ils dégustaient leur repas dans un silence si cordial que Sam hésitait à relancer la dispute. Elle chercha des mots qui diraient clairement que « sacré nom de nom, elle irait jusqu'à la mare toute seule », mais qui ne seraient pas interprétés comme une agression.

Le soir, autour d'eux, avait pris une teinte bleu nuit, mais une traînée ocre se détachait à l'est sur les collines.

— Est-ce que ce sentier mène jusqu'au Canyon perdu ? demanda Sam.

Jake suivit des yeux le doigt qu'elle pointait et fit un signe de tête affirmatif.

— Pourquoi est-ce qu'on lui a donné ce nom, tu le sais ?

Jake plissa les yeux, comme si elle essayait de lui jouer un tour.

— Quoi ! s'exclama Sam.

Jake s'adossa à la portière du pick-up et fit rouler sa bouteille d'eau entre les paumes de sa main.

— D'accord, je te dis pourquoi, mais c'est uniquement parce que j'ai trop mangé pour pouvoir bouger.

— Oh, parfait !

Sam s'appuya elle-même contre sa portière et se blottit dans son manteau. Elle releva son col sur ses joues, tout en gardant les yeux sur la vitre, derrière Jake, pour le cas où des mustangs apparaîtraient.

— Un jour, un groupe de Shoshone – pas des chasseurs, ni des familles avec leurs tipis, mais des guerriers – sont venus se réfugier dans le Canyon perdu avec leurs chevaux de guerre. On dit qu'ils possédaient les cent montures les plus rapides de l'Ouest et, chaque nuit, ils allaient les abreuver.

Jake indiqua la mare du doigt.

— À cette époque, c'était un lac, énorme, bleu comme un bol plein de ciel, avec une eau si pure et si douce que les chevaux la préféraient même à l'herbe.

« Après la guerre de Sécession, les troupes de cavalerie qui étaient stationnées près d'Alkali n'avaient plus grand-chose à faire. Pendant les années de guerre, elles avaient capturé et dressé les mustangs pour les habituer à la selle avant de les envoyer vers les champs de bataille dans le Sud. Une fois la guerre finie, les seuls combats qui se poursuivirent furent contre les Indiens. Le but était de chasser les Shoshone et les Paiute pour libérer les terres pour les fermiers blancs.

« Les hommes de la cavalerie avaient repéré les empreintes de sabots des cent chevaux des

Shoshone, et ils leur tendirent un piège. Pourquoi ces guerriers ne s'en sont-ils pas rendu compte? Est-ce que la nuit était brumeuse? Est-ce que les chevaux étaient plus assoiffés que d'habitude et, par conséquent, moins sur leurs gardes? Personne ne le sait.

À l'extérieur du pick-up, Sam entendit un insecte, mais rien d'autre ne bougea.

—Ils les ont tous tués? demanda-t-elle.

—Ils les ont faits prisonniers, et ils ont enfermé les chevaux dans des corrals. Ils auraient pu essayer de s'échapper, et réussir, mais l'instinct grégaire chez eux est plus fort que tout. Si un membre du troupeau prend du retard sur les autres, il devient une proie pour les coyotes et les couguars. Un cheval n'est en sécurité qu'avec son troupeau. En principe…

Sam remonta les genoux contre sa poitrine. Elle aurait préféré ne pas entendre la fin de l'histoire, mais elle ne voulait pas obliger Jake à s'arrêter.

—Ces soldats étaient des cavaliers. Ils savaient ce que signifiait la supériorité d'un guerrier à cheval comparé à un homme à pied. Ils ont donc décidé de prendre aux Shoshone ce qu'ils avaient de plus précieux dans la vie: leurs montures.

«La fusillade commença à l'aube. On dit que tous les chevaux de l'enclos hurlèrent à chaque coup de fusil, chaque fois qu'un des leurs tombait. À la fin de la matinée, les soldats de la cavalerie étaient tous écœurés par le sang gluant qui recouvrait le sol, et terrorisés par les chants de mort psalmodiés par les guerriers. Mais ils avaient l'ordre de massacrer chaque animal jusqu'au dernier, et c'est ce qu'ils avaient fait.

« Ensuite, ils relâchèrent les Shoshone. Pourquoi pas, après tout ? La force de ces Indiens n'était plus qu'un amas nauséabond s'offrant à l'appétit des vautours. Dans l'écho des cris de chevaux mourants qui retentissaient encore depuis les collines, les soldats de la cavalerie regardèrent les guerriers shoshones s'éloigner sur le long sentier menant au Canyon perdu.

Le vent secoua le pick-up, et Sam, soudain parcourue d'un frisson, se frotta les bras. C'était une chance qu'elle ne soit pas superstitieuse, se dit-elle. Quelqu'un de plus peureux qu'elle aurait pu confondre les plaintes du vent avec celles de chevaux fantômes, pleurant leurs compagnons disparus.

— Libérer ces Shoshone fut une erreur, reprit Jake.

Dans le noir, le blanc de ses dents indiqua qu'il souriait discrètement :

— Un homme et trois chevaux étaient restés à l'arrière. Trois chevaux, c'est peu, bien sûr, mais les guerriers, lorsqu'ils les eurent retrouvés, les choyèrent, les dressèrent. Ils les décorèrent pour la guerre, marques rouges sur les épaules, cercles bleus autour des yeux. Puis eux-mêmes jeûnèrent, prièrent, et jurèrent qu'ils attendraient le bon moment pour se venger.

« Un jour, une petite patrouille de cavaliers traversa le désert, certains d'être en sécurité. Lorsqu'ils entendirent rouler les tambours des Shoshone, ils éclatèrent de rire. Que pouvaient faire ces braves ? Leur courir après, à pied ?

— Mais, attends, l'interrompit Sam. La dernière bataille qui a eu lieu contre les Indiens au Nevada s'est bien passée dans la plaine des Tambours de guerre, n'est-ce pas ?

— On ne peut pas vraiment parler de bataille, répondit Jake d'un ton désormais désinvolte. Il n'y eut pas une seule victime. Les Shoshone s'emparèrent des chevaux et laissèrent les soldats rentrer au fort à pied. Ils avaient prouvé le pouvoir que peut avoir un seul homme accompagné de trois chevaux.

— Et c'est de là que ton ranch tient son nom.

— Je suppose, dit Jake en haussant les épaules. Tu es prête à descendre ?

Ce disant, il alluma les phares pour éclairer le chemin.

Sam voulait répondre, mais s'arrêta net, pour s'assurer que le clair de lune s'ajoutant aux phares du véhicule ne lui donnait pas des visions.

— Derrière toi, murmura-t-elle.

L'espace d'une seconde, Jake resta pétrifié, puis, doucement, lentement, sa tête pivota et regarda par la fenêtre.

Au bout du sentier venant du Canyon perdu arrivait le troupeau du Fantôme.

Chapitre 16

—C'est bien le troupeau du Fantôme, mais lui, où est-il?

Dans l'obscurité, Sam reconnut la jument leader du groupe à ses membres antérieurs striés comme ceux d'un zèbre. Elle repéra aussi ses deux congénères red dun, mais l'étalon d'argent manquait à l'appel.

—Du calme, lui dit Jake en lui secouant le bras d'une façon qu'il devait penser apaisante. Tu respires trop vite pour quelqu'un qui est assis dans un camion.

—Jake, il y a quelques jours, le Fantôme s'est battu. Il a gagné, mais il est blessé.

Prudemment, tout en maintenant une distance de quatre ou cinq cents mètres entre elles et le véhicule, les juments se dirigèrent vers le plat, puis vers la mare. Leurs crinières et leurs queues flottaient, sauvages, poussées vers l'avant sous l'effet du vent.

—Ça fait des années que Blackie fait ça, Sam. Il sait prendre soin de lui.

Sam acquiesça d'un signe de tête, quelque peu surprise que Jake fasse référence à l'étalon sous le nom de Blackie, le poulain qu'elle avait aimé et perdu.

Elle garda le silence. Elle ne voulait pas effrayer les juments. Pourtant, elle s'inquiétait pour son cheval. Blessé, il deviendrait une proie pour un autre étalon ou pour les coyotes. Son propre troupeau pourrait courir plus vite que lui.

—Je l'ai déjà vu en haut sur la crête, murmura Sam. Il monte la garde entre ces pins pendant que ses juments se désaltèrent.

Tous deux cherchèrent des yeux l'étalon d'argent. Jake n'approuvait pas l'obsession que Sam avait pour lui, mais il savait que lorsqu'elle craignait pour sa sécurité, plus rien ne comptait.

Sam s'apprêtait à suggérer qu'ils éteignent les phares quand, soudain, le Fantôme apparut.

Sur la crête, le clair de lune était tombé sur sa robe, la faisant briller comme du vif-argent.

Le vent soufflait dans sa crinière qui retombait éparse sur son encolure et ses épaules.

—Il a l'air d'aller bien, dit Jake.

—Non.

La tête de l'étalon n'était pas dressée et fière. Il la tenait dans le prolongement de ses épaules. Bien que ses oreilles soient pointées vers l'avant, aux aguets, il s'avança maladroitement vers le sentier.

—Postérieur gauche? demanda Jake en le regardant descendre de la montagne.

—Oui, au niveau du boulet. Je pense qu'une branche d'armoise l'a coupé. Jake, il a vraiment mal. Regarde-le.

La tête tournée vers le pick-up, l'étalon s'avança vers la mare en clopinant.

Jake retint son souffle, étonné de le voir passer beaucoup plus près que ses juments ne l'avaient fait. Sam était persuadée qu'il avait flairé son odeur.

Elle voulait descendre du pick-up et le rejoindre, mais elle décida d'abord de le laisser boire. Cela soulagerait sa douleur.

—Il fait attention à la façon dont il marche, mais je ne pense pas qu'il soit malade, pas encore, dit Jake en se penchant vers le pare-brise. Je suis sûr qu'il suffirait de nettoyer avec un coton, de désinfecter, et… oh, non!

La tête de Jake pivota vivement vers Sam, comme s'il avait entendu ses pensées.

—Si, Jake. J'y vais. Tu peux m'aider ou non, de toute façon, j'y vais.

—Ne me cherche pas, sinon je pars d'ici si vite que tu en auras le vertige.

—Non, tu ne partiras pas, parce que ça ne serait pas juste. Parce que tu pourrais être responsable de sa mort.

—Mieux vaut sa mort que la tienne.

—Est-ce que tu arrêteras un jour avec ça?

Sam n'avait pas eu l'intention de crier, mais elle avait dû le faire. Immédiatement, la tête de l'étalon se redressa, disséminant autour de lui des gouttelettes d'eau comme autant de diamants.

—D'accord, répondit Jake. Mais ça ne veut pas dire que tu ne dois pas faire attention.

—Bien sûr que je vais faire attention. Je vais descendre de voiture, me diriger vers lui, et s'il veut mon aide – ce qui a déjà été le cas –, j'examinerai son boulet.

—Et après?

—Si je vois quelque chose qui dépasse par exemple, je tirerai.

—Et tu le laisseras avec une blessure ouverte? Pour inviter les infections? Génial, Sam!

—Non, je prendrai tout ce que tu me diras d'utiliser, là-dedans, répondit-elle en posant les deux mains à plat sur la boîte violette de premiers secours.

Dans un souffle qui s'échappa de sa poitrine, Jake marmonna:

—Non, non et non.

Cependant, il commença à organiser ce dont elle aurait besoin.

—Écoute-moi bien, Sam.

—D'accord, lui répondit-elle, le cerveau en alerte. Mais n'oublie pas, je ne peux pas prendre trop de choses. Il se méfie de mes mains. Quant à ça, ça m'étonnerait qu'il l'apprécie.

Sur quoi, Sam, soulevant les épaules, se glissa hors de son manteau en peau de mouton. Jake se frotta le front, mais s'empêcha de laisser libre cours à son exaspération. Lentement, pour que les charnières ne grincent pas, il souleva le couvercle violet de la boîte de premiers secours.

—On va mouiller cette gaze avec de l'eau, dit-il tout en se baissant pour attraper, à leurs pieds, une bouteille en plastique qu'il agita: C'est une bonne chose que tu n'aies pas fini la tienne. S'il te laisse approcher, mets-toi à côté de lui et tourne-toi vers l'arrière, vers sa queue, pour panser sa blessure.

—Vers l'arrière? Tu es sûr?

—Je suis...

Jake hésita. Il avait déjà été certain une fois auparavant, et Sam avait eu un accident.

—Je pense que, s'il te donne un coup de pied, c'est dans cette position qu'il aura le moins d'impact.

—D'accord. Ensuite?

Sam écouta, tout en fourrant dans ses poches la gaze et une seringue de Bétadine sans aiguille. Enfin, elle coinça dans la ceinture de son jean une couche jetable—qui servirait à la perfection de pansement léger.

Avant même qu'elle ne descende de voiture, le Fantôme vint la chercher.

—Jake, regarde.

Laissant ses juments derrière lui, l'étalon approchait en boitillant. Arrivé à une vingtaine de mètres environ, il s'arrêta dans le rayon lumineux des phares. Il fit trois petits signes de tête rapides, tourna les oreilles vers l'avant, et attendit. Puis, les yeux dirigés sur Sam, il hennit.

—Si je sors maintenant, il ne s'enfuira pas.

Sam posa la main sur la portière, puis s'arrêta. Le Fantôme comptait sur elle, elle ne pouvait donc pas se permettre de faire une erreur :

— C'est tout ce dont j'ai besoin, Jake ? vérifia-t-elle.

— J'essaie de réfléchir, lui répondit Jake en se frottant la nuque. Ah, tant pis, ça ne peut pas lui faire de mal. Tiens.

Déconcertée, Sam observa son ami prendre un petit morceau de pain dans le sac contenant leurs sandwichs.

— Mon grand-père avait l'habitude de faire des cataplasmes avec du pain pour ses chevaux. Pour faire sortir le pus, il disait.

— Du pain, répéta Sam, pensive.

Tandis qu'il humectait la mie avec de l'eau, Sam écouta ses instructions, sans quitter le Fantôme des yeux.

— Tu sais ce qu'il m'arrivera si tu es blessée ? marmonna-t-il.

Ses mots arrachèrent Sam à l'étalon. Elle se hérissa :

— Ce que je sais, c'est que j'en ai plus qu'assez que tu croies que je vais toujours tout rater, lui lança-t-elle en se rapprochant de la portière.

— Si je pensais que tu allais échouer, je ne te laisserais pas y aller, gronda Jake.

Sam se rendit compte que leurs disputes ne le contrariaient pas du tout.

— Et maintenant, arrange-toi pour qu'il reparte dans l'eau, renchérit-il.

— Quoi ?

Sam eut peine à prononcer ce seul mot. Jake ne pouvait pas modifier les règles à la dernière minute !

— Tu l'as apprivoisé dans l'eau. C'est là qu'il te fait confiance, reprit Jake d'une voix calme et égale. Alors arrange-toi pour qu'il reparte dans l'eau, sinon je mets fin à notre contrat.

« Dans tes rêves », se dit Sam. Sur ce, elle ouvrit la portière, en essayant de faire le moins de bruit possible, puis lança un dernier regard à Jake.

— Ma main va rester sur ce klaxon, lui dit-il en joignant le geste à la parole. Si, pour ta sécurité, je dois lui faire peur, j'appuierai de toutes mes forces dessus.

Jake et ses précautions débiles !

Sam descendit du camion et se dirigea vers la mare. Les juments se dispersèrent, allant se réfugier plus haut sur le flanc de la colline, mais le Fantôme resta immobile. Lorsqu'elle passa près de lui, il secoua la tête, dégageant ses yeux noirs de sa crinière et de son toupet. Il faisait porter son poids sur ses trois membres sains. Cette position inhabituelle, associée à sa souffrance, expliquait peut-être pourquoi Sam avait beaucoup de peine à interpréter son attitude.

Allait-il la suivre? La dernière fois où il l'avait fait, ce n'était qu'un poulain.

Aucun bruit de sabots ne se fit entendre. Sam regarda par-dessus son épaule. L'étalon semblait perplexe. Chaque fois qu'il était allé la voir, elle était venue à sa rencontre. Et voilà qu'elle lui tournait le dos et s'éloignait.

—Viens, mon cheval, lui dit Sam en continuant d'avancer d'un air dégagé.

Bientôt, une eau glaciale vint clapoter sur ses tennis et trempa ses socquettes. Elle entra plus avant, de trois, quatre, cinq pas... et entendit les éclaboussures causées par ses sabots.

Oui. Sam sentit un sourire lui soulever les lèvres. Cet étalon était le cheval le plus merveilleux au monde. Sam aurait souhaité jeter ses bras autour de son encolure satinée. Elle se retourna, mais le vent nocturne transperça son tee-shirt. Le froid lui fit l'effet d'un seau d'eau glacée, lui rappelant qu'elle ne rêvait pas.

L'étalon était curieux, mais prudent. Il fit vibrer ses lèvres, fouetta de la queue, puis frappa le fond de la mare avec l'un de ses antérieurs. Ce dernier geste le déséquilibra, et il avança d'un pas en titubant.

—Mon pauvre cheval !

Toujours en soufflant, l'étalon regarda Sam s'approcher. Sur le flanc de la colline, les juments regroupées levèrent la tête. Sam tendit les mains vers lui. L'étalon les renifla, puis tourna son attention vers les poches et la ceinture de Sam. Même s'il ne voyait pas les objets qu'elle y avait cachés, peut-être savait-il qu'ils s'y trouvaient.

—Ça faisait si longtemps, mon cheval.

Ce disant, Sam continua d'avancer. Laissant sa main glisser sur sa peau lisse, elle contourna les membres antérieurs de l'étalon.

—Je vais derrière, d'accord ? Et je garde ma main sur toi, pour que tu saches où je suis. À plat, d'accord, mon cheval ? Ce n'est pas pour te chatouiller.

L'étalon avait gardé son boulet blessé hors de l'eau. Sam s'accroupit à demi. Il la laissa faire.

—C'est bien, mon cheval, c'est bien.

D'une main tremblante, elle effleura la plaie et constata qu'elle était chaude. L'étalon fit un écart. Sam essaya de nouveau et, cette fois, il accepta son toucher. Elle entreprit alors de tamponner la blessure avec la gaze.

Sam était tournée vers sa queue, comme Jake le lui avait ordonné, mais elle regarda néanmoins par-dessus son épaule. Le Fantôme l'observait. Il cligna des yeux, l'air nerveux, mais pas plus qu'un cheval domestique ne l'aurait été.

Sam se hâta. Une fois les poils nettoyés, elle vit qu'un petit morceau d'armoise dépassait de la plaie. Pourquoi n'avait-elle pas pensé à apporter une pince à épiler ?

Ses genoux tremblaient, mais pas ses mains. Elle savait ce qu'elle devait faire.

— C'est l'heure de la vérité, dit-elle à l'étalon d'une voix douce. Je te promets que je vais me dépêcher, mais ça va te faire mal. Zanzibar, laisse-moi faire, mon cheval. Tu te sentiras mieux après.

Utilisant ses ongles en guise de pince, Sam tira l'écharde d'un coup sec. Dans un remous d'eau, l'étalon fit un bond en avant. *Jake, s'il te plaît, ne klaxonne pas.* Le pick-up resta silencieux.

Le Fantôme s'immobilisa de nouveau, tremblant.

— Le plus dur est fait, mon cheval.

Lentement, Sam reprit sa position. L'étalon tourna la tête et poussa Sam doucement à l'épaule. Il ne voulait pas qu'elle lui tourne le dos. Sam le laissa mâchonner sa chemise avec ses lèvres, espérant qu'ainsi son esprit serait distrait lorsqu'elle aspergerait sa plaie de désinfectant.

Le moment venu, la peau de l'étalon tressaillit, mais il resta sans bouger.

— C'est froid, mon cheval, hein ?

Sam n'était pas loin elle-même de claquer des dents, mais la température n'y était pour rien.

À toute vitesse, ses doigts appliquèrent et modelèrent le morceau de pain humide sur le boulet de l'étalon, qui, heureusement, avait maintenu son sabot hors de l'eau. Le Fantôme sembla se détendre.

— Tu aimes ça, hein, mon cheval ? Apparemment, ça fait sortir le pus. C'est ce que le grand-père de Jake lui a dit. Tu te souviens de Jake, n'est-ce pas ?

L'étalon ne réagit pas, mais eut un mouvement de méfiance en découvrant la couche-culotte. Dès qu'il entendit le froissement du plastique, ses oreilles se plaquèrent en arrière. Il sortit de la mare. Sam le suivit. Jake avait intérêt à ne pas faire de bruit. La couche et l'eau ne faisaient pas bon ménage. Il devrait avoir le bon sens de s'en rendre compte.

Une fois sur le sol ferme, l'étalon se retourna vers elle. Visiblement agacé, il balança sa tête dans sa direction et fit claquer ses dents.

—Dépêche-toi de finir, c'est ça que tu veux me dire, hein, mon cheval ? lui dit Sam d'une voix douce.

Rapidement, elle se remit au travail. Elle appuya sur le cataplasme de pain pour qu'il tienne mieux, entoura la couche-culotte autour du boulet de l'étalon et mit en place les bandes adhésives.

Dès qu'elle éloigna sa main, l'étalon s'élança. Avant même que Sam ne se soit relevée, il avait disparu.

Sam repartit vers le pick-up et ouvrit la portière. Elle s'assit sur le rebord du véhicule, délaça ses chaussures, les vida de l'eau qui y était entrée, et ôta ses socquettes. Une fois montée, la portière refermée, elle tremblait tant qu'il lui fallut du temps avant de trouver les manches de son manteau. Quand elle se fut enfin installée, elle se rendit compte que Jake n'avait pas prononcé un mot.

—Tu n'as même pas regardé ? lui demanda-t-elle.

—Si.

Sam attendit, tandis que son excitation retombait peu à peu.

—Incroyable, non ? insista-t-elle.

—Apparemment, il se souvient de toi.

—Pourquoi est-ce tu parles comme un robot ?

—D'accord, j'arrête.

Jake mit le moteur du pick-up en marche et reprit le chemin de la route principale.

Sam croisa les jambes, sans pouvoir empêcher un de ses pieds nus et glacés de remuer. Jake ne donnait pas l'impression d'attendre des compliments, mais elle lui en fit un néanmoins.

—Tout ce que tu m'as dit de faire a marché.

Lui continua de conduire.

Lorsque les pneus du pick-up quittèrent le chemin de terre pour rebondir sur l'asphalte, il n'avait toujours pas dit un mot.

—Mais pourquoi est-ce que tu te comportes comme ça ? insista Sam.

Jake tourna la tête vers elle. Son expression était la même que celle du Fantôme, lorsqu'il l'avait regardée avec des yeux noirs, les oreilles plaquées en arrière.

—J'ai horreur d'avoir peur, lui répondit-il enfin, comme si elle lui avait extirpé ces mots de la bouche. Quand je suis avec toi, la moitié du temps…

Il s'interrompit avec un geste d'impuissance et se pencha vers le volant.

Sam se garda de faire quelque commentaire que ce soit. Il n'avait son permis que depuis un mois et le déconcentrer n'aurait pas été une bonne idée.

De plus, sa réaction n'était pas surprenante. L'accident qu'elle avait eu avait changé leur amitié.

Sam tira sur les poignets de son manteau pour rentrer ses mains dans ses manches. Elle ne voulait pas que Jake s'inquiète pour elle, mais elle n'allait certainement pas passer son temps chez elle à jouer à la Nintendo ou à se faire les ongles pour lui faire plaisir.

Gardant le visage tourné vers la route, Sam regarda Jake du coin de l'œil. Les voyants lumineux du tableau de bord se reflétaient sur la saillie de ses pommettes, éclairant sa mâchoire figée.

« Laisse-le mariner », se dit Sam. Il était hors de question que ce soit elle qui parle en premier.

La lueur de la lumière de la véranda apparut des kilomètres avant qu'ils ne traversent le pont du Méandre et n'entrent dans la cour du ranch.

Sam avait déjà sauté en bas du pick-up et s'apprêtait à refermer la portière, quand la voix de Jake l'arrêta :

— Tiens, c'est l'appareil de ma mère.

Ce dernier se balançait au bout de sa lanière de cuir et Sam hésita à le prendre. Pourquoi ne le lui avait-il pas donné plus tôt, quand ils étaient dans la prairie avec les chevaux ? C'est ce qui était prévu.

Elle se résolut à l'attraper. Puis elle se dit que Jake ne lui en avait pas reparlé sans doute parce qu'elle était occupée avec le Fantôme. Sam ressentit alors une satisfaction étrange.

— À demain, au lycée, lui lança-t-elle, la gorge serrée.

— C'est ça, on s'voit à l'école, lui répondit Jake d'un ton résigné.

Sam s'était endormie quand le téléphone sonna, en bas, dans la cuisine. Se doutant à demi que c'était Jen, Sam lança ses pieds hors du lit, se leva et retroussa sa chemise de nuit pour ne pas se prendre les pieds dedans. Elle courut en bas de l'escalier, vaguement consciente du fait que les pas lourds de son père la suivaient.

Une fois dans la cuisine, il lui dit :

—C'est moi qui prends cet appel. Retourne te coucher.

Sam laissa son père décrocher le combiné.

—Bonsoir, répondit-il sans que rien dans son expression indique qui appelait si tard.

Sam remonta lentement vers sa chambre. Arrivée près du palier, elle entendit la moitié d'une phrase :

—… femme d'affaires aurait un répondeur.

Une femme d'affaires ? La seule que Sam connaissait vivait à San Francisco.

L'esprit bouillonnant de curiosité, Sam s'assit sur la dernière marche de l'escalier.

—… avis de recherche… étalon…

La voix de son père s'élevait, puis baissait. Il devait parler de Slocum et du Fantôme.

Soudain, comme un loquet qui s'enclenche, cela fit « tilt » et Sam sut à qui son père parlait.

Elle repartit dans sa chambre sur la pointe des pieds, débattant de cette possibilité. Brynna Olson était-elle déjà rentrée ? Existait-il des personnes qui faisaient l'aller-retour entre le Nevada et Washington en une journée ?

Non.

Qui plus est, le fuseau horaire n'était pas le même. À Washington, il était trois heures plus tard. Sam se laissa rouler dans son lit. Pourquoi Brynna appellerait-elle son père si tard le soir?

Brynna appelait son père. Sam fixa les yeux sur le plafond de sa chambre avec une telle intensité que, bientôt, elle ne vit plus qu'une nuée de points, de chevaux à plumes, de flèches en plein vol.

Peut-être Brynna insistait-elle pour que son père accepte la position qu'elle lui avait proposée. Ou bien son père lui avait laissé un message au bureau de Willow Springs concernant les fameuses affiches de Slocum. Ou bien encore…

Ah! Sam se tourna sur le ventre et enfonça son visage dans l'oreiller.

Elle ferait peut-être mieux d'aller au cinéma à Darton avant que son imagination ne s'emballe entièrement.

Chapitre 17

Sam releva brutalement la tête et ouvrit grand les yeux. Son père venait de freiner devant l'arrêt de l'autobus, et lui lançait un avertissement :

—Attention, tu n'as pas intérêt à t'endormir en cours.

—Ne t'inquiète pas, promit Sam.

Elle était de mauvaise humeur. Elle avait demandé à son père de lui raconter ce que Brynna Olson lui avait dit, mais il s'était contenté de lui répondre qu'elle en avait pour une semaine de réunions.

Comme Jen n'était pas encore là et que Sam ne voulait pas attendre seule, elle tenta une nouvelle fois de lui soutirer des informations.

—Et qu'est-ce qu'elle a dit exactement au sujet des affiches de Slocum?

Son père réfléchit un instant, puis débita d'une traite: «Dès que Willow Springs en a entendu parler, ils auraient dû envoyer un ranger chez Slocum pour l'informer de la loi sur la protection des ânes et des chevaux sauvages.»

«Encore!» se dit Sam. Elle était présente lorsque Brynna Olson en avait parlé à Slocum la première fois. Slocum savait qu'il enfreignait la loi. Il s'en moquait, c'était tout.

—Est-ce qu'ils ont le droit de l'arrêter?

Son père ne fit rien pour enjoliver la vérité:

—Tant qu'il n'est rien arrivé à l'animal, non.

Dès que Jen fut là, elle raconta à Sam que l'étalon avait rôdé autour du ranch de la Poussière dorée la nuit précédente.

—Mon père pense qu'il est revenu pour enlever Kitty, ajouta Jen tandis que le car de ramassage approchait.

Une fois assise, Sam regarda Jen et décida qu'elle pouvait lui faire confiance:

—Jake et moi avons vu le Fantôme la nuit dernière, murmura-t-elle. Il est blessé. Ça ne pouvait pas être lui.

Jen se redressa si brutalement que ses lunettes glissèrent de son nez. Si l'intelligence d'une personne se reflète dans son expression, alors les yeux bleus de Jen étincelaient de perspicacité.

—Il est blessé ? demanda-t-elle à Sam. Si tu préfères ne pas appeler le Bureau de gestion des terres, je peux t'aider, tu sais.

Jen voulait à tout prix devenir vétérinaire.

—J'aurais bien aimé que tu sois avec nous la nuit dernière, répondit Sam. Mais je pense qu'il va s'en sortir.

Cependant, l'esprit de Sam bouillonnait. Elle avait l'appareil photo de Mme Ely autour du cou. Si le Marteau était réellement allé au ranch de la Poussière dorée, il était fort probable qu'il y retourne le soir même. Si elle s'y trouvait elle aussi, elle pourrait aussitôt apporter la preuve de ce qu'elle avançait.

Sam respira profondément. Elle s'apprêtait à dévoiler son plan d'action à Jen pour lui demander ce qu'elle en pensait, lorsque le cri d'un garçon l'arrêta dans son élan.

—Ils sont dingues !

Tous les élèves du bus tournèrent leur attention vers un pick-up noir qui traversait la prairie en zigzaguant, soulevant dans son sillage un panache de poussière. Un homme maigre, torse nu, debout sur le plateau du pick-up, se tenait à la cabine pour ne pas tomber. Un lasso pendait de sa main, mais il était trop occupé à garder l'équilibre pour l'utiliser.

—Ils pourchassent un cheval, dit Jen, le doigt pointé. Ils doivent vouloir la récompense. Regarde, ils ont une plaque d'immatriculation de l'Idaho.

Sam, elle, ne pouvait détacher les yeux de l'animal. Élancé, robe *red dun*, il galopait droit sur l'autocar. Leur chauffeur ralentit pour le laisser passer.

Sam remarqua alors que le cheval n'était pas jeune. Son nez était gris, et son chanfrein, pelé par des années de port d'une bride.

—Il n'est même pas sauvage, dit Sam, bouche bée.

—On dirait un ancien cheval de selle qui ne pouvait plus travailler au ranch et que ses propriétaires ont relâché dans la prairie, acquiesça Jen. Tu parles d'une récompense !

—J'appellerai le Bureau de gestion dès qu'on sera arrivé à l'école.

—Ton père l'a déjà fait, lui rappela Jen. Ça n'a servi à rien.

Certes, Sam blâmait les hommes du pick-up noir pour leurs actions, mais c'était Slocum qui avait provoqué cette frénésie en agitant son argent au nez de tout le monde.

—J'appellerai quand même, persista Sam tandis que le pick-up disparaissait à leur vue. Et je ne raccrocherai que lorsque quelqu'un aura accepté de m'écouter.

Hochant la tête, Jen sortit un stylo de son sac à dos, saisit la main de Sam, et écrivit.

—Qu'est-ce que tu fais? lui demanda Sam.

—C'est le numéro de la plaque d'immatriculation du pick-up.

Jen haussa les épaules devant la stupéfaction de son amie.

—Les chiffres restent gravés dans ma tête, je n'y peux rien, s'excusa-t-elle.

Les choses peuvent tourner mal si vite dans la vie.

Dès que Sam arriva au lycée, elle se rua dans la classe de M. Blair. Ce dernier lui laissa utiliser son téléphone.

Elle appela les enclos de Willow Springs, rapporta le mauvais traitement infligé au cheval par les hommes du pick-up noir et écouta une voix efficace la remercier avant de lui expliquer qu'un ranger avait déjà été dépêché sur place pour régler la situation.

Sam s'attela ensuite à sa deuxième corvée : avouer à M. Blair que l'appareil photo était cassé. Le professeur ne sembla même pas choqué. En fait, c'est presque avec commisération qu'il l'examina et en arriva au même diagnostic que Mme Ely : le miroir était cassé.

— Tu vas devoir payer la réparation, lui confirma-t-il. Mais cela ne devrait pas te coûter plus de quelques centaines de dollars.

Avant que Sam ne tombe par terre inanimée, M. Blair lui expliqua de quelle façon elle pourrait se procurer cet argent. Sam sentit sur elle les doigts glacés de l'effroi.

— Un sandwich et un paquet de... non, deux paquets de galettes.

À la moitié de son premier service à la cafétéria de Darton High, Sam en était arrivée à trois conclusions.

Premièrement, les adolescents se nourrissaient mal.

Deuxièmement, il fallait qu'elle obtienne de bonnes notes au lycée et parte à l'université, pour éviter de devoir travailler toute sa vie comme vendeuse.

Troisièmement, si un autre de ces billets tamponnés avec le nom de Rachel laissait encore des traînées d'encre rose sur ses mains, elle hurlerait.

La cafétéria était le châtiment de M. Blair pour les mauvais sujets. Sam, donc, y travaillait, mais ne verrait jamais passer un seul centime de sa paie. Le comptable du lycée la virait directement sur le compte en banque du journal de l'école.

Derrière son guichet, Sam laissa son regard vagabonder, essayant d'apprécier la chaleur du soleil et d'oublier l'interrogation d'algèbre qu'elle aurait le lendemain.

Cet emploi n'était pas si terrible que cela. Jen était passée la voir, pour lui remonter le moral. Elle avait vu Darrell aussi. En découvrant que c'était elle qui servait, il lui avait demandé de lui faire un prix sur les graines de tournesol. Il avait dû déjà mettre Jake au courant de l'humiliation qu'on lui avait infligée.

Soudain, sa vue de la cour de l'école s'obstrua.

—Samantha Forster ! s'exclama Rachel en s'efforçant de prononcer son nom avec un accent britannique. Qu'est-ce que tu fais là ?

Incapable de trouver une réponse intelligente, elle tendit à Rachel un brownie.

—Tu en veux un? lui dit-elle tout en se disant qu'elle aurait mieux fait de ne pas se laisser dorer au soleil.

—Ce que je veux, c'est que tu m'expliques pourquoi un ranger a débarqué chez moi ce matin.

Les mains de Rachel, qu'elle agitait beaucoup en parlant, lui faisaient penser aux serres rosées d'un oiseau de proie.

—Dépêche-toi, tonna soudain une voix derrière Rachel. La cloche va sonner dans une minute et...

—Pardon? rétorqua Rachel d'une voix glaciale tout en se retournant vers le client impatient.

Sans un mot, le garçon décampa. Sam aurait aimé le remercier d'avoir distrait Rachel un instant.

—Vas-y, joue les innocentes, gronda cette dernière en faisant de nouveau face au guichet et en se rendant compte que Sam ne répondrait pas à ses attaques. Mais tu as déclaré la guerre à la mauvaise famille. Tu n'as aucune idée de la vie qu'on va te mener si tu restes dans les parages.

Sur quoi, théâtrale, elle s'en alla sans acheter quoi que ce soit.

Sam et Rachel s'ignorèrent du début à la fin du cours de rédaction journalistique. En fait, c'est dans un silence quasi total que l'équipe entière du journal travailla à l'édition finale du numéro qui devait sortir. Les seuls sons à se faire entendre dans la classe furent ceux des claviers d'ordinateurs et des papiers froissés.

Trois minutes avant la fin du cours, M. Blair s'approcha de Sam. Elle se prépara à entendre que l'appareil photo ne pourrait pas être réparé.

—Forster, tu es toujours intéressée par les prises de vue nocturnes ? lui demanda-t-il.

Des prises de vue nocturnes. Le soulagement de Sam était tel qu'il lui fallut quelques instants avant de réagir. Puis elle hocha vivement la tête en signe d'approbation.

—Vous pensez que je peux me servir de ça ? s'enquit-elle alors en montrant à son enseignant le vieux Pentax de Mme Ely.

—Bien sûr. Ce serait plus simple avec un de ces petits appareils automatiques qu'on voit à la télévision, mais tu apprendras plus de choses en utilisant celui-ci.

M. Blair regarda la pendule.

—Petite leçon rapide. Écoute-moi bien, reprit-il.

Sam se concentra, prit des notes au verso d'un devoir d'algèbre. Étant donné le résultat inscrit en rouge sur le recto, de toute façon, elle ne l'aurait pas conservé.

Elle comprit la plupart des conseils que M. Blair lui donnait, encore fallait-il qu'elle réussisse à les appliquer le moment venu. Jen et elle avaient élaboré un plan.

Sam regarda sa montre et compta. Dans quatre heures, elle arriverait chez son amie pour y réviser son algèbre. Ensuite, elle y passerait la nuit. Dans cinq heures et trente minutes, les parents de Jen s'en iraient au restaurant à Darton, comme ils le faisaient chaque semaine. Dès qu'ils seraient partis, Sam se mettrait en embuscade, dans un endroit où elle pourrait voir le rouan bleu arriver. Un jour ou deux plus tard, estima-t-elle, elle serait riche.

—Hé, Forster, c'est fini, ces rêvasseries ? s'exclama M. Blair en claquant des doigts. En ce qui concerne les pellicules, prends-en autant que tu veux. Elles nous arrivent du fabricant au kilomètre, alors vas-y, mitraille tant qu'il y aura quelque chose à voir.

La cloche sonna, le cours se termina, et Sam sortit de la classe en courant. Elle devait retrouver Jen pour régler avec elle quelques derniers détails.

Elles passèrent tant de temps à conspirer à l'arrêt de bus qu'elles durent rentrer chez elles, chacune de leur côté, au pas de course pour éviter qu'on ne s'inquiète et qu'on ne vienne les chercher.

Vêtue d'un jean et d'un chemisier blanc, les cheveux relevés en un chignon soigné, Grand-Mère Grace attendait Sam à la porte.

—Alors, où en es-tu avec cet appareil?

Tout en entrant dans la maison, Sam expliqua à sa grand-mère ce que M. Blair lui avait demandé de faire. Puis elle s'apprêtait à appliquer la phase un de son plan d'action, lorsque ses yeux tombèrent sur une tarte meringuée au citron qui trônait sur la table.

Elle adorait ce dessert. Comme elle avait travaillé pendant l'heure du déjeuner, elle avait d'autant plus envie d'en manger sur-le-champ. L'idée du sucre de la meringue mêlé à l'acidité du citron lui mit l'eau à la bouche.

Mais elle se ressaisit. Certaines choses sont plus importantes dans la vie que la nourriture. Sauver un cheval en faisait partie. Sam tourna le dos à la tarte et regarda sa grand-mère:

— J'ai eu neuf en algèbre, au précontrôle, lui dit-elle.

Grand-Mère Grace fit la grimace.

— Demain, c'est le jour du contrôle véritable, et Jen m'a proposé de me faire réviser. Je sais que c'est un jour d'école, mais Jen est tellement douée avec les chiffres que ça m'aiderait vraiment de travailler avec elle.

— Pourquoi est-ce que vous ne l'avez pas fait juste après les cours ?

— À cause de mes corvées, répondit Sam en faisant un geste vers la grange et le pâturage.

Bien que la cicatrice de Compère et les morsures de Caïd soient presque guéries, Sam continuait de les surveiller. Sans compter, bien sûr, qu'elle devait nourrir les poules, ramasser les œufs, et renouveler l'eau dans les abreuvoirs.

— S'il te plaît, est-ce que je peux aller dormir chez elle ?

— Pourquoi pas, après tout. À condition que vous ne vous couchiez pas trop tard.

— Il faut qu'on prenne le bus demain matin de toute façon.

Grand-Mère Grace opina. Quant à Sam, elle se dit qu'elle rattraperait ses heures de sommeil perdues durant le week-end.

Sam n'aurait pu imaginer plus grand gage d'amitié. Jen lui fit réviser chacun de ses exercices d'algèbre, compléta par des explications, et s'avéra un bien meilleur enseignant que tous ceux que Sam avait eus jusqu'alors.

— Ce n'est vraiment pas ton fort, hein ? s'étonna-t-elle malgré tout, perplexe.

— Non, mais tu es celle avec qui je comprends le mieux.

— Super. On en arrive bientôt aux équations linéaires. Tu me diras ce que tu en penses.

Son cerveau menaçant d'exploser, Sam finit par déclarer forfait. Les deux amies mirent une pizza congelée au four et prirent des cannettes de soda. Une fois leur repas terminé et la vaisselle faite, elles sortirent choisir une cachette pour Sam.

Depuis la tombée du jour, Kitty, la jument alezane, allait et venait au trot le long de la clôture. Sa nervosité convainquit les adolescentes que le Marteau n'était pas loin.

— Je suis sûre que ça va marcher, dit Jen. Ce n'est pas comme si tu essayais de l'attraper. Tu veux juste le photographier. Il n'y a pas de risque.

— Tes parents pourraient rentrer plus tôt que prévu.

—Non. Statistiquement parlant, c'est impossible. Mes parents ne changent jamais leurs habitudes.

Prévoyant de se planter devant la télévision pendant que Sam grelotterait dehors derrière une souche de bois, Jen refusa que Sam partage la récompense avec elle. Elle accepta que Sam lui achète un poster de son héros, Albert Einstein, mais à la condition que tout se passe comme prévu.

Sam prit position dans sa cachette à côté du corral de Kitty. Accroupie, elle commença par revoir les conseils que M. Blair lui avait donnés pour les prises de vue nocturnes. Quand elle en eut assez, elle porta son attention sur la jument. C'était la mère du Fantôme après tout.

Élégante et gracieuse, cette dernière fit le tour de son corral, s'arrêta à quelques pas de Sam, et la regarda. Elle pencha la tête d'un côté, comme si elle se demandait ce que Sam mijotait, un œil voilé par une mèche de sa crinière gris de lin.

Sam lui adressa quelques mots câlins. Les oreilles de Kitty allèrent d'avant en arrière, puis elle frappa le sol de son antérieur. Sam avait déjà vu le Fantôme faire le même geste. L'avait-il appris de sa mère ? Lorsque Kitty vivait encore au Méandre, elle et son poulain avaient partagé le même pâturage deux années durant.

Comme la jument continuait de s'approcher timidement, Sam tendit la main vers elle. Effrayée, Kitty se déroba et repartit au galop à l'autre bout du corral.

—Hé, ma fille! lui dit Sam. N'aie pas peur.

Curieuse, Kitty revint, ses oreilles aux aguets tournées vers Sam, pour pouvoir entendre le son de sa voix.

—Ton bébé est devenu un bel étalon, reprit Sam. Et il a de jolis poulains maintenant. Tu serais fière de lui.

Sam tenta de repousser la vague de tristesse qui venait de la submerger. Bientôt, elle devrait fixer son regard sur le viseur de l'appareil photo. Elle ne pouvait se permettre d'avoir la vue troublée par des larmes, simplement parce que sa propre mère lui manquait.

C'est alors que Kitty se déroba une nouvelle fois. Sam n'avait pas bougé un cil.

Ce devait être lui. La tête de l'alezane se dressa. Ses naseaux flairèrent le vent. Elle scruta l'obscurité. Sam suivit son regard, en vain. La jument renâcla. Elle se tenait à l'aplomb, les membres aussi droits que des manches à balai. Il y avait quelque chose, quelque part.

Un sabot claqua sur l'asphalte. Les shetlands, près du portail d'entrée, traversèrent le pré blanc de gelée. Des hennissements feutrés s'élevèrent dans l'air de la nuit.

Le Marteau, Douce et Hotspot avançaient, lentement, pareils à des revenants, le long de l'allée.

« Patience. Laisse-les approcher », se dit Sam. Ses doigts se mirent à trembler. Elle avait fait tout ce que M. Blair lui avait suggéré, à l'exception près de placer l'appareil sur un support stable pour qu'il reste parfaitement immobile lorsqu'elle prendrait ses photos. Pour cela, elle serait obligée d'attendre que les chevaux se trouvent dans la bonne position.

Le rouan semblait plus soigné qu'auparavant. Des jets de vapeur s'échappaient de ses naseaux à un rythme régulier. Sa tête massive se balançait de côté et d'autre, à l'affût de chaque ombre dans la cour du ranch.

À en juger par ses mouvements, il était sorti indemne de son combat contre le Fantôme. Il avançait, furtif, onduleux, mais l'air robuste comme ses ancêtres de la préhistoire.

Ses épaules roulaient à chacun de ses pas. Les lumières du ranch faisaient luire les poils sous son menton, lui donnant l'apparence d'une licorne à barbe.

Sam se souvint comment le Marteau l'avait attaquée, la traitant en ennemie, menaçant de la renverser, juste avant que le Fantôme ne fasse son apparition. Elle espérait ne pas avoir à attirer son attention. Ce soir, le Fantôme ne pourrait voler à son secours. Si l'étalon bleu entendait le déclic de l'obturateur, il chargerait ou disparaîtrait.

À quelques mètres de Sam se dressait la rangée de poteaux d'attache en séquoia. Ils étaient plats sur le dessus. Sam se dit qu'elle pourrait poser son appareil sur celui qui était le plus près d'elle, une fois que l'étalon aurait atteint l'autre bout de la rangée.

Il y était presque. Presque…

Au loin, des phares de voiture traversèrent le désert. Déclenchées par une télécommande, les grilles électriques s'ouvrirent en bourdonnant pour laisser le véhicule pénétrer dans le ranch de la Poussière dorée.

Lorsqu'elle vit le Marteau hésiter, Sam sut ce qu'il lui restait à faire.

Elle se jeta sur sa route. Il se cabra. Clic. Il la menaça de sa furie. Clic.

Sam se plaqua contre le poteau, suivant avec son appareil le poitrail qui se soulevait, les membres antérieurs qui fouettaient l'air. Puis, comme les phares des Kenworthy les capturaient dans leurs rais de lumière, Sam prit une dernière photo de l'étalon cabré et de ses juments aux yeux rougis derrière lui.

Sam pensait que le Marteau ferait volte-face et s'enfuirait. Au lieu de cela, il chargea, droit sur elle. Ses sabots, durs comme du silex, étaient tendus vers l'avant, tirant le reste de son corps derrière eux. Sam sauta derrière le poteau en séquoia et roula à terre, l'appareil de Mrme Ely serré contre sa poitrine.

Les yeux grands ouverts, elle vit le ventre velu lui passer au-dessus de la tête. Elle entendit le choc des sabots sur le sol, puis le galop qui s'éloignait d'elle, de Kitty, de la demeure de Slocum, en haut sur la colline, et dans la nuit.

Chapitre 18

Le samedi matin, deux jours après que la photographie prise par Sam eut paru en première page de la *Review-Journal* de Darton, le journal était toujours sur la table de la cuisine.

L'ÉTALON CAMBRIOLEUR DÉMASQUÉ ! hurlait la manchette.

Tandis que Jake et le père de Sam se disputaient la suite de l'article dans le numéro du jour, celle-ci dégusta le toast à la cannelle que sa grand-mère venait de lui servir, tout en étudiant sa photo une nouvelle fois.

Pris en gros plan en train de cabrer, le Marteau ressemblait à un cheval sauvage enragé. Les juments derrière lui avaient l'air terrifié. Sam aurait presque souhaité que l'étalon pris ainsi sur le vif ait été le Fantôme. De cette façon, elle aurait été certaine qu'il était bien en vie.

Cela faisait trois jours qu'elle ne l'avait pas vu. À ce moment-là, il était blessé et il boitait. Les soins de vétérinaire amateur qu'elle lui avait prodigués n'avaient peut-être pas suffi à empêcher l'infection.

Sam secoua la tête pour chasser ces idées sombres et aplanit le papier froissé du journal. Elle avait étudié la photo si souvent qu'elle avait peine à se rappeler qu'elle en était l'auteur. Toutefois, la minuscule légende juste au-dessous disait bien *Photo : S. Forster.*

Sam se remémora M. Blair, faisant irruption dans le cours d'histoire de Mme Ely pour lui montrer son œuvre tout de suite après l'avoir développée.

C'est lui et Mme Ely qui l'avaient encouragée à la proposer à la *Review-Journal*, en prétendant que la reconnaissance qu'elle en tirerait serait bonne pour son ego, mais Sam savait ce qu'il en était vraiment. Ses professeurs pensaient que Linc Slocum essaierait de se défiler pour ne pas payer la récompense.

Ce qui était le cas.

De l'autre côté de la table, il y eut un bruit de journal froissé avec colère tandis que Jake exigeait l'attention de toutes les personnes présentes.

—Écoutez ça, lança-t-il. «La récompense de dix mille dollars n'a pas encore été versée. Linc Slocum, le propriétaire du ranch qui en est à l'origine, a déclaré: "Je dis clairement sur mes affiches que la somme ne sera payée que si l'étalon est capturé et que si les informations données permettent le retour d'Apache Hotspot. La jument est toujours en liberté. En ce qui me concerne, maintenant qu'elle s'est sauvée avec cette bande de sauvages, elle peut rester avec eux."»

Jake, le père de Sam et sa grand-mère grognèrent d'un ton désapprobateur.

Sam, elle, avait placé son espoir ailleurs. Toute la matinée, elle avait entendu un hélicoptère survoler la région. Peut-être le Bureau de gestion était-il sur la piste de l'étalon.

—Je n'aurais jamais cru qu'un jour je serais content d'entendre ces hélicos, commenta son père, faisant écho à ses propres pensées. Mais cette canaille de Slocum te doit bien une allocation pour tes études à l'université.

—Et Douce doit revenir ici, parce qu'ici c'est chez elle, ajouta Grand-Mère Grace.

—Moi, ce qui me ferait plaisir, c'est d'entendre Slocum dire merci à Sam, lança Jake en riant.

—Oui, mais il a raison, dit Sam en allant prendre la carafe de jus d'orange dans le réfrigérateur. Il...

Sam fut interrompue par la sonnerie du téléphone.

—Bonjour, Samantha. C'est Brynna. Désolée d'appeler de si bonne heure...

—Brynna ? Vous êtes revenue ?

Sam leva les yeux. Jake croisa son regard et se mit à battre l'air de ses poings fermés. Il devait penser que Brynna forcerait Slocum à s'acquitter de ses dettes. Sam croisa les doigts.

—Oui, hier, répondit Brynna Olson. Et je suis certaine que tu sais ce que j'ai trouvé sur mon bureau en arrivant.

—Le journal ?

—Exactement ! chantonna Brynna d'une voix jeune et dénuée de son ton professionnel habituel. Toutes mes félicitations, Sam, pour ta magnifique photo et pour la récompense que tu as décrochée.

—Oui, mais...

Sam hésitait. Elle ne voulait pas refroidir son enthousiasme.

—Dans le journal d'aujourd'hui, on dit que…

Sam s'arrêta de nouveau, se rendant compte que Brynna Olson ne l'écoutait pas.

—Vous êtes libres pour le déjeuner aujourd'hui? lui demandait-elle. Est-ce que tu crois qu'on pourrait se retrouver chez Clara à Alkali, vers midi?

—Je vais voir, répondit Sam d'un ton embarrassé tout en se tournant vers son père.

Puis, la main sur le microphone, elle chuchota:

—Je ne comprends pas très bien ce qui se passe, mais Brynna est…

La main près de la tempe, Sam fit un moulinet:

—… plutôt excitée. En fait, elle est carrément survoltée et elle veut qu'on se retrouve chez Clara tout à l'heure à midi.

Son père vida sa tasse de café d'un trait et la reposa d'un coup sec. Son visage n'était pas plus expressif que le dessus de la table lorsqu'il annonça:

—Dis-lui qu'on y sera.

Sam le regarda, ébahie. Le samedi était une grosse journée de travail au Méandre. Ils ne sortaient jamais pour le déjeuner ce jour-là. Il y avait quelque chose dans l'air.

— Brynna ? Mon père vous fait dire qu'on y sera.

— Je ne pense pas que Clara serve du champagne, n'est-ce pas ? s'esclaffa Brynna.

— Quoi ? s'exclama Sam en se demandant ce qu'il avait bien pu lui arriver à Washington.

— Ce n'est pas grave. Prévois du gâteau au chocolat pour tout le monde, c'est tout. Et, Sam, tu sais quoi ?

Sam avait presque peur de demander, mais la curiosité l'emporta :

— Oui ?

— C'est toi qui régales.

L'étalon gris-bleu, lui, n'apprécia aucunement la petite réception organisée en son honneur. Il passa son temps à donner des coups de sabot dans la porte arrière du camion dans lequel il était enfermé et qu'on avait garé devant le restaurant.

À l'intérieur, au son du juke-box, Clara servait des cheeseburgers et des frites à une tablée de clients déchaînés venus célébrer la victoire de Sam.

Mais celle-ci se tenait près de la fenêtre à côté d'une jeune femme qui gardait les yeux rivés sur le camion.

Rosa Perez avait des cheveux aile de corbeau et sa voix évoquait le Nouveau-Mexique.

—Quel coquin! dit-elle en essayant de voir ce qui se passait dans le camion avant de se tourner vers Sam avec un sourire. Mais qu'est-ce que je suis heureuse de le ramener à la maison!

Le cliché de Sam avait permis au Bureau de gestion de capturer les chevaux dans un ravin de l'autre côté du Canyon perdu.

Maintenant, Apache Hotspot et Douce avaient réintégré leur corral respectif. Quant au Marteau, avant même de l'avoir retrouvé, Brynna avait été tout de suite convaincue en voyant la photo de Sam que ce n'était pas un mustang.

Un coup de téléphone et un bref coup d'œil au tatouage à l'intérieur de la lèvre supérieure du cheval l'avaient confirmé. « Le Marteau » n'était autre que le champion d'endurance californien dont Brynna avait entendu parler sur sa messagerie électronique des semaines auparavant. Quelques heures plus tard, Rosa

Perez prenait la route de Willow Springs pour y retrouver son cher Diablo.

—J'espère qu'il ne vous a pas fait mal, s'enquit Rosa Perez. Je sais qu'il a la très mauvaise habitude de charger.

Sam revit le cheval foncer sur elle, oreilles plaquées en arrière, mais elle se contenta de dire non de la tête.

—Je l'ai acheté à un bûcheron, qui l'utilisait comme cheval de trait et qui, je crois, le fouettait souvent, reprit Rosa Perez en se tournant de nouveau vers le camion, un sourire aux lèvres. Avec moi, il est doux comme un agneau.

—Certains chevaux ne s'attachent qu'à une personne, répondit Sam, compréhensive.

Elle scruta la route au-delà du camion. Linc Slocum était censé arriver à tout moment avec un chèque. Le tableau serait alors parfait.

Pourtant, Sam n'était pas aussi heureuse qu'elle aurait dû l'être. Le Fantôme lui manquait.

Depuis qu'elle lui avait bandé sa plaie, le mustang n'avait plus donné signe de vie. Sam s'efforçait d'être optimiste, mais elle ne pouvait s'empêcher de s'inquiéter.

Des éclats de rire explosèrent à la table autour de laquelle étaient assis Jake, sa grand-mère, son père, et Brynna. Tous applaudirent l'arrivée d'un plateau sur lequel trônait le fameux gâteau de Clara.

Tout le monde s'amusait, mais Sam ne pourrait pas réellement prendre part à la fête tant qu'elle n'aurait pas revu son propre cheval, entier et en bonne santé. Le moyen le plus sûr d'y arriver était de revenir sur ses pas pour retrouver son refuge caché. Et vite ! Ils n'étaient encore qu'au mois d'août, mais le défilé et le tunnel de pierre qui y menaient pourraient être bientôt bloqués par une neige précoce.

—Sam ! Viens manger ! lui cria Jake en lui tendant une assiette de gâteau.

—J'arrive.

Sam remarqua que son père avait une petite traînée de chocolat au coin des lèvres. Si elle lui demandait la permission au bon moment, il dirait peut-être oui. Bien entendu, cela supposait qu'elle lui dise la vérité.

À l'extérieur, Sam entendit un vacarme de musique country. Elle et Rosa Perez clignèrent des yeux, aveuglées par le soleil qui se reflétait sur la Cadillac. Slocum était arrivé.

—Eh bien ! s'étonna Rosa Perez.

Linc Slocum s'extirpa de sa voiture et arrangea la veste de son costume western couleur prune. Il arborait un Stetson blanc et une cravate ficelle rehaussée d'une pierre polie.

Bien que ni Sam ni Rosa Perez ne puissent entendre ce qu'il disait, elles virent Slocum se pencher vers le camion et parler à l'étalon.

Diablo frappa la porte arrière avec une vigueur renouvelée. Aussitôt, Rosa Perez prit ses clés dans son sac à main.

—Merci encore, Samantha, pour tout, lui dit-elle en la serrant dans ses bras d'une façon qui en disait plus long que ses mots. Je pense qu'il vaut mieux que je parte avant que mon champion d'endurance ne puisse plus rien endurer du tout.

Rosa Perez fit un dernier signe de la main et sortit discrètement. Pendant que Slocum soulevait son Stetson pour la saluer, Sam se hâta de rejoindre la table et de se laisser tomber dans la chaise à côté de celle de Jake.

—Monsieur Slocum.

Vêtue de son uniforme kaki, Brynna salua le propriétaire du ranch qui venait d'entrer et s'avançait fièrement vers eux.

Sam décroisa les bras, puis les jambes. Une seconde plus tard, elle croisa les bras, puis les jambes. Toujours en regardant Slocum, qui avait dans la main un morceau de papier rectangulaire. C'était donc vrai.

—Bonjour la compagnie, dit-il. Je me suis dit...

Slocum rougit. Ses fanfaronnades avaient fini par lui coûter une petite fortune. Sam essaya d'avoir pitié de lui. En vain.

—Voici, euh... mademoiselle Samantha...

Sam regarda Jake à la dérobée. Discrètement, celui-ci se passa la main sur le cou pour que Sam n'oublie pas la cicatrice du Fantôme. Elle se redressa alors dans sa chaise et répondit à l'expression honteuse de Slocum par un regard noir.

Puisqu'il ne pouvait pas rembourser l'étalon pour la souffrance qu'il lui avait infligée, le mieux qu'il puisse faire était de rembourser quelqu'un qui l'aimait.

—Oui, monsieur Slocum ? dit Sam en se levant.

—Eh bien, je sais que Wyatt est heureux comme un coq en pâte, donc je ne vous ferai pas perdre de temps. Merci d'avoir retrouvé cette pouliche et de me l'avoir ramenée, euh, saine et sauve.

Sam savait pourquoi Slocum avait hésité sur les derniers mots. Le vétérinaire qui avait examiné les animaux après leur capture soupçonnait qu'elle était pleine.

Slocum passa ses doigts dans ses cheveux lissés vers l'arrière avec tant d'embarras qu'il finit par les ébouriffer.

—En fait, reprit-il dans un bref éclat de rire, il est même possible que j'insiste pour que vous acceptiez un petit cadeau en plus de votre chèque de récompense. Et si vous gardiez une stalle libre, Wyatt ? Il est possible que ce bébé ne s'intègre pas dans mon programme d'élevage d'*appaloosas*. Mais, avec les parents qu'il a, vous pourriez vous retrouver avec un poulain aussi rapide qu'un écureuil en cage.

Dans un brouhaha de rires, Sam prit le chèque que Slocum lui tendait. Ce petit morceau de papier lui permettrait de rembourser l'appareil photo à M. Blair, de remplacer les rondins des clôtures que Diablo avait détruites, et d'acheter une nouvelle pompe à eau pour le Méandre. Son père lui avait ordonné de garder le reste pour ses études, mais elle prévoyait néanmoins de déduire quelques dollars pour un cadeau.

Jake la regarda avec étonnement lorsque Sam lui serra la main. Elle ne pouvait s'empêcher de penser à son anniversaire le premier octobre suivant et à la magnifique têtière qui l'attendait chez Tully's, la boutique Western.

Le lendemain matin, Sam quitta avec Caïd leur campement dans les montagnes Calico. Le soleil se levait et ses premiers rayons firent étinceler d'un reflet argenté les brindilles et les branches serties par une gelée précoce. Sam apprécia d'autant plus la beauté du paysage que Jake l'avait laissée partir seule.

Confiant, bien qu'elle ne lui ait pas révélé sa destination exacte, son père avait demandé à Jake de la conduire jusqu'au territoire du Fantôme et de la laisser retrouver seule le refuge secret de l'étalon sauvage.

Sam regarda l'heure. Il était cinq heures du matin.

Jake avait établi leur campement à l'endroit où Sam et Caïd avaient été kidnappés par le Fantôme au cours de cette fameuse nuit folle durant le convoyage du bétail. Dès leur arrivée, il avait déchargé les chevaux, allumé un feu de camp et installé son sac de couchage juste à côté avant de s'y faufiler.

Appuyé sur un coude, il avait alors débité ses ordres l'un à la suite de l'autre.

—Tu as deux heures pour faire l'aller-retour. Après ça, je viens te chercher, avait insisté Jake. L'Ensorceleuse est capable de rattraper ton vieux poney les doigts dans le nez.

Sam comptait sur Caïd pour l'aider à retrouver le refuge des mustangs. Elle ne reconnaissait plus le paysage qu'elle avait découvert au début de l'été.

Une forêt cristalline de peupliers se pressait autour d'elle et la large plaine semblait plus étroite. Caïd prenait-il un chemin différent pour rejoindre le tunnel de pierre et la vallée sauvage ?

Soudain, le sol se fit escarpé. Cela lui rappelait quelque chose. Pourtant, il n'y avait pas les plaques de schiste en forme d'assiettes dont elle se souvenait.

Pour soulager Caïd, elle porta son corps en avant. Le petit mustang renâcla et regarda d'un côté, puis de l'autre, plus attentif que jamais.

— Tu aurais besoin du Fantôme pour retrouver le chemin, mon cheval ?

Caïd secoua la tête si fortement que les boucles de sa têtière cliquetèrent. Sam laissa filer les rênes. Elle espérait que l'étalon d'argent viendrait à leur rencontre.

La peur planait au-dessus d'elle comme un nuage d'orage. Et s'ils retrouvaient le refuge, mais que son cheval n'y soit pas ?

Soudain, Sam se rendit compte que Caïd suivait en fait un sentier à peine visible, juste une traînée de poussière à travers l'armoise gris-bleu. Bien qu'il longe le bord d'une falaise, les sabots délicats de Caïd s'y frayaient aisément un chemin.

—C'est bien, mon cheval, murmura Sam.

Sam leva la tête pour scruter la lumière encore incertaine. Devant eux, un sentier plus abrupt passait dans une crevasse entre deux rochers. Caïd s'y enfonça. La luminosité déclina. Le hongre, alors, s'arrêta.

Refusant d'aller plus avant, il piaffa, et l'écho de ses sabots sur la roche lisse retentit dans l'obscurité.

Sam écouta. Elle mit pied à terre et posa les rênes de Caïd au sol, comme si le fait même de les tenir aurait pu l'empêcher de remarquer un bruit qu'elle voulait entendre.

Le tunnel, de brun-gris, devenait noir devant eux.

—Reste là, mon cheval. Je reviens.

Sam s'enfonça dans les ténèbres. Elle se refusa de penser aux chauves-souris, aux tremblements de terre, aux tonnes de rocaille suspendues au-dessus d'elle.

Tout était silencieux. Le froid irradiait des parois. Elle n'entendait pas le torrent impétueux qu'elle avait vu dans la vallée secrète du Fantôme la fois précédente, ni les cris perçants des poulains affamés. Elle n'entendait pas de sabots frapper la roche, indice que l'étalon serait venu à sa rencontre.

Était-elle perdue ? Sam serra les bras autour de sa taille, se recroquevillant loin des parois rocheuses qui allaient se rétrécissant. S'était-elle trompée de tunnel ?

Devant elle, un point lumineux vacilla. Réconfortée comme si le soleil l'avait réchauffée, Sam se souvint avoir vu une fente dans la voûte la première fois. C'était sans doute la même.

Toutefois, ce point lumineux n'était pas fixe. C'était une forme pâle qui dansait comme un spectre.

Zanzibar ?

Ce ne pouvait être lui. Aussi sauvage qu'il soit, aucun animal ne pouvait se déplacer si silencieusement. Elle répéta son nom, à voix haute.

— Zanzibar !

Dans cette grotte solitaire, elle ne risquait rien à prononcer un nom secret.

L'espace d'un instant, aveuglée par une luminosité soudaine, Sam cligna des yeux. Quand elle les ouvrit, son étalon se tenait devant elle, entier, en bonne santé.

Ses sabots antérieurs se détachèrent du sol rocailleux, tournoyant en une masse confuse. Il l'aurait saluée en se cabrant, n'était la voûte au-dessus de lui.

Ses sabots postérieurs caracolaient sans le moindre signe de boitement. Non, il ne boitait pas !

Cette fois, Sam agit sans réfléchir. Elle jeta ses bras autour de l'encolure argentée et, bien que l'étalon, surpris, la soulève du sol brièvement, il ne bougea pas. Il ne broncha pas. Il ne la renversa pas, ne hennit pas.

Il se tint là, la tête par-dessus l'épaule de Sam, son menton allant et venant le long de sa colonne vertébrale, comme s'il la câlinait aussi.

— Oh, mon cheval, tu es sain et sauf, chuchota Sam.

Des larmes lui piquaient les yeux, mais elle les refoula. Elle refusait de perdre une seule seconde de cet instant magique.

Sage décision, car Zanzibar, soudain, recula. Puis, de la tête, il poussa Sam gentiment vers l'arrière, la déséquilibrant. Avec l'insistance d'un parent voulant se faire obéir de son enfant, l'étalon la força à reculer d'un pas, puis d'un autre, en direction de Caïd.

Sam rebroussa donc chemin, guidée par l'appel du hongre, qui l'attendait toujours, rênes au sol, immobile. Lorsqu'elle l'eut rejoint, pour une seconde seulement, Sam se retourna.

Elle pensait voir le contour de son étalon une dernière fois, mais l'ombre avait pris sa place.

—Il est venu, Caïd.

Répercutée par l'écho, sa voix retentit autour d'eux. Le hongre hennit en retour. Il croyait ce qu'elle lui disait.

Zanzibar était en vie. Il était revenu pour l'en assurer.

Sam émergea de l'obscurité du tunnel et sentit un flot d'amour jaillir en elle comme l'eau d'une fontaine.

Terri Farley

L'auteur est une passionnée de chevaux. Elle a quitté Los Angeles pour le Nevada, après des études d'anglais et de journalisme. Elle dirige désormais un ranch et écrit des romans et des articles sur les habitants et les animaux de l'Ouest américain, plus particulièrement les chevaux sauvages.

Catherine Danison

La traductrice a beaucoup voyagé pour découvrir l'étranger, et vit maintenant en France avec son fils Aubin. Au gré de maintes et diverses occupations, elle a découvert la traduction. Maintenant plus sédentaire, c'est par le biais des livres qu'elle continue de voyager ; et c'est par la traduction qu'elle veut partager ses découvertes avec des lecteurs intéressés par l'inconnu comme elle l'est.

Retrouvez Sam dans la collection Castor Poche :
Cheval fantôme - L'étalon sauvage, n° 972

Extrait

Tout d'abord, Sam pensa qu'elle avait des visions. Le pare-brise du pick-up de son père était piqueté par les grains de poussière que le vent lançait à son assaut depuis des années. Peut-être aussi avait-elle été absente du ranch si longtemps que le soleil du désert lui jouait des tours.

Bientôt, elle se ravisa.

Là-haut, sur la crête, un troupeau de mustangs galopait éperdument. Ils tournèrent soudain pour dévaler la pente abrupte de la colline. Au moment où leurs sabots touchaient enfin le sol plat en contrebas, un hélicoptère apparut derrière eux.

Puis, telle une libellule géante, il s'immobilisa, suspendu dans le ciel.

Sam dirigea de nouveau son regard sur le troupeau, où apparaissait par intermittence une crinière couleur crème au milieu des encolures sombres. Elle y remarqua un cheval noir, brillant comme un miroir, et deux rouans avançant de front. Çà et là se pressaient des poulains, les naseaux dilatés par l'effort.

Sam se demanda si les hommes figés au-dessus d'eux discernaient chaque bête du troupeau, ou ne voyaient qu'une masse flottante d'animaux.

Les mustangs se dirigeaient vers la prairie. Sam savait qu'ils y trouveraient peu d'ombre et moins d'eau, mais ils semblaient avoir pour seule pensée d'échapper à ces êtres humains et à cette machine qui les pourchassait.

Le troupeau vira à gauche. L'hélicoptère fondit sur eux, à trois mètres du sol sablonneux, pour leur couper la route.

Le troupeau vira à droite. Le bourdonnement régulier de l'hélicoptère leur emboîta le pas.

C'est alors que de l'arrière surgit un étalon d'argent. Sam n'aurait jamais imaginé qu'un cheval puisse être aussi beau. Mordant, hennissant, poussant les juments dans un large demi-tour qui les ramenait sous le ventre même de l'hélicoptère, il rameuta les bêtes vers la colline et la sécurité qu'elle offrait.

L'hélicoptère s'éleva. Il vira sur l'aile et s'élança après eux, trop tard.

— Alors ça ! Où sont-ils allés ?

Les cuisses de Sam se raidirent. Elle était assise et, pourtant, ses genoux tremblaient comme si elle-même venait de galoper avec les chevaux sauvages.

— Les mustangs ont des passages secrets vers des refuges cachés. Ils vont dans des endroits où même les hélicos ne peuvent pas les suivre.

Le père de Sam leva une main de son volant et tira son Stetson sur ses yeux pour les protéger du soleil.

Sam s'éclaircit la gorge et, la tête tournée vers la vitre, regarda le Nevada, morne et ocre. Était-il possible que ce spectacle lui ait manqué ?

Oui. Chaque journée qui s'était écoulée au cours des deux dernières années, elle avait senti une douleur grossir dans sa poitrine.

Si seulement son père s'exprimait davantage.

Elle voulait qu'il lui parle du ranch, des chevaux, de Grand-Mère. Mais plus il approchait de chez lui, plus il redevenait le père qu'il avait toujours été. Calme et décontracté, il était l'opposé de l'homme embarrassé qui lui avait rendu visite à San Francisco, dans l'élégant appartement de Tante Sue.

Depuis qu'il avait pris Sam à l'aéroport (qu'il l'avait littéralement *prise*, soulevée dans ses bras), leur conversation était allée bringuebalant, tout comme son vieux pick-up. Lentement, mais sûrement.

— Ils devraient pas utiliser des hélicoptères ou des camions, marmonna-t-il. Décidément, ils n'y connaissent rien aux mustangs.

En clair, cela voulait dire qu'il n'avait aucun respect pour des hommes qui ne comprenaient pas les chevaux sauvages qu'ils capturaient et emmenaient loin de la prairie.

Le père de Sam parlait comme un cow-boy. Qui plus est, il s'appelait Wyatt, un prénom de garçon vacher par excellence s'il en était. Et il marchait avec cette lente élégance d'un homme qui a passé sa vie assis sur un cheval.

Lorsqu'il l'avait envoyée à la ville, Sam avait ressenti une colère telle qu'elle avait tenté d'oublier son père. Durant un certain temps, elle y était parvenue aisément.

Après l'accident, les médecins avaient déclaré que Sam souffrirait certainement de « complications ». Quand une fille tombe d'un cheval lancé au galop et que sa tête est heurtée par un sabot, c'est mauvais signe. Mais quand, en plus, elle perd connaissance, avaient-ils expliqué, c'est bien pire encore.

C'est la peur qui avait poussé son père à accepter d'envoyer Sam loin du ranch, chez Tante Sue. À San Francisco, elle n'était qu'à deux minutes d'un hôpital, pas à deux heures.

Au début, Sam l'avait imploré de la laisser rester, puis elle s'était entêtée, et avait refusé de partir. Mais son père était aussi obstiné qu'elle. Pour lui, il n'y avait pas de « non » qui tienne. Comme elle avait à peine onze ans, c'est lui qui avait gagné.

Après quelques semaines solitaires, elle avait appris à apprécier San Francisco. La disponibilité de Tante Sue, toujours prête à l'emmener partout avec elle, à tout lui montrer, avait soulagé la souffrance qu'elle ressentait à être loin de chez elle. Toutefois, rien ne parvenait à lui faire oublier Blackie.

Blackie, c'était le premier et le seul cheval qui lui ait jamais appartenu. C'était elle qui avait élevé ce poulain difficile et qui, à force de douceur, l'avait amené à l'accepter comme cavalière. Puis elle avait commis cette terrible erreur qui l'avait blessée, elle, et l'avait tant effrayé, lui, qu'il s'était enfui.

Chaque fois que son père l'appelait à San Francisco, Sam demandait des nouvelles de Blackie. Mais son poulain de deux ans, si vif, s'était évanoui.

Avec le temps, Sam avait cessé de poser la question. Elle et Blackie s'étaient fait du mal. Elle n'avait pas pu s'élancer à sa poursuite, le toucher, lui expliquer. Blackie avait donc écouté son cœur de mustang et avait repris le chemin de la vie sauvage.

Tante Sue ne faisait pas de cheval, mais elle partageait avec Sam la passion du cinéma. Sam s'était fait des amies au collège aussi, et s'était inscrite dans une équipe de basket-ball de la YMCA. Très vite, les mois s'étaient transformés en deux années.

Néanmoins, ni les films ni le basket ne pouvaient égaler les souvenirs que Sam gardait de ses chevauchées dans la prairie, libre, lancée à toute bride. Sam n'avait jamais cessé d'aimer les chevaux, qui lui manquaient toujours autant. Ainsi, dès que son père lui avait annoncé qu'elle pouvait rentrer à la maison en toute sécurité, Sam avait fait ses valises sans regret.

Elle le regarda de nouveau, à la dérobée. À San Francisco, il l'avait mise mal à l'aise. Elle avait peur que ses amies de la ville n'entendent l'argot qu'il employait parfois ou n'aperçoivent les traits de son visage brun et maigre comme un bâtonnet de viande de bœuf séchée. Si elles l'avaient rencontré, elles auraient aussitôt su ce que son père était : un cow-boy.

Mais là, dans le Nevada, il était à sa place, et il était plus facile pour Sam de voir ce qui les rapprochait. Tous deux étaient maigres, basanés et obstinés.

— Ça t'a vraiment plu de vivre à San Francisco ? lui demanda-t-il.

— Quand j'ai fini par m'habituer à la brume et à la circulation, j'ai adoré. J'allais faire mon jogging dans Golden Gate Park avec Tante Sue et, chaque fin de semaine, on allait voir au moins trois films.

Son père lui jeta un regard de côté avec des yeux aussi froids que ceux de la meilleure gâchette de Hollywood. Il avait horreur de la ville.

Sam haussa les épaules pour montrer son indifférence. S'il avait quitté son ranch plus souvent pour lui rendre visite, leurs retrouvailles aujourd'hui ne seraient pas si gauches. Tous deux avaient beaucoup de points communs, mais quand il lui posait des questions comme celle-là, avec un regard dur, en sachant quelle réponse il voulait, Sam avait l'impression d'être une étrangère.

Elle croisa les jambes et agita le pied. Elle feignit de ne pas remarquer que son père fronçait les sourcils, ce qui signifiait qu'il était déçu de voir que sa fille n'était plus qu'une sale petite citadine.

— On est presque au Méandre, lui dit-il.

Comme si elle n'avait pas vu qu'ils arrivaient au ranch. Elle était impatiente de découvrir s'il était resté le paradis pour chevaux dont elle se souvenait. Elle espérait seulement qu'elle pourrait remonter à cheval comme elle le faisait avant l'accident.

Elle se rappelait si peu de choses de ce moment. La chute. La poussière. Le choc juste au-dessus de l'oreille droite. Le bruit des sabots de Blackie, au galop, s'éloignant, s'évanouissant. L'accident ne l'empêcherait pas de refaire du cheval, car elle n'avait pas peur. Non, elle n'avait pas peur.

Sam s'éventa, tout en regrettant d'avoir mis un jean et un tee-shirt noirs. Il était fort probable que la mode vestimentaire de San Francisco passe pour étrange au beau milieu du Nevada.

Elle souffla sur sa frange châtain roux pour dégager ses yeux. Sam s'était coupé elle-même sa queue-de-cheval avec les ciseaux de couturière de Tante Sue. Elle ne voulait plus ressembler à l'enfant que son père avait forcée à partir.

Elle se redressa pour se regarder dans le rétroviseur. Elle avait bien réussi son coup, cela ne faisait aucun doute. Elle n'avait plus l'air d'une gamine, elle avait juste celui d'une adolescente mal coiffée.

Elle se tourna sous la ceinture de sécurité pour regarder par la lunette arrière, et cligna des yeux.

À demi caché dans la poussière se tenait un cheval. Ses épaules puissantes miroitant au soleil la persuadèrent que c'était l'étalon d'argent qu'elle avait vu mener le troupeau.

Cet
ouvrage,
le neuf cent
quatre-vingt huitième
de la collection
CASTOR POCHE,
a été achevé d'imprimer
sur les presses de l'imprimerie
Maury Eurolivres
Manchecourt - France
en août 2005

Dépôt légal : octobre 2004.
N° d'édition : 2495. Imprimé en France.
ISBN : 2-08-16-2495-8
ISSN : 0763-4497
Loi n° 49-956 du 16 juillet 1949
sur les publications destinées à la jeunesse